Sohn des Meeres

Questo libro è stato tradotto grazie a un contributo per la traduzione assegnato dal Ministero degli Affari Esteri e della Cooperazione Internazionale Italiano.

Die Übersetzung dieses Buches kam dank einer Förderung des Italienischen Ministeriums für Auswärtige Angelegenheiten und Internationale Zusammenarbeit zustande.

DAVIDE MOROSINOTTO wurde 1980 in Norditalien geboren. Bereits mit siebzehn Jahren schrieb er seine erste Kurzgeschichte, die auf der Auswahlliste des italienischen Literaturpreises »Premio Campiello« stand. Seitdem hat er über 30 Kinder- und Jugendbücher veröffentlicht, für die er zahlreiche Preise erhalten hat. Sein Kinderbuch »Die Mississippi-Bande« wurde für den Deutschen Jugendliteraturpreis nominiert. Für sein Jugendbuch »Shi Yu – Die Unbezwingbare« wurde er mit dem »Premio Strega«, dem wichtigsten Literaturpreis Italiens ausgezeichnet. Davide Morosinotto lebt als Autor, Journalist und Übersetzer in Bologna.

DAVIDE MOROSINOTTO

SOHN DES MEERES

AUS DEM ITALIENISCHEN VON
CORNELIA PANZACCHI

THIENEMANN

DIE ZEIT FLIESST NICHT
WIE EIN FLUSS,
SONDERN ROLLT WIE EIN RAD.
AUF DEN SOMMER FOLGT
DER HERBST,
NACH DEM WINTER IST
SCHON WIEDER FRÜHLING.

1

Viele Jahre lang verlief das Leben im Haus vollkommen ereignislos.

Dann kamen die Barbaren.

Ausgerechnet Pietro erfuhr es als Erster, was eigentlich seltsam war, weil er zwar für das Haus arbeitete, jedoch nicht dort wohnte. Denn das Haus stand in der Stadt und gehörte dem Senator, der es mit seiner Familie und seinen engsten Vertrauten bewohnte. Pietro dagegen war nur der Schweinehirte.

Für den Abend war ein Festessen geplant, deshalb kam früh im Morgengrauen ein Diener zum Schweinepferch und verlangte ein Spanferkel, das am Rost gebraten werden sollte.

Da der Mann es sehr eilig hatte, schlug Valdo vor, dass sie ihm das Spanferkel vorbeibringen könnten. Zu Pietro sagte er: »Kümmere du dich darum.«

Valdo war der Vater von Pietro, doch sie sahen einander überhaupt nicht ähnlich. Valdo war ein klein gewachsener Mann mit dunkler Haut, während Pietro mit seinen vierzehn Jahren beinahe ein Riese war, ein junger Mann mit breiten Schultern und einer hellen Haut, die in der Sonne ständig verbrannte. Deshalb rieb ihm seine Mutter jeden Abend mit einer Salbe aus Fett und Kräutern den Rücken ein.

Valdo war der Besitzer des Schweinepferchs und führte sich auf, als wäre er auch der Besitzer von Pietros Mutter. Ständig erteilte er ihr Befehle und schlug sie, wenn sie nicht schnell genug gehorchte.

Nie hatte Pietro genug Mut oder Kraft gehabt, etwas dagegen zu unternehmen, bis er eines Tages nach Hause kam und sah, wie Valdo über der am Boden liegenden Mutter einen Stock schwang. »Nein!«, sagte er in dem Moment.

Er sprach nie viel, denn er hatte gemerkt: Wenn man wenig sagt, hat das, was man sagt, umso mehr Gewicht. Und tatsächlich hatte an dem Tag ein einziges Wort genügt, um Valdo aufzuhalten. Ein seltsamer Funke war in seinen Augen aufgeblitzt und zum ersten Mal war Pietro bewusst geworden, dass sein Vater den Kopf in den Nacken legen musste, um zu ihm aufzuschauen. So *klein* war er – und Pietro dagegen so *groß*. Mit einem Faustschlag gegen die Schläfe hätte er ihn töten können.

Valdo musste etwas Ähnliches gedacht haben, denn er hatte die gemeinsame Hütte verlassen und war erst zurückgekommen, als es Schlafenszeit wurde. Am folgenden Morgen hatte er getan, als ob nichts wäre. Die Mutter aber hatte er nie wieder geschlagen.

Pietro ging seinem Vater seitdem möglichst aus dem

Weg. Eigentlich wäre es ihm viel lieber gewesen, wenn er ihn gemocht hätte, doch es gelang ihm nicht und das machte ihn traurig.

Auf jeden Fall aber war und blieb Valdo sein Vater und deshalb musste er ihm gehorchen.

»Nimm ein Spanferkel und bring es in die Stadt«, lautete sein Befehl.

Der Schweinepferch befand sich mitten im Wald, damit man die Tiere hinauslassen konnte, wo sie Pilze, Eicheln, Früchte und all das andere fanden, das sie gerne fraßen. Der Wald lag am Fuß der Hügel, die mit ihren runden Kuppen einen langen Abschnitt des Horizonts verdeckten. Diese Kuppen sahen ein bisschen wie Mädchenbrüste aus, und seit einiger Zeit dachte Pietro etwas zu oft über diese Ähnlichkeit nach und über die Brüste von Galla, die so alt wie er war und auf den Feldern hinter dem Wald arbeitete.

Pietro kannte nicht viele andere Mädchen und hatte daher kaum Vergleichsmöglichkeiten, doch für ihn war Galla wunderschön. So ähnlich ging es ihm auch mit dem Wald und den Hügeln, die er wunderschön fand, weil er kaum andere kannte. Er dachte oft, dass er Glück gehabt hatte, an einem Ort geboren zu sein, an dem es ihm gefiel, denn wahrscheinlich würde er sein ganzes Leben hier verbringen, bis zu seinem letzten Atemzug.

Pietro schlüpfte unter das Dach, unter dem die Säue mit ihren Spanferkeln lagen, jene jungen Schweine, die im Frühjahr geboren und jetzt drei Monate alt waren. Eines purzelte ihm fröhlich grunzend entgegen. Es war ziemlich groß, musste ungefähr dreißig Kilo wiegen und war von einem schönen Rosa mit kleinen schwarzen Tupfen.

»Bietest du dich als Freiwilliger an?«, fragte Pietro. »Das ehrt dich, denn dadurch rettest du deinen Geschwistern das Leben.«

Er hob das Ferkel auf und legte es sich über die Schultern. Das Tier wand sich hin und her.

»Bleib ruhig«, sagte Pietro. »Sonst muss ich dich fesseln. Willst du nicht lieber den Spaziergang genießen?«

Mit seiner Last auf dem Rücken verließ Pietro den Pferch und schlug den Pfad ein, der durch den Wald führte. Die Stadt Ateste war ein paar Meilen entfernt, eine beachtliche Strecke, wenn man eine schwere Last zu tragen hatte, doch Pietro war kräftig, deshalb machte es ihm nicht viel aus.

Er ließ den Wald hinter sich und ging auf der Römischen Straße weiter, die entlang des Flusses Athesis verlief. Pietro mochte den Fluss, weil er immer in Bewegung war. Oft kam es ihm vor, als flüstere er ihm Geschichte von fernen Orten zu. Der alte Ranilo, der Fährmann, hatte ihm einmal erzählt, dass der Fluss im Osten in einen riesigen See mündete, den man »Meer« nannte, und dass in diesem Meer unglaublich viel Wasser war. Man konnte es nicht trinken, denn es war salzig.

Pietro fragte sich, ob das stimmte. Der alte Ranilo war schließlich bekannt dafür, dass er verrückte Geschichten erzählte, vor allem dann, wenn er einen Becher Wein zu viel getrunken hatte.

Und jetzt, hinter der Kurve, tauchte plötzlich Ranilo höchstpersönlich vor ihm auf. Er stand am Flussufer und schrie einen Reiter am anderen Ufer an. Dieser Reiter war eindeutig nicht von hier: Er trug eine kurze Tunika, die ihm nur halb über die Oberschenkel reichte, einen ledernen Brustpanzer und genagelte Sandalen, wie Soldaten sie hatten.

In der über den Fluss geschrienen Diskussion ging es darum, dass der Reiter übergesetzt werden wollte, Ranilo sich jedoch weigerte, weil das Pferd zu schwer für sein Floß war.

»Du musst drei oder vier Meilen zurückreiten, da findest du eine Brücke«, rief Ranilo.

»Ich habe keine Zeit«, rief der andere zurück. »Sie haben gesagt, mit der Fähre geht es schneller.«

»Zu Fuß ja. Mit dem Pferd nicht.«

»Aber es ist wichtig. Ich habe Nachrichten für die Kurialen.«

Die Kurialen waren die Herren des Stadtrats. Die mächtigen Herren. Männer wie der Clarissimus, der Senator.

»Was für Nachrichten sollen das sein?«, wollte Ranilo wissen.

»Die Barbaren kommen!«

Der alte Fährmann und Pietro wechselten einen Blick.

»Das ist keine große Neuigkeit«, rief Ranilo hinüber.

Tatsächlich zogen durch diese Gegend häufig Barbaren. Meistens waren es Goten, Sarmaten oder Alanen. Sie alle waren Krieger mit langen, hellen Haaren. Manche kämpften für das römische Heer, manche auf eigene Rechnung, doch den Leuten hier hatten sie nie etwas getan.

»Dieses Mal ist es anders!«, rief der Reiter. »Die Hunnen kommen! Sie sind wie Raubtiere und sie werden von Attila dem Eroberer befehligt. Ich muss so schnell wie möglich zum Senator.«

Ranilo kratzte sich am Kinn. »Und was machen wir jetzt?«

Pietro wusste, dass der Senator sehr böse werden würde, wenn er erfuhr, dass ein wichtiger Bote aufgehalten worden war.

»Vielleicht kannst du den Mann mit deinem Floß übersetzen«, sagte er zu dem Fährmann, »und ich führe das Pferd dort drüben durch die Furt.« Er zeigte auf eine Flussbiegung, in der die Strömung nur sehr schwach war.

Ranilo grinste. »Manchmal vergesse ich, dass du nicht nur ziemlich viele Muskeln, sondern auch ein bisschen Hirn hast«, meinte er. »Wir machen es genau so, wie du gesagt hast.«

Schreiend teilte er dem Boten den neuen Plan mit und stieg auf sein Floß. Pietro band dem Ferkel die Beine zusammen und legte es ins hohe Gras, bevor er zu Ranilo auf das Floß sprang.

Ranilo setzte über und der Bote kam an Bord, während Pietro zu dem Pferd ging. Es schnaubte und Pietro strich ihm mit der Hand über die Nase. Behutsam führte er es zur Flussbiegung und das Ufer hinunter.

Als das Pferd das Wasser an seinen Beinen spürte, schrak es zurück, doch Pietro beruhigte es. Er zog seine Tunika aus und band sie sich um den Kopf, damit sie nicht nass wurde. Anschließend stieg er in das trübe, kühle Wasser und zog das Pferd am Zügel hinter sich her.

Seite an Seite schwammen sie ans andere Ufer. Dann trieb Pietro das Tier die Böschung hinauf und zog sich wieder an.

Der Bote wartete schon auf sie.

»Gut gemacht, Junge!«, lobte er ihn und warf ihm eine Münze zu, die dieser in der Luft auffing.

Eine richtige Münze, nur für ihn? Heute schien sein Glückstag zu sein.

»Ich muss zum Haus von Massimus Onoratus«, erklärte der Bote. »Kennst du ihn?«

Das war der Name des Senators von Ateste.

»Ich muss auch dorthin«, erklärte Pietro.

»Steig hinter mir auf und zeig mir den Weg.«

Pietro überlegte. »Darf ich mein Ferkel mitnehmen?«

»Wir haben jetzt keine Zeit für Ferkel! Die Barbaren sind im Anmarsch. Begreifst du denn nicht, wie wichtig diese Nachricht ist? Der Senator muss sofort verständigt werden.«

Natürlich hatte Pietro das begriffen, aber er musste unbedingt das Ferkel abliefern, sonst bekam er Schwierigkeiten.

Also kehrten sie zu Ranilo zurück, Pietro hob das Ferkel hoch, legte es quer über den Pferderücken und stieg selbst hinter dem Boten auf.

»Wo müssen wir hin?«, fragte der.

»Es gibt eine Abkürzung quer über die Felder.«

Der Bote drehte sich zu ihm um. »Werden wir uns auch nicht verirren?«

»Das ist mir noch nie passiert, Herr.«

Die Mutter sagte gerne, dass Pietro wie ein Storch war: Er fand stets zum Nest zurück.

»In Ordnung.« Der Bote trieb das Pferd energisch an und es galoppierte los.

Die Barbaren kommen, hatte der Bote gesagt. Er schien sehr besorgt zu sein.

Wer weiß, was passieren würde.

AUFGEREGT FOLGEN DIE KINDER
DEM BOTEN DURCH DIE STADT.
HINTER IHM AUF DEM PFERD SITZT
NICHT NUR EIN JUNGE, SIE HABEN
AUCH EIN SCHWEIN DABEI.

2

Das Haus war das größte der Welt, da war sich Pietro ganz sicher, auch wenn er sich in seinem bisherigen Leben nie weiter als zehn Meilen vom Schweinepferch entfernt hatte.

Sie befanden sich im Stadtviertel der Kurialen. Das Haus des Senators war von einer Mauer umschlossen. Es gab nur ein einziges Tor, das sehr hoch und aus Holz und Bronze war und von zwei Säulen eingerahmt wurde.

Als Pietro und der Bote es erreichten, lief schon ein ganzer Schwarm von Kindern hinter ihnen her. Ein berittener Bote, dessen Pferd auch noch ein Ferkel und einen Jungen trug, war ein seltener Anblick, den man auf keinen Fall verpassen wollte. Die Kinder zogen Pietro an den Füßen und wollten von ihm wissen, was passiert sei. Mit aller Kraft hielt er sich am Sattel fest, um nicht hinunterzufallen.

Der Bote dagegen schien sich über das Aufsehen zu freuen, das sie erregten, und rief immer wieder laut: »Platz da, macht Platz!«

Das Tor war hoch genug, dass sie hätten hindurchreiten können. Doch weil das sehr unhöflich gewesen wäre, stieg der Bote ab, und auch Pietro ließ sich hinuntergleiten und lud sich wieder das Ferkel auf.

Sofort kam der Pförtner aus dem Haus. »Was ist denn los?«, fragte er Pietro, den er gut kannte.

»Ich bringe ein Ferkel für die Küche«, antwortete dieser.

»Und der da?«

Der Bote trat vor. »Ich muss zum Senator«, verkündete er. »Ich bringe eine dringende Nachricht aus Patavium.«

Patavium war eine Stadt auf der anderen Seite der Hügel, etwa zwanzig Meilen von Ateste entfernt. Pietro hatte schon öfters davon gehört, war aber noch nie dort gewesen.

»Der Senator ist gerade beschäftigt«, erwiderte der Pförtner.

»Gehe zu ihm und sage ihm, dass es wichtig ist.«

»Gut, warte hier.«

Der Pförtner, der ein wenig hinkte, kehrte durch den Vorraum ins Haus zurück und öffnete eine Tür, hinter der ein Raum lag, dessen Fußboden und Wände mit dünnen schwarzen und weißen Streifen verziert waren. Dahinter kam das große Atrium, das nicht überdacht war und ein Becken hatte, um Regenwasser aufzufangen.

Alles war unglaublich prachtvoll. Jedes Mal, wenn Pietro zum Haus kam, war ihm, als betrete er einen Tempel oder eine Welt der Geister und Götter, in der Nymphen zu Flötenmusik tanzten und Satyre aus goldenen Kelchen tranken.

Während der Bote wartete, traten zwei junge Dienerinnen mit Krug und Becher an ihn heran und boten ihm Wasser an. Niemand hatte sie geschickt, sie waren einfach nur neugierig und wollten wissen, was für eine dringende Nachricht er denn überbringe. Der Mann entgegnete, dass sie geheim sei. Pietro wunderte sich ein bisschen, denn vorhin am Fluss hatte der Mann ihm und Ranilo doch alles erzählt.

Allerdings hatte Pietro keine Zeit, weiter darüber nachzugrübeln, er hatte schließlich etwas zu erledigen. Also betrat er das Haus, durchquerte das Atrium und gelangte in einen Innenhof mit Beeten voller blühender Blumen und einem Feigenbaum, an dessen Ästen unzählige grüne, noch unreife Früchte hingen.

Die Küchenräume gingen auf diesen Innenhof hinaus, und als die Köchin den Jungen erblickte, seufzte sie und meinte: »Gerade noch rechtzeitig. Hast du das Ferkel auch gut zusammengebunden? Nicht, dass es uns noch entwischt. Leg es da neben die Tür, ich gebe Marcus Bescheid, damit er sich darum kümmert. Du hast sicher Hunger. Ihr Jungs seid ja ständig hungrig. Und du, wo du so groß und stark bist, wahrscheinlich erst recht …«

Sie reichte ihm einen Korb voller ofenwarmer Brotfladen und Pietro nahm sich zwei davon. Einen aß er selbst, mit dem anderen fütterte er das Ferkel, das ihm aus der Hand fraß und sie ihm zwischendurch ableckte.

»Du gibst das Brot einem Schwein?«, schrie die Köchin empört. »Das wir sowieso gleich schlachten?«

»Genau«, erwiderte Pietro. »Darf es vorher nicht noch ein bisschen glücklich sein?«

Die Köchin starrte ihn an, als wäre er verrückt geworden. »Hat dir denn deine Mutter nichts beigebracht? Verschwinde, aber sofort!«

Pietro ließ sich das nicht zweimal sagen und rannte in den Hof hinaus. Dort sah er einen Jungen und ein Mädchen neben dem Feigenbaum stehen und miteinander tuscheln.

Sie mochten ungefähr so alt sein wie er und ähnelten einander sehr: Beide waren eher klein und hatten dunkles, stark gelocktes Haar. Sie trugen neue Sandalen und Tuniken aus teurem Stoff. Die des Mädchens war ärmellos und lang und reichte bis zu den Füßen hinunter. Ihre schlanken Arme waren ebenso blass wie ihr Hals.

»He, du!«, rief der Junge. »Ja, dich meine ich. Kannst du nicht reden? Hat dir das Schwein, das du hergetragen hast, vielleicht die Zunge abgebissen? Oder bist du schwachsinnig?«

»Constantinus, sei nicht so unhöflich«, ermahnte ihn das Mädchen.

»Lass mich in Ruhe, Justina, siehst du nicht, dass ich mich mit meinem neuen Freund unterhalte? Übrigens heißt er …«

»Pietro«, antwortete Pietro.

Die beiden jungen Leute waren Constantinus und Justina, die Kinder des Senators. Pietro hatte sie schon einige Male gesehen, aber noch nie zuvor mit ihnen gesprochen. Sie gehörten zu der Welt des Hauses, zu der er keinen Zugang hatte. Doch jetzt hatten sie ihn gerufen, und weil sie im Grunde seine Herren waren, musste er gehorchen und zu ihnen gehen.

»Gut, Pietro«, fuhr Constantinus fort. »Du bist doch vorhin mit dem Boten hergekommen, nicht wahr? Du saßt hinter ihm auf dem Pferd. Und wenn ihr zusammen gereist

17

seid, wird er dir unterwegs etwas gesagt haben. Zum Beispiel, warum er gekommen ist, welche Nachricht er bringt. Also?«

Pietro war sich nicht sicher, ob er diese Frage beantworten sollte. Wahrscheinlich sollte die Nachricht geheim bleiben und der Bote hatte sie nur deshalb vorhin am Fluss verraten, damit Ranilo ihn mit dem Floß übersetzte.

»Nichts zu machen«, sagte Constantinus zu seiner Schwester. »Der Kerl ist tatsächlich schwachsinnig.«

»Hör auf damit …«

»Auf jeden Fall vergeuden wir mit ihm nur unsere Zeit. Verschwinde, Pietro …«

»Warte mal«, widersprach Justina. »Ich habe eine Idee.« Sie zeigte auf die Hauswand hinter dem Feigenbaum, in die hoch oben, knapp unter dem Dach, ein kleines Fenster eingelassen war. »Pietro ist ein leiser Junge«, sagte sie. »Aber er ist auch sehr groß und stark. Wenn ich auf seine Schultern steige, komme ich an das Fenster.«

»Er könnte *mich* auf seine Schultern steigen lassen«, entgegnete Constantinus.

»Du bist zu schwer«, erwiderte Justina. Sie wandte sich an Pietro. »Hilfst du mir?«

Eigentlich war das keine Bitte, sondern ein Befehl, und wie hätte sich ein Schweinehirte weigern können, seiner vornehmen Herrschaft zu gehorchen? Pietro kniete sich hin und Justina kletterte, von Constantinus gestützt, auf seine Schultern.

»Jetzt steh auf … ganz langsam … Oh!«, sagte das Mädchen leise, überrascht, wie hoch sie auf einmal war.

Justina war nicht sehr schwer, doch die Sohlen ihrer

Sandalen drückten Pietro unangenehm auf die Schultern. Trotzdem beklagte er sich nicht und blieb reglos stehen, ein Ohr gegen die Wand gedrückt.

»… wird belagert«, konnte er hören.

Gesprochen hatte nicht Justina und auch nicht ihr Bruder, sondern jemand, der auf der anderen Seite der Wand stand. Ein erwachsener Mann. Pietro erkannte die Stimme des Boten wieder.

»Aquileia?«, fragte eine andere Männerstimme. »Die Stadt wird belagert?«

»Bedauerlicherweise ist dies der Fall, Herr. Die Hunnen lagern rings um die Mauern, es kommt niemand mehr rein und niemand mehr raus. Die Bewohner erbitten Hilfe … Sie halten nicht mehr lange durch.«

»Und was sagen sie in Patavium dazu?«

»Der Bischof wird alle Männer schicken, die er entbehren kann. In ein paar Tagen setzen sich die Truppen in Marsch.«

»Aha«, sagte die andere Stimme. Inzwischen hatte Pietro begriffen, dass sie dem Senator gehörte. »Alle Männer, die er entbehren kann. Das bedeutet, dass er die Schlechtesten schicken wird. Greise und Knaben … Und die Stärksten und Tüchtigsten wird er bei sich in Patavium behalten, damit sie die Stadt verteidigen. Aber wenn Aquileia fällt, kommen die Hunnen natürlich hierher zu uns, sie brauchen nur der Straße zu folgen, und dann …«

Der Bote hüstelte. »Der Bischof hat die Pflicht, seine eigene Stadt zu verteidigen …«

»Die habe ich ebenfalls.«

»Herr«, sagte der Bote nachdrücklich. »Vergebt mir. Aber

wenn die Barbaren nicht aufgehalten werden, fallen sie in die Ebene ein, und dann ist alle Hoffnung zunichte. Noch nie hat eines Menschen Auge solche Reiter wie sie erblickt: Ihre Reitkunst kennt keine Grenzen, sie essen und schlafen im Sattel. Ohne abzusteigen schießen sie so viele Pfeile ab, dass die Pfeilwolken den Himmel verdunkeln. Es heißt, dass sie sehr grausam sind und das Blut der Toten trinken … Alle Römer müssen ihre Kräfte einen, um sie zu besiegen.«

»Sicher, sicher, alle Römer«, entgegnete der Senator. »Ich muss dem Kaiser in Ravenna sofort eine Nachricht schicken. Ihn in Kenntnis setzen, dass wir Krieg haben.«

»Krieg«, flüsterte Justina, die immer noch auf den Schultern von Pietro stand.

»Krieg«, wiederholte Constantinus, der ebenfalls ein Ohr gegen die Hauswand drückte, um mithören zu können. »Das ist doch nicht möglich …«

Justina beugte sich vor, um ihrem Bruder etwas zu sagen, und trat Pietro dabei mit einer Sandalensohle gegen die Nase. Es tat sehr weh.

»Aua«, sagte er.

»Vorsicht!«, zischte sie.

Pietro versuchte, sein Gleichgewicht zu halten, doch es gelang ihm nicht, er kippte nach hinten weg und …

WENN EIN MÄDCHEN
ZU BODEN STÜRZT,
MERKT IHR VATER
ES GEWISS.

3

»Was ist da draußen los?«, rief der Senator. »Was habt ihr gemacht?«

Sein Gesicht war vor Zorn feuerrot. Er wandte sich zu Pietro um. »Und wer bist du?«

»Vater«, sagte Justina in beschwichtigendem Ton. »Wir haben nichts Böses getan.«

»Wage es nicht, mich anzulügen.«

»Ich …«

»Sprich.«

Justina sah ihren Bruder an, der im Gesicht so bleich wie saure Milch geworden war. Dann erklärte sie zögernd und leise, dass sie hatten herausfinden wollen, was im Haus geschah und wie die Nachricht des Boten lautete.

Der Senator schnitt ihr das Wort ab. »Zwei Spione in meinem eigenen Haus. Meine eigenen Kinder. Ihr entehrt mich.« Zufrieden stellte er fest, dass seine Worte sie schwer trafen. Dann fuhr er fort: »Geht in eure Zimmer. Dort denkt ihr über eure Verfehlungen nach, bis ich euch rufen lasse. Was dich betrifft …«, nun wandte er sich Pietro zu, »du verdienst mindestens fünf Stockhiebe, und du kannst dich glücklich schätzen, dass es nicht doppelt so viele sind. Ennius!«

Sogleich lief Ennius herbei, ein kräftiger Diener mit kahl geschorenem Kopf, bewaffnet mit einem kurzen Stock. Er hörte sich die Anweisung des Senators an, bevor er Pietro befahl, sich umzudrehen und mit den Händen an der Hauswand abzustützen.

»Ich muss dir ein paar Striemen schlagen«, flüsterte er dem Jungen zu. »Sonst wird der Herr nur noch zorniger. Ich verspreche dir, dass ich dir so wenig Schmerzen zufüge wie möglich.« Pietro schwieg. »Aber … dich einfach so mit den Kindern des Herrn zusammenzutun … Weißt du nicht, dass die vornehmen Leute gefährlich sind und dass unsereins sich nicht mit ihnen einlassen sollte? So was geht für uns immer schlecht aus.«

Ennius hatte ja recht, aber was hätte Pietro schon tun können? Mittlerweile war es für Reue ohnehin zu spät. Er zog seine Tunika über die Schultern nach unten und rollte sie im Gürtel ein, bevor er sich an die Wand stellte.

»Na, du bist aber ein kräftiger Bursche«, meinte der Diener, als er die Muskeln des Jungen sah. »Wie alt bist du noch mal?«

»Vierzehn.«

»Ich glaube, deine Mutter hat sich verrechnet, du musst mindestens sechzehn Jahre alt sein, wenn nicht sogar achtzehn … Rasierst du dich denn schon?«

Nein, das war bisher noch nicht nötig gewesen. Seit

einiger Zeit aber wuchs ihm unter den Armen und zwischen den Beinen ein rötlicher Flaum. Doch das war nichts, das ihn im Moment beschäftigte. Würden fünf Stockhiebe wehtun? Sicher würden sie das. Er spürte, wie die Angst in ihm wuchs, sich vom Bauch aus bis hinauf in die Kehle ausbreitete, und er zwang sich, sie zurückzudrängen. Er musste stärker sein.

»Beuge dich ein wenig vor und versuche, entspannt zu bleiben«, riet Ennius. »Dann erträgst du den Schmerz besser. Bereit? Eins …«

Der erste Hieb traf Pietro auf der rechten Schulter. Ein roter Blitz schoss ihm durch den Kopf, und die Knochen in der Schulter knirschten, als würden sie gleich brechen. Doch Pietro gelang es, nicht aufzuschreien.

»Was machst du denn?«, schimpfte Ennius leise. »Mach ein bisschen Lärm, sonst denkt der Senator noch, ich schlage nicht fest genug zu, und er verdoppelt die Strafe. Zwei …«

Dieses Mal schrie Pietro. Das war gar nicht schwer, tatsächlich hatte der Hieb ihm sehr wehgetan. Viel mehr als der erste.

»Jetzt musst du auf die Knie sinken. Drei …«
Pietro ließ sich auf die Knie fallen.

»Jetzt zerre ich dich hoch, aber du lässt dich wieder fallen. Vier …«
Pietro fiel abermals hin.

»Jetzt schlage ich zu, während du am Boden liegst, und du bewegst dich nicht mehr. So, als wärst du tot. Fünf.«

Pietro blieb wie tot liegen. Es war, als hätte sein Körper sich verflüssigt, als wirbelten seine Knochen in einer einzigen Spirale des Schmerzes im Kreis. Fünf Stockhiebe. Er hätte niemals gedacht, dass es derartig schlimm sein würde.

Ennio goss einen Eimer voll Wasser über ihm aus. Für Außenstehende mochte es wie eine verächtliche Geste wirken, tatsächlich aber linderte das kalte Wasser die Schmerzen.

»Bleib noch ein bisschen so liegen, das tut seine Wirkung. Danach schleichst du dich in die Küche, die Köchin kümmert sich um dich.«

Pietro gehorchte und blieb liegen, mit dem Gesicht im Gras. Das Atmen tat ihm weh und sein Rücken fühlte sich an, als sei er aus gesplittertem Holz.

Nach einer Weile wankte er in die Küche hinüber, wie Ennius es ihm geraten hatte.

Kopfschüttelnd schaute die Köchin ihn an. »Dreh dich um«, sagte sie und strich ihm eine fettige Salbe auf die Striemen.

Die Salbe roch frisch, nach Minze, und Pietro fühlte sich gleich ein bisschen besser.

»Weißt du, wer diese Salbe gemacht hat?«, fragte die Köchin. »Deine Mutter. Sie versteht wirklich etwas von Heilmitteln. Aber sie hätte einen vernünftigeren Sohn verdient. Du hättest dem Schwein nicht das Brot geben sollen.«

»Ich will nach Hause«, sagte Pietro leise.

»Klar. Kannst du aber nicht, das Tor ist geschlossen, es kommt keiner mehr rein oder raus. Der Senator will nicht, dass die Nachricht sich verbreitet. Der Krieg, die Barbaren, die Aquileia belagern ... Sobald sich das herumspricht, bricht Chaos aus.« Als sie das verblüffte Gesicht des Jungen sah, musste die Köchin lachen. »Du fragst dich, woher ich das weiß? Hier im Haus gibt es viele Möglichkeiten, Geheimnisse zu erfahren, auch ohne dass man herumspioniert wie die Kinder des Senators. Jedenfalls darfst du jetzt nicht zum Schweinepferch zurück, also kannst du genauso gut hier in der Küche bleiben und mir helfen. Kannst du dich bewegen? Ich merke schon, dass Ennius ziemlich behutsam war …«

Pietro hoffte, niemals herausfinden zu müssen, wie es sich anfühlte, wenn Ennius nicht *behutsam* war. Jedenfalls konnte er sich jetzt schon besser bewegen, und die Vorstellung, in der Küche auszuhelfen, gefiel ihm.

Seine erste Aufgabe bestand darin, Brennholz zu holen. Dann schickte die Köchin ihn mit ein paar Amphoren zum Impluvium, dem großen Becken im Atrium, um Wasser zu holen. Von dort aus konnte er durch den Vorraum zum Eingangstor hinüberschauen. Es war verschlossen. Zwei Diener lehnten sich mit aller Kraft dagegen.

Einer der beiden rief ihm zu: »Komm her, Junge, und hilf uns!«

Pietro eilte zu ihnen, stemmte sich ebenfalls gegen das Tor und spürte, wie von der anderen Seite versucht wurde, es aufzudrücken. »Wer ist das?«, wollte er wissen.

»Leute aus dem Dorf«, antwortete der andere Diener. »Sie haben gehört, dass es Krieg gibt.«

»Wenn man bedenkt«, meinte der erste, »dass der Senator das Haus hat abschließen lassen, damit genau das nicht passiert …«

Pietro dachte, dass der Bote einen Fehler gemacht hatte, als er dem alten Ranilo sein Geheimnis anvertraut hatte: Der Fährmann liebte es, Geschichten zu erzählen – je aufregender sie waren, desto spannender erzählte er sie. Und die Geschichte mit den Hunnen war die aufregendste von allen.

Vor dem Haus schien sich eine Menschenmenge versammelt zu haben. Einige begannen laut zu protestieren.

»Macht auf, macht sofort auf! Ich bin mit den Kurialen hier, wir müssen mit dem Senator reden. Ich bin es, Ausonius!«

»Das ist der Priester«, flüsterte der Diener, der links von Pietro stand. »Was machen wir denn jetzt?«

»Wir lassen ihn rein«, meinte der andere Diener.

»Und wenn der Senator dann böse wird?«

»Er wird auch böse, wenn wir ihn draußen lassen.«

Pietro war derselben Meinung, und für diesen Tag hatte er ohnehin genügend Stockhiebe bekommen. Er gab an dem Tor so weit nach, dass die Leute, die von außen schoben, die Flügel nach innen drücken konnten. Die beiden Diener wurden weggeschleudert und die Menge ergoss sich in den Vorraum.

»Halt, halt!«, schrie der Pförtner. »Was wollt ihr hier?«

Der Priester, der die kleine Invasion angeführt hatte, trat vor. Er war ein dünner Mann mit grauen Haaren, der über seiner Tunika eine Toga trug. Er hatte zwei weitere vornehm gekleidete Männer mitgebracht, die Kurialen.

»Bring uns zum Senator«, sagte Ausonius.

»Hier entlang«, erwiderte der Pförtner. Zu Pietro sagte er: »Du beförderst jetzt schleunigst diese Tagediebe hinaus und machst sofort wieder das Tor zu oder es gibt Ärger!«

Pietro, der somit zum Torwächter befördert worden war, trieb mit ausgebreiteten Armen die Menge hinaus.

Sobald alle wieder draußen waren, schloss er das Tor. Die beiden Diener, die ursprünglich das Tor bewacht hatten, trugen einen schweren Balken herbei, mit dem sie es verriegelten.

»Danke, Junge. Wie heißt du?«

»Pietro.«

»Ich bin Vedio, er hier heißt Sulpicius. Bleib bitte bei uns, Pietro. Du bist sehr stark. Wenn etwas passiert, brauchen wir jemanden, der seine Fäuste zu gebrauchen weiß.«

Vedio und Sulpicius holten sich zwei Hocker, hatten auf einmal Würfel in der Hand und fingen an zu spielen. Pietro setzte sich auf den Boden und schaute ihnen zu. Er hatte schon immer die Regeln der Würfelspiele kennenlernen wollen, doch seine Mutter hatte gesagt, dass Spielen das Leben zerstörte. Sie wäre sicher sehr böse, wenn er die vom Boten erhaltene Münze auf diese Weise wieder loswurde. Pietro überlegte, dass er mit dem Geld eigentlich ein Huhn kaufen könnte. Seine Mutter würde sich darüber freuen, denn dann könnten sie Eier essen, oder besser noch, auf dem Markt verkaufen und sich mit dem Erlös ein zweites Huhn besorgen …

Nach einer Weile kehrte der Pförtner zurück.

»Ich habe den Senator noch nie so wütend erlebt«, sagte er.

»Warum?«, fragte Sulpicius.

»Er hätte die Kurialen lieber nicht empfangen … Sie haben eine andere Vorstellung davon, was zu tun ist … Die einen sagen, dass man mit allen Soldaten nach Aquileia marschieren sollte. Die anderen wollen die Soldaten hier behalten, um Ateste zu verteidigen, denn wenn die Barbaren schon in der Ebene sind, werden sie früher oder später hierherkommen … Und der Priester will einen Boten zum Bischof in Patavium schicken.«

»Ich finde es richtig, Aquileia zu helfen«, meinte Vedio. »Wenn die Stadt in Gefahr ist …«

Sulpicius lachte. »Sicher, sicher, lasst uns ruhig losziehen, um ihnen zu helfen. Aber wer verteidigt dann unsere Stadt? Wenn die Barbaren kommen und wir keine Soldaten mehr haben, was ist dann?«

Der Pförtner, der als der Älteste der Anwesenden auch das höchste Ansehen genoss, verzog das Gesicht. »Ja, glaubt ihr denn, Kurialen zu sein und das Recht zu haben, über Krieg und Politik zu diskutieren?«

»Und du? Was würdest du denn tun?«

»Ich weiß es nicht, weil ich mich nämlich um meine Aufgabe kümmere, und die besteht darin, dieses Tor zu bewachen. Es sind die Herren, die entscheiden. Eines aber kann ich euch sagen …«

»Was denn?«, fragte Pietro, der allmählich neugierig wurde.

»Die Herren entscheiden über Krieg, und die Armen kommen dabei ums Leben. Was auch immer sie entscheiden, wir gehen dabei drauf, und wer nicht dabei draufgeht, wird auf andere Weise leiden.«

Pietro tat auf einmal sein Rücken wieder mehr weh. Der alte Pförtner hatte recht, fand er.

Der rieb sich das faltige Gesicht. »Ja, vor uns liegt eine schlimme Zeit, das könnt ihr mir glauben. Wenn das Unwetter hereinbricht, zerstört es die Ernte … Und dieses Mal sind die Ernte wir.«

29

SIE VERBRINGEN
DEN ABEND MIT IHRESGLEICHEN
BEIM WÜRFELSPIEL.
UND WARTEN.

4

An diesem Abend fand in dem Haus kein Fest statt, das Tor
blieb verriegelt.

Das von Pietro abgelieferte Ferkel wurde trotzdem gebraten und bei der Beratung gereicht, die hinter verschlosse-
nen Türen stattfand und an der nur der Senator, der Priester
und die Kurialen teilnahmen.

Da sich die vornehmen Herren natürlich nicht selbst
bedienen konnten, erfuhr Pietro durch die Diener, die in
dem Beratungsraum ein und aus gingen, was dort gerade
besprochen wurde.

Alle im Haus redeten über den bevorstehenden Krieg,
über Aquileia und Patavium und darüber, was wohl geschehen würde. Pietro konnte die Aufregung nicht nachvollziehen, denn diese Städte lagen weit weg, und in Ateste
passierte sowieso niemals etwas Interessantes. Wirklich nie.
Schließlich war er ja auch nur ein Schweinehirte und führte
ein einfaches, ruhiges Leben. Es gab seine Arbeit, es gab

die Mutter und Valdo, und außerdem natürlich noch Galla. Vor einiger Zeit hatte er entdeckt, dass das Mädchen frühmorgens in den Gräben entlang der Straße Kräuter sammelte. Er sah ihr gerne dabei zu, und manchmal geschah es, dass der Saum ihrer langen Tunika hochrutschte und zwei Waden zum Vorschein kamen, die so weiß und glatt wie hart gekochte Eier waren. Früher oder später, dachte Pietro, würde er den Mut finden, um sie anzusprechen, und dann …

»Woran denkst du gerade?«

Er hatte sich in seinen Tagträumen verloren und gar nicht gemerkt, dass Vedio und Sulpicius weggegangen waren und der alte Pförtner auf einem Hocker eingeschlafen war. Und dass dieses Mädchen gekommen war. Die Tochter des Senators. Justina.

»Ich denke an gar nichts«, antwortete Pietro.

»Das stimmt nicht«, widersprach sie. »Du wirkst ein bisschen schwerfällig, aber ich glaube, das täuscht. Habe ich recht?«

Pietro schwieg.

»Hast du gerade an deine Freundin gedacht?«

Pietro errötete und Justina musste lachen. »Da habe ich ja richtig geraten … Das können wir Mädchen besonders gut. Wohl auch, weil die Dienerinnen mit uns über nichts anderes reden. Wer ist sie, wie heißt sie? Hütet sie auch Schweine, so wie du?«

»Nein«, erwiderte Pietro.

Er strich sich mit einer Hand über den Rücken. Die Stockhiebe schmerzten immer noch und er hatte sich geschworen, nie wieder mit einer vornehmen Frau zu sprechen, denn diese Leute brachten einem nur Ärger ein. Aber jetzt? Jetzt stand die Tochter des Senators schon wieder vor ihm.

»Weißt du«, sagte er, »es wäre vielleicht besser, du gehst weiter.«

Das Mädchen stellte sich auf die Zehenspitzen. Auch so war sie nicht besonders groß.

»Darf ich dich daran erinnern, dass das hier *mein* Haus ist? Du hast mir nicht zu sagen, was ich tun und lassen soll. Warum gehst stattdessen nicht du weiter?«

Pietro zeigte hinter sich, auf das verriegelte Tor.

Das Mädchen hielt die Luft an, dann atmete sie geräuschvoll aus. Und lächelte. Aber warum? Pietro verstand es nicht. Offenbar war es schwer, Justina zu verstehen. Sie holte sich einen Hocker und setzte sich neben Pietro, mit dem Rücken zum Tor.

Pietro schaute zu dem Pförtner hinüber. Wenn er jetzt aufwachte und sie beide so sah … Das würde Ärger geben, schlimmen Ärger.

In dem Vorraum wurde es immer dunkler.

»Wie ist es, Schweine zu hüten?«

Pietro war verblüfft. Das hatte noch niemand von ihm wissen wollen.

»Normal«, antwortete er.

»Wie, normal? Was machst du denn den ganzen Tag? Hast du sie immer im Auge? Musst du aufpassen, dass keines wegläuft?«

Pietro kratzte sich an einem Ohr. »Nein, sie laufen nicht weg, bei uns geht es ihnen ja gut. Aber jemand könnte sie stehlen. Ich kümmere mich einfach um sie. Ich füttere sie, bringe ihnen Wasser, helfe den Sauen bei den Geburten, so was eben. Ich beobachte sie. Sie sind intelligent.«

Justina lachte. »Die Schweine?«

»Sie sind *sehr* intelligent«, erklärte Pietro. »Zum Beispiel wälzen sie sich nicht deshalb im Schlamm, weil sie gerne dreckig sind, sondern weil sie eine empfindliche Haut haben und der Schlamm sie vor der Sonne schützt. So etwas zu tun, ist intelligent.«

Justina dachte nach. »Dann sind sie also so wie du. Die Menschen halten sie für dumm, aber sie irren sich.«

»Mich halten sie nur deshalb für dumm, weil ich stark bin.«

Das war ihm immer wieder aufgefallen: Wenn jemand kräftig war, gingen die anderen davon aus, dass er nur Stroh im Kopf hatte. Zum Ausgleich, gewissermaßen.

»Ich würde gerne mal zu den Schweinen gehen«, sagte Justina. »Dürfte ich sie vielleicht auch streicheln?«

»Ja, klar, die Ferkel sind noch klein und tun einem nichts.« Pietro zögerte. »Und du kannst kommen, wann du willst … Du bist die Tochter des Senators … Es sind deine Schweine.«

Das Mädchen seufzte. »Es sind meine, wenn du sie mir bringst, aber ich kann nicht einfach dorthin gehen. Ohne Erlaubnis dürfen Frauen nicht das Haus verlassen. Leider bin ich kein Junge.«

Seine Mutter oder Galla waren auch keine Jungen oder Männer, und trotzdem verließen sie ständig ihre Häuser, auch weil dort nicht viel Platz war. Aber vielleicht meinte Justina, wenn sie »Frauen« sagte, Mädchen wie sie aus reichen und vornehmen Familien. Ihr Leben musste völlig anders sein als das der Mädchen, mit denen Pietro aufgewachsen war.

Plötzlich hörten sie im Atrium Schritte und sahen Feuerschein. Mit Fackeln in der Hand liefen Vedio und Sulpicius vor dem Senator her, der mit schnellen Schritten, gefolgt von dem Priester und den Kurialen, auf den Vorraum zuging.

Als Justina sie erblickte, versuchte sie davonzulaufen, um sich zu verstecken, doch ihr Vater entdeckte sie sofort.

»Ich hatte dir befohlen, in deinem Zimmer zu bleiben«, sagte er streng.

Justina senkte den Kopf. Als der Senator Pietro sah, verzog er das Gesicht und warf mit einem Fußtritt den Hocker um, auf dem der Pförtner eingenickt war.

»Wach auf, du Faulpelz. So also bewachst du mein Haus? Im Schlaf?«

»I... ich ...«, stammelte der Pförtner. »Vergebt mir, Herr. Ich habe nur ein wenig meine Augen ausgeruht.«

»Öffne das Tor, unsere Gäste wollen gehen. Es ist schon sehr spät und morgen müssen sie früh aufstehen.«

»Warum denn?«, fragte Justina.

Ihr Vater antwortete ihr nicht, sondern schaute wieder Pietro an. »Geh nach Hause, Junge. Und morgen Mittag findest du dich auf dem Forum ein.«

»Ja, Herr«, antwortete Pietro.

»Warum?«, fragte Justina abermals.

»Aquileia wird belagert«, erklärte Ausonius, der Priester. »Man hat uns dort um Hilfe gebeten, aber die wenigen Soldaten, die wir in Ateste haben, müssen hierbleiben, um unsere Stadt zu verteidigen. Deshalb werden wir in den kommenden Tagen eine neue Armee zusammenstellen, um sie unseren Freunden in Aquileia als Verstärkung zu schicken.«

Ohne den Blick von Pietro abzuwenden, verzog der Senator seinen Mund zu einem eisigen Lächeln. »Meinen Glückwunsch, Junge. Du bist soeben auserwählt worden, Soldat zu werden. Morgen früh beginnt deine Ausbildung.«

ER SCHLEICHT INS HAUS,
UM NIEMANDEN ZU WECKEN.
DOCH MÜTTER HABEN EINEN
LEICHTEN SCHLAF.

5

»Pietro?«

Keine Reaktion.

»Pietro?«

»Ja«, flüsterte er.

Eine helle Tunika blitzte auf, dann schoben ihn zwei Hände aus der Hütte.

In der Dunkelheit der Nacht konnte Pietro nur die großen, glänzenden Augen seiner Mutter erkennen.

Sie war noch jung, denn bei der Geburt ihres Sohnes war sie erst vierzehn gewesen. Nach ihm waren noch sechs weitere Kinder gekommen, die jedoch alle im Säuglingsalter oder wenig später gestorben waren. Pietro hatte nicht sehr darunter gelitten. Nur eine Schwester vermisste er heute noch. Sie war beinahe drei Jahre alt geworden und Pietro hatte sie sehr gerne gemocht. Er hatte viel mit ihr gespielt und sie auf seinen Schultern getragen und ihr Tod hatte eine Art Leere hinterlassen. Ihr Name war Aurora gewesen.

Manchmal kam es Pietro noch immer so vor, als sei sie ganz in seiner Nähe. Er konnte sie nicht sehen, aber sie war da, wie etwas Unsichtbares, wie ein Duft.

»Wo warst du? Ich habe mir solche Sorgen gemacht!«

Pietro berichtete so knapp wie möglich und ließ bestimmte Einzelheiten, wie etwa die Stockhiebe, weg. Eigentlich hätte er gerne noch etwas von dieser Salbe bekommen, aber es war besser, die Schmerzen zu ertragen, als seine Mutter zu beunruhigen. Stattdessen erzählte er ihr von den Brotfladen der Köchin, weil sie natürlich wissen wollte, ob er auch genug gegessen hatte.

»Und dann hat dich der Senator gehen lassen?«, fragte sie, als er geendet hatte.

»Ja.«

»Und er hat sonst nichts zu dir gesagt?«

Pietro zögerte. Er könnte jetzt schweigen, lügen oder die Wahrheit sagen, aber keine der drei Möglichkeiten erschien ihm passend.

»Verschweigst du mir etwas?«

Nichts zu machen. Sogar hier draußen im Dunkeln hatte sie es gemerkt.

»Sie wollen Verstärkung schicken, gegen die Barbaren.«

»Und was hat das mit dir zu tun?«

»Ich glaube, ich muss da mitgehen.«

Er sagte lieber nicht, dass sie ihn zum Soldaten ausbilden wollten, denn dann wäre sie mit Sicherheit wütend geworden.

Sie wurde trotzdem wütend. »Das geht doch nicht. Du bist viel zu jung.«

»Ich bin vierzehn.«

»Du bist trotzdem zu jung.«

»Der Senator hat es angeordnet.«

Auf diese Worte hin zögerte sie. »In Ordnung, Pietro«, sagte sie schließlich, »ich habe verstanden. Geh jetzt schlafen, du bist sicher müde.«

Als er am nächsten Morgen aufwachte, war alles so wie immer: Valdo hatte schlechte Laune, seine Mutter hatte zu tun, und niemand verlor auch nur ein Wort über das, was am Vortag geschehen war. Einen Augenblick lang glaubte Pietro, dass er alles nur geträumt hatte. Doch die Stockhiebe taten ihm immer noch weh, die Schläge hatte er mit Sicherheit nicht geträumt.

Als die Sonne beinahe den höchsten Punkt am Himmel erreicht hatte, kam seine Mutter zum Schweinepferch. Sie hatte sich ein Kopftuch umgebunden.

»Wir müssen gehen.«

»Kommst du denn mit?«, fragte Pietro.

»Ja. Ich muss mit dem Senator sprechen.«

Sie ließen die Hütte und den Pferch hinter sich, und auch Valdo, der gerade die Schweine fütterte, und erreichten bald die Römerstraße. Die Pflastersteine glühten, es war überhaupt sehr heiß, trotzdem waren viele Leute unterwegs. Die Mutter unterhielt sich mit verschiedenen Bekannten. Wie sich herausstellte, waren sie alle zum Forum unterwegs.

Anscheinend war eine Art von Stadtversammlung einberufen worden. Vorbei an den alten, verfallenen Gebäuden der Thermen und des Theaters gelangten sie zum Hauptplatz, wo so viele Menschen, Pferde und Karren herumstanden, dass man fast nicht mehr durchkam.

Auf einem verkehrt herum aufgestellten Bottich stand ein Legionär. Seine Haut war von der Sonne braun gebrannt und er trug einen Schuppenpanzer: ein ledernes Hemd, auf dem dicht an dicht Metallschuppen aufgenäht waren. Der Panzer musste sehr schwer sein, denn das Gesicht des Mannes glänzte vor Schweiß.

»Ich heiße Sergius«, rief er. »Ich bin der Zenturio der Truppenabteilung von Ateste. Wenn ihr euch uns anschließen und der Stadt Aquileia zu Hilfe eilen wollt, stellt euch auf diese Seite.«

Neben seinem Bottich hatte sich eine kleine Gruppe versammelt, die aus ein paar Jungen und schon etwas betagten Männern bestand.

Ein Soldat trat zu ihnen und nahm Pietro beiseite. »Bist du ein Rekrut? Dann geh da rüber, zu den anderen. Hast du eine Waffe mitgebracht?«

Seine Mutter war entsetzt. »Rufus«, sagte sie zu dem Legionär, weil sie seinen Namen kannte. »Das ist mein Sohn Pietro … Wozu braucht er eine Waffe?«

»Wir beginnen heute mit der Ausbildung der Rekruten«, erklärte Rufus. »Und damit dieser junge Mann gegen die Barbaren kämpfen kann, braucht er eine Waffe.«

»Barbaren? Kämpfen? Aber ihr … Pietro kann doch nicht … Er ist erst vierzehn!«

»Bist du dir sicher, dass du dich nicht verrechnet hast? Dieser stramme Kerl muss doch mindestens achtzehn sein.«

»Er ist ein *Kind!*«

Der Legionär zuckte die Schultern. Pietro sah, dass seine Mutter zitterte.

»Das muss ein Irrtum sein«, flüsterte sie. »Pietro ist noch nicht alt genug … Das ist nicht gerecht …«

»Hör mal, warum gehst du nicht zum Clarissimus und sprichst mit ihm?«, schlug Rufus vor und zeigte auf den Senator, der gerade aus der Kurie kam, gefolgt von anderen Männern.

Die Mutter lief zu ihm hin und warf sich vor ihm auf die Knie.

»Was ist?«, fragte der Senator unwirsch.

»Mein Sohn Pietro. Ihr habt zu ihm gesagt, dass er in den Krieg ziehen soll. Deshalb ist er gekommen, da steht er … Aber er ist noch viel zu jung, Herr, er ist erst vierzehn Jahre alt.«

Der Senator erkannte Pietro wieder und zog eine Augenbraue hoch. »Vierzehn? Das ist ja kaum zu glauben. Auf jeden Fall ist er ein kräftiger Junge. Ich bin mir sicher, dass aus ihm ein brauchbarer Soldat wird.«

»Aber …«

Der Senator reckte einen Finger in die Höhe. »Dein Sohn hat eine Pflicht. Wir alle haben sie. Auch mein Sohn Constantinus wird mitgehen … Er ist ebenfalls erst vierzehn Jahre alt.«

Wenn der Senator höchstpersönlich seinen Sohn in den Krieg schickte, dann war klar, dass Pietro nicht verschont wurde.

Seine Mutter sank noch tiefer zu Boden, sagte aber nichts mehr.

Die vornehmen Herren liefen an ihr vorbei und Pietro half ihr aufzustehen.

»Komm, Mutter«, sagte er, »du hast es gehört. Wenn er

Constantinus mitgehen lässt, dann besteht keine Gefahr, es wird alles gut gehen. Mach dir bitte keine Sorgen.«

Er glaubte selbst nicht an das, was er da sagte, aber etwas Besseres fiel ihm so schnell nicht ein.

Auf dem Hauptplatz war es inzwischen noch voller geworden und die Legionäre teilten die neuen Rekruten in Gruppen ein.

Rufus rief Pietro zu sich, und seine Mutter verbarg ihr Gesicht, aus dem alle Farbe gewichen war, unter ihrem Kopftuch.

»Komm, komm«, versuchte der Legionär sie zu trösten. »Sie sind doch noch gar nicht losmarschiert. Heute Abend schicke ich ihn dir unversehrt nach Hause.«

Zu der Abteilung, in der Pietro nun war, gehörte auch Sulpicius, der Diener, dem er am Tag zuvor geholfen hatte, das Tor geschlossen zu halten, und Emilius, ein Bauer, der auf den Feldern unweit des Schweinepferchs arbeitete. Dann waren da noch ein paar, die Pietro nur vom Sehen her kannte, darunter ein Junge in seinem Alter mit sehr langem und struppigem Haar.

»Endlich mal jemand Junges«, sagte der. »Außer uns gibt es hier ja nur zahnlose Greise.«

»He«, mischte sich einer der Männer ein, »pass auf, was du sagst, dieser zahnlose Greis schlägt dir gleich die Zähne ein!«

»Versuch es doch!«

Der langhaarige Junge versetzte Pietro einen Rippenstoß, wie um zu sagen: Das glaubt der doch selber nicht!

Dann wurde er wieder ernst. »Ich habe beobachtet, wie deine Mutter mit dem Senator gesprochen hat. Bist du einer seiner Diener? Im Haus des Senators habe ich dich noch nie gesehen.«

»Ich arbeite für sein Haus, aber ich wohne nicht dort. Ich hüte die Schweine.«

»Ach, dann bist du Pietro. Mach nicht so ein Gesicht, alle wissen, dass gestern der Schweinehirte zum Haus gegangen ist und gesagt hat, dass die Barbaren kommen. Deshalb sind wir ja heute hier, oder?«

Damit hatte er recht.

»Ich bin Titus. Ich mache eine Schreinerlehre.«

»Bist du der Sohn von Olcinus?«, fragte Pietro, der den Schreiner von Ateste kannte.

»Nein, und auch nicht mit ihm verwandt, zum Glück. Aber ich bin sein Lehrling, bis ich alt genug bin, um eine eigene Werkstatt zu gründen. Ich kann ziemlich gut mit Holz umgehen, weißt du?«

Er zeigte Pietro seinen Stock, der mit kleinen Reliefs verziert war, die Vögel und Rehe darstellten.

»Der ist sehr schön«, sagte Pietro.

»Ihr zwei, hört endlich auf zu schwätzen!«, rief Rufus ihnen zu. Er ließ alle in einer Reihe Aufstellung nehmen und befahl dann: »Im Marschschritt, los!«

Also setzten sie sich in Bewegung, doch Rufus war nie mit ihnen zufrieden, mal waren sie zu langsam, mal zu schnell, mal machten sie den Rücken zu krumm, mal hielten sie den Kopf nicht hoch genug. Wieder und wieder brüllte er, sie sähen überhaupt nicht wie Soldaten aus.

»Liegt vielleicht daran, dass wir keine sind«, flüsterte Titus.

Pietro musste lachen. Normalerweise war er immer sehr

ernst. Jetzt, als er lachte, begriff er, was es bedeutete, sich leicht zu fühlen.

Sie kamen zu einer Wiese vor den Toren der Stadt, deren hohes Gras Pietro bis zum Nabel reichte. Zenturio Sergius ritt an den in einer Reihe aufgestellten Rekruten vorbei, und Rufus ließ sie immer wieder marschieren und dann in Reih und Glied stehen, als ob das furchtbar wichtig wäre.

Nach einer Weile kam ein weiterer Legionär mit einem Karren hinzu, auf dessen Ladefläche Stöcke und schwere Holztafeln lagen, die mittig auf der einen Seite einen Ledergriff hatten. Er erklärte, dass die Holztafeln Schilde seien und dass sich jeder einen Schild nehmen solle und einen Stock, falls er keinen mitgebracht hatte.

Pietro tat, wie ihm gesagt worden war. Der Schild war so groß und schwer, dass sogar er Mühe hatte, ihn hochzuhalten.

Nun begannen die Übungen, die darin bestanden, loszumarschieren und auf Kommando so stehen zu bleiben, dass die dicht nebeneinander gehaltenen Schilde eine Art Mauer bildeten.

»Nicht so!«, rief Sergius und gab seinem Pferd die Sporen. Er ritt eine Attacke auf die Gruppe von Pietro und schlug mit einem Stock gegen die Schilde.

Die kombinierte Kraft des Pferdes und des Zenturios brachte die Mauer sofort zum Einstürzen, und ehe sie es sich versahen, lagen die Rekruten auf dem Rücken im Gras.

»Stellt euch vor, ich wäre ein Feind gewesen! Ihr müsst stark sein, eine feste Mauer bilden. Ihr seid Soldaten!«

Sie fingen von vorne an: marschieren, eine Mauer bilden, weitermarschieren. Danach mussten je zwei von ihnen gegeneinander antreten. Pietro sollte mit seinem Stock auf den Schild von Titus einschlagen und umgekehrt.

Das alles war anstrengend, aber auch nicht schlimmer als die Arbeit, die Pietro täglich zu verrichten hatte. Sein einziges wahres Problem war die Sonne, die auf seiner Haut brannte und sie feuerrot werden ließ. Am Abend würde ihm seine Mutter ziemlich viel von ihrer Salbe gegen Sonnenbrand geben müssen.

Sie übten weiter, bis es dunkel wurde und Rufus sagte, dass sie nun nach Hause gehen, am nächsten Morgen aber alle wieder herkommen sollten.

Titus stöhnte.

»Stöhnen hilft dir nicht weiter, Schreiner«, schimpfte Rufus. »Genieße die Übungen, solange du kannst … Wenn wir in den Krieg ziehen, wird es dir leidtun, nicht eifriger geübt zu haben.«

»Was soll das heißen?«, fragte Emilius, der Bauer. »Wann gehen wir fort?«

»Bald«, antwortete Rufus.

»Wie bald?«

»Die Ausbildung von Rekruten dauert normalerweise vier Monate. Doch weil der Feind so schnell vorrückt, haben sie uns nur vier Tage zugestanden.« Missbilligend schüttelte er den Kopf. »Heute in vier Tagen marschieren wir auf der Straße nach Aquileia.«

»Und dann?«

»Dann können wir nur noch hoffen, dass die Götter Erbarmen mit uns haben.«

KÄMPFEN, ESSEN, SCHLAFEN.
SCHLAFEN, ESSEN, KÄMPFEN.
DIE TAGE VERGEHEN,
DER AUFBRUCH RÜCKT NÄHER.

6

Als Pietro am fünften Tag bei Sonnenaufgang erwachte, war es in der Hütte noch ganz dunkel, doch unter dem Türschlitz drang ein seltsames Leuchten herein. Es kam von einem Feuer, das in der Nähe des Pferchs brannte und von dem ein sehr appetitanregender, ungewohnter Duft herüberwehte, der auch die Schweine geweckt hatte.

Valdo schlief noch und die Mutter war draußen und kniete neben dem Feuer. Sie hatte einen Tontopf auf die glühenden Holzscheite gestellt und diesem Topf entströmte der leckere Duft.

»Was machst du da?«

»Ich frittiere Kroketten.«

Hirsekroketten waren Pietros Lieblingsspeise, allerdings hatte er sie in seinem ganzen Leben bisher nur ein Mal gegessen. Er konnte sich nur schwach daran erinnern, weil er damals noch sehr klein gewesen war.

Mit einem Holzlöffel fischte die Mutter eine Krokette aus

dem Topf und legte sie auf ein Stück Leinen, auf dem schon vier andere warteten. Der Schmalz, in dem sie die Kroketten frittierte, war in den Stoff eingedrungen und hatte ihn schwer und glänzend werden lassen.

»Für wen sind die denn?«

Sie holte drei weitere Kroketten aus dem Fett, tat sie zu den übrigen und rollte den Lappen zusammen, bevor sie ihn in die Stofftasche steckte, mit der sie immer auf den Markt ging.

»Die sind für dich. Mach dich fertig, wir müssen gleich los.«

»Ich will lieber alleine gehen.«

»Wenn ein Sohn in den Krieg zieht, dann begleitet seine Mutter ihn, so weit sie kann …«, sagte sie und legte sich eine Hand aufs Gesicht.

Pietro sah, dass sich in der Tasche kleine Tontöpfe mit Salben gegen Sonnenbrand und Insekten und für schnellere Wundheilung befanden. Außerdem entdeckte er darin ein Stück luftgetrockneten Speck, zwei Hartwürste, einen Laib dunkles Brot, drei kleine Käselaibe und mehrere Handvoll getrockneter Feigen sowie etliche Nüsse.

Noch nie hatte Pietro so viele Lebensmittel auf einmal gesehen. Dann fiel ihm wieder ein, dass seine Mutter in den letzten Tagen immer sehr spät nach Hause gekommen war, angeblich, weil sie so viel zu erledigen gehabt hatte. Möglicherweise hatte das, was sie zu erledigen hatte, mit dem Inhalt dieser Tasche zu tun.

»Mama«, sagte Pietro, »ich kann das nicht alles mitnehmen.«

»Das wirst du auch nicht müssen, denn ich komme mit

dir mit. Ich spreche mit dem Senator und erkläre ihm, dass du nicht mitmarschieren kannst.« Ihre Stimme zitterte.

Pietro seufzte. »Du hast es doch schon einmal versucht und es hat nichts genützt …«

»So sind die hohen Herren eben, sie hören uns nie zu. Aber heute wird es anders sein.«

»Und was machen wir mit all dem Essen?«

Seine Mutter antwortete nicht, die Antwort war klar. Falls sie den Senator nicht umstimmen konnte, war der Inhalt der Tasche für Pietro bestimmt.

Er wusste, dass er nicht gegen sie ankam, und half ihr deshalb bei den Vorbereitungen. Jedes Mal, wenn seine Mutter wegschaute, nahm er etwas aus der Tasche: Er warf fast alle Nüsse hinter die Hütte und versteckte Speck und Käse in einer Tonamphore, die neben dem Eingang stand. Darin wären sie vor den Mäusen sicher, und Valdo und seine Mutter würden eine Weile gute Sachen zu essen haben, wenn er weg war.

Als es Zeit wurde aufzubrechen, trug Pietro die Tasche, damit seine Mutter nicht merkte, dass sie viel leichter geworden war. Außerdem nahm er einen Wanderstock mit, der ihm unterwegs vielleicht von Nutzen sein konnte.

»Nimm auch das Messer«, sagte seine Mutter.

»Aber das braucht ihr doch …«

»Wir werden uns ein anderes besorgen.«

Pietro bemerkte, das Valdo im Türrahmen stand und ihn schweigend ansah.

In den letzten Tagen war er wie ein Geist umhergelaufen. Er hatte kein Wort über die Invasion der Barbaren verloren und auch nicht darüber, dass Pietro rekrutiert worden war und in den Krieg ziehen musste. Er schwieg einfach, so als hätte alles, was gerade geschah, nichts mit ihm zu tun.

In gewisser Weise stimmte das ja auch. Vielleicht, dachte Pietro, war Valdo froh, wenn er weg war, wahrscheinlich würde er sich nicht einmal von ihm verabschieden. Doch nun stand er auf der Schwelle und sah ihn an. Pietro erwiderte den Blick.

»Wir müssen jetzt gehen«, sagte die Mutter.

Pietro schlug mit ihr den Pfad durch den Wald ein, ohne sich umzudrehen. Als sie den Lichtkreis des Feuers am Pferch verlassen hatten, hakte er sich bei ihr ein, damit sie im dunklen Wald nicht über die Wurzeln stolperte.

»Er ist kein böser Mensch«, sagte die Mutter.

»Wer?«

»Valdo. Er ist schwierig, ihm wurde im Leben nichts geschenkt. Aber er ist nicht böse.«

»Ja«, erwiderte Pietro.

»Und er ist nicht dein Vater.«

Die Mutter ging neben ihm, ihr Gesicht war vom Kopftuch verdeckt.

Petro sagte nichts darauf.

»Na ja«, fuhr sie fort, »man sieht es ja auch, man braucht euch nur anzuschauen. Du bist so kräftig … Du ähnelst ihm überhaupt nicht. Dafür siehst du genau so wie dein richtiger Vater aus. Ich weiß, ich hätte es dir schon früher sagen sollen … Aber all die Kinder, die ich Valdo geschenkt habe, sind gestorben und du bist alles, was ihm bleibt. Für ihn wäre es schlimm gewesen, wenn du die Wahrheit erfahren hättest. Aber jetzt … Jetzt ist alles anders. Ich weiß nicht … Verzeih mir bitte.«

Pietro atmete erst einmal tief durch, aber im Grunde genommen überraschte ihn nicht, was er gerade erfahren hatte. Es war, als hätte ein Teil von ihm es schon immer gewusst. Er hatte ihn immer nur Valdo genannt, nie Vater, und dieser Mann hatte ihm nie etwas gegeben, war nie auf ihn zugegangen.

»Wie war mein richtiger Vater?«

»Wunderschön«, antwortete sie. »Er war ein Barbar, der vom Meer kam, von den Ländern, die jenseits des großen Wassers liegen. Er kam in einem Boot den Fluss hinuntergefahren, als ich noch sehr jung war. Mein Vater, dein Großvater also, nahm ihn für eine Nacht in unserem Haus auf, und in dieser Nacht habe ich zum ersten Mal an dich gedacht, Pietro. Am nächsten Morgen ist er weitergefahren und ich habe ihn nie wiedergesehen, ich kenne nicht einmal seinen Namen. Doch bevor er in sein Boot stieg, hat er mir das hier gegeben.«

Aus dem Halsausschnitt ihrer Tunika zog die Mutter einen Stoffbeutel hervor, den sie an einer Schnur um den Hals getragen hatte. Pietro hatte ihn noch nie zuvor gesehen. Sie öffnete den Beutel und brachte eine Goldmünze zum Vorschein. Genauer gesagt, eine halbe Münze mit einem grob gezackten Bruchrand.

Pietro nahm sie in die Hand und schaute sie sich genauer an. Auf der einen Seite war das Porträt eines Mannes zu sehen, vermutlich ein Kaiser aus längst vergangener Zeit. Auf der anderen Seite erkannte er ein Schwert und drei Buchstaben.

Pietro konnte nicht lesen, doch ihm war klar, dass es sich um eine sehr alte Münze handeln musste.

»Das war das Kostbarste, was er besaß, jedenfalls hat er das zu mir gesagt. Bevor er ging, hat er ein Beil genommen, die Klinge geschärft und die Münze entzweigeschlagen. Die andere Hälfte hat er behalten. Damit wir einander eines Tages wiederfinden, hat er gesagt ... Ich könnte das Gold aber auch verwenden, um unseren Sohn zu unterstützen. Das waren genau seine Worte: *unseren Sohn*. Denn auch er hat dich in dieser Nacht im Traum gesehen. Er wusste, dass du kommen würdest.« Die Stimme der Mutter brach. »Sie gehört dir, Pietro. Setze sie klug ein.«

Er verstand nicht, was sie damit sagen wollte. Dass er sie ausgeben könne? Aber die halbe Münze war das Einzige, was er von seinem Vater hatte, auf gar keinen Fall würde er sich von ihr trennen. Stattdessen wollte er sie aufbewahren, bei sich behalten, bis zu dem Tag, an dem ...

»Deshalb habe ich diesen Beutel genäht«, unterbrach seine Mutter seine Grübeleien, »damit du sie nicht verlierst.«

Pietro hängte sich den Beutel mit der Münze um den Hals.

Und sie gingen schweigend weiter.

DIE HALBIERTE MÜNZE,
VERLOREN UND WIEDER GEFUNDEN.
WAS WIRD DAMIT WOHL
BEZAHLT WERDEN?

7

Auf dem Hauptplatz hatte sich eine riesige Menschenmenge versammelt. Dazwischen standen zahlreiche Hand-
karren und mehrspännige Ochsenwagen.

Ein Wagen fiel Pietro auf, weil er sehr vornehm wirkte,
beinahe wie ein kleines Haus auf Rädern. Er hatte Fens-
terchen mit schwarzen Vorhängen, und Diener waren damit beschäftigt, vier Pferde mit glänzendem Fell einzu-
spannen.

»Das da«, erklärte Titus, »ist ein Reisewagen. Innen ist er
wie ein Haus – mit einem Bett, in dem man schlafen kann.
Hättest du dir jemals träumen lassen, dass es so etwas gibt?
Natürlich gehört er dem Senator … Wahrscheinlich wird
sein Sohn darin reisen. Constantinus. Die vornehmen Leute wissen, wie man es sich bequem macht, mein Freund.
Wir dagegen werden etwas anders reisen.« Er zeigte auf die
Bündel, die sie an ihre Stöcke hängen sollten, um sie zu
tragen. Mit Stock, Bündel, dem schweren Holzschild und

der restlichen Ausrüstung würde es mit Sicherheit ein sehr anstrengender Marsch werden.

Plötzlich merkte Pietro, dass er seine Mutter aus den Augen verloren hatte, nachdem sie sich durch die Menge geschoben hatte, um mit »jemandem« zu reden. Aber wohl nicht mit dem Senator, denn der sprach gerade mit einem Diener, während Sergius, der Zenturio, den Legionären Anweisungen erteilte.

Nur der kleinere Teil von ihnen würde losziehen: Die Stadtgarde von Ateste musste bleiben, um die Stadt zu verteidigen. Außer aus Sergius und einigen wenigen Offizieren wie Rufus bestand die Armee, die Aquileia zu Hilfe eilte, aus Jungen und alten Männern mit faltigen Gesichtern.

Endlich hatte Pietro seine Mutter entdeckt. Sie lief auf Ausonius, den Priester zu, der sie jedoch nicht beachtete, weil er gerade seine Frau und seine vier Kinder umarmte. Die jüngste Tochter war kaum ein Jahr alt. Pietro fiel auf, dass der Priester Wanderschuhe anhatte und dass seine älteren Kinder respektvoll sein Bündel trugen. Also würde er mit ihnen gehen. Pietro wusste nicht, warum er diese Entdeckung tröstlich fand.

Irgendwann löste sich Ausonius von seiner Familie, und der Senator beendete die Gespräche mit den Dienern. Gemeinsam mit anderen Mitgliedern des Stadtrats bestiegen sie ein aus Brettern gezimmertes Podium.

»Untertanen des Kaisers«, begann der Senator seine Ansprache, »schwierige Zeiten sind angebrochen.« Er berichtete von den Barbaren, die Aquileia angriffen, von dem Krieg, der über sie hereinbrach, und so weiter.

Danach kam Ausonius an die Reihe, der zum Abschluss

seiner Rede ein Gebet sprach. Das Ende des Gebets war gleichsam das Zeichen zum Aufbruch.

Als Sergius die Abteilungen zusammenstellte, umarmte Pietros Mutter ihren Sohn.

»Es tut mir leid«, flüsterte sie ihm ins Ohr, »es ist ungerecht, du bist noch zu jung. Ich habe gesagt, dass du zu jung bist. Ausonius hat versprochen, auf dich aufzupassen, aber du musst auch selbst vorsichtig sein, hast du verstanden?«

»Ehrbare Frau«, mischte Titus sich ein. »Sie werden sehen, dass uns nichts passiert, außerdem bleiben Pietro und ich immer zusammen. Wir sind Waffengefährten, wir halten uns gegenseitig den Rücken frei.«

»Du bist der Lehrling von Olcinus, stimmt's? Ja, bleibt zusammen und helft euch gegenseitig, wo ihr nur könnt.«

»Titus ist mein Freund«, sagte Pietro. »Wir haben uns in der Ausbildung kennengelernt. Mach dir keine Sorgen, wir werden gut aufeinander aufpassen.«

Die Mutter küsste ihn, ihr Gesicht war nass von Tränen. Sie küsste auch Titus. Der zog die Nase hoch. Es war niemand gekommen, um sich von ihm zu verabschieden.

»Mutter … Ich muss jetzt gehen.«

»Ich weiß. Seid vorsichtig, ja? Und kommt bald wieder. Ich bitte euch darum, ich flehe euch an!«

Die Ersten setzten sich in Bewegung.

Pietro schenkte seiner Mutter ein Lächeln und zeigte auf den Beutel, den er an der Schnur um den Hals trug. »Ich komme zurück, weil ich dir das hier wiedergeben muss.«

Dann legte er sich den Stock über die Schulter, an dem er sein Bündel befestigt hatte, und zog gemeinsam mit den anderen los.

Rufus gab das Tempo vor und brummelte vor sich hin, dass dies die schlimmsten Soldaten seien, mit denen er jemals zu tun gehabt habe.

Irgendjemand vorne in der langen Reihe stimmte ein Lied an, die anderen fielen mit ein. So gingen sie durch Ateste, gelangten zum Fluss und verließen die Stadt auf der breiten Römerstraße, die an den Hügeln vorbei nach Patavium führte.

Auf dieser Straße war Pietro jeden Tag gegangen, seit er denken konnte, und auch an diesem Morgen, als er zusammen mit seiner Mutter zum Forum unterwegs gewesen war. Jetzt kam es ihm vor, als sähe er sie zum ersten Mal. Jeder Pflasterstein und jeder Grashalm erschienen ihm einzigartig und neu.

Der alte Ranilo setzte auf seinem Floß gerade Körbe über, die mit etwas gefüllt waren, das man nicht erkennen konnte. Als er die singenden Stimmen hörte, drehte er sich um und hob grüßend die Hand.

Alle riefen seinen Namen: »*Salve*, Ranilo, wir sehen uns bald wieder, vergiss uns nicht.«

Sie wanderten weiter und erreichten die Stelle, an der Pietro normalerweise von der Straße abbog, um über den Waldpfad nach Hause zu gehen. Vielleicht war Valdo hierhergekommen, dachte er, um ihm zuzuwinken, doch da war niemand.

Weiter ging es, zu der Stelle, an der Galla immer ihre Kräuter sammelte. Und tatsächlich, da stand sie, neben ihrer Mutter und zwei jüngeren Geschwistern. Sie warf Blumen auf die Straße und winkte.

Die Männer dankten ihr und riefen den kleinen Kindern

zu: »Kommt mit, kommt mit uns mit!«, aber die Kleinen lachten nur und rührten sich nicht.

Als Pietro an Galla vorbeilief, trat sie einen Schritt vor und fragte: »Musst du auch mitgehen?«

Pietro hätte nicht gedacht, dass es ihr etwas ausmachte. Errötend antwortete er: »Ja, aber ich komme wieder.«

»Ich verlasse mich darauf«, erwiderte sie leise, mit glänzenden Augen, und Pietro war, als mache sein Herz einen Sprung.

Ich verlasse mich darauf, hatte sie gesagt, zu ihm gesagt, und das konnte nur bedeuten, dass sie auf ihn warten würde.

»Ich komme bestimmt wieder«, sagte er dann noch, wie um ein Versprechen zu besiegeln, und die Armee marschierte und marschierte und sang und sang, und sie entfernten sich.

Es war ein heißer, aber nicht allzu schwüler Tag, der Himmel war von einem strahlenden Blau und die grünen Hügel zogen links an ihnen vorbei, wie Rücken schlafender Katzen. Als sie um eine Kurve bogen, sagte Pietro zu sich selbst: »Von hier an.«

Titus, der bis jetzt laut singend neben ihm hergelaufen war, fragte: »Was soll das heißen, *von hier an?*«

»Von hier an ist es eine vollkommen neue Straße. Ich bin noch nie so weit von zu Hause weg gewesen.«

Eigentlich war es gar nicht so schlimm, das Reisen. Zwar hatte er Angst vor diesen Hunnen, die so schrecklich sein sollten, aber er war auch ein bisschen aufgeregt, ja beinahe neugierig darauf, sie zu sehen.

Im Grunde war Pietro ja der Sohn eines Barbaren, eines

Mannes, der vom Meer kam. Was, wenn in seinen Adern Hunnenblut floss? Was, wenn er bei den Hunnen seinem Vater begegnete?

»Hör mal«, unterbrach Titus seine Gedanken. »Das, was du da vorhin gesagt hast, stimmt das?«

»Was?«

»Dass wir Freunde sind?«

Pietro überlegte. Bisher hatte er noch nicht besonders viele Freunde gehabt, wenn man mal von seinen Schweinen absah, die gerne mit ihm spielten und ihn mochten.

»Ich wusste, dass es nicht ernst gemeint war«, grummelte Titus.

»Nein, nein, ich habe nur nachgedacht«, antwortete Pietro. »Das ist schließlich nichts, was man auf die leichte Schulter nehmen sollte.«

Er schaute den anderen Jungen an und sagte feierlich: »Wir beide sind Freunde.«

Titus lächelte. »Gut«, sagte er. »Dort, wohin wir gehen, werden wir Freunde dringend nötig haben.«

Pietro nickte, weil er derselben Meinung war.

VORNEWEG DIE OFFIZIERE,
DAHINTER DIE SCHWER
BEWAFFNETEN LEGIONÄRE.
DANN DIE WAGEN, DIE REITER
UND ALS LETZTE ALL DIE,
DIE NOCH NIE IM
KRIEG WAREN.

8

Sergius, der Zenturio, hatte gehofft, Patavium noch vor dem Abend zu erreichen, doch am Nachmittag waren sie noch sehr weit davon entfernt: Die Ausrüstung, die sie mitschleppten, war zu schwer, ihr Marschtempo zu langsam.

»Wenn sie so schwerfällig sind«, meinte er, »wie können wir dann im Kampf Manöver durchführen?«

»Aber, Zenturio, wer vier Tage lang mit einem Stock gespielt hat, ist noch lange kein Legionär. Das hier sind Bauern, Tagelöhner …« Rufus nickte zu Pietro hinüber. »Du, zum Beispiel, Junge, wo hast du bisher gearbeitet?«

»Ich bin Schweinehirte.«

»Na, da sieht man es! Die Kurialen schicken einen Schweinehirten in den Krieg. Und wie alt bist du?«

»Vierzehn.«

»Ein vierzehnjähriger Schweinehirte. Ach!«, sagte der Zenturio.

»Zumindest ist er ein kräftiger Bursche«, wandte Rufus ein.

Nichtsdestotrotz war es nach Patavium noch weit, die Männer waren müde und bald würde die Dämmerung hereinbrechen.

Sergius befahl, das Lager bei Mons Aegrotorum aufzuschlagen, einem Dorf, das in der Nähe der Stadt Aponus lag.

Sie blieben auf einer Wiese stehen, an deren Rand sich fünf beeindruckende Gebäude mit Marmortreppen, Säulengängen und Marmorstatuen erhoben.

»Was sind das für Paläste?«, fragte Pietro.

»Die Thermen«, antwortete Titus. »Die Stadt Aponus ist nach Apono benannt, dem Gott der Thermalquellen.«

»Ich habe noch nie von ihm gehört«, bemerkte Pietro.

»Dabei ist er wirklich berühmt. Er war einer der besten Freunde von Jesus. Du weißt schon, der Mann, der über das Wasser laufen konnte? Das ist hier ganz in der Nähe passiert und nur Apono zu verdanken, denn der hatte das Wasser des Flusses zu Schlamm werden lassen, damit man darauf laufen konnte. Dann hat Jesus die Fische in Hirsebrei verwandelt. Doch das hat ihm alles nichts genutzt. Am Ende haben sie ihn umgebracht. Das hat mir Ausonius erzählt, als ich einmal bei ihm zu Hause war, um seine Stühle zu reparieren.«

Pietro ging immer mit seiner Mutter zu den sonntäglichen Versammlungen, aber diese Geschichte, die Titus gerade erzählt hatte, hatte er noch nie gehört. Wer weiß, warum.

Der Gedanke an die Sonntage, die Versammlungen und seine Mutter versetzte ihm einen schmerzenden Stich in der Brust.

»He, ihr da!«, rief Rufus. »Steht nicht rum! Wir müssen das Lager aufschlagen, es gibt genug Arbeit für alle!«

Das war nicht übertrieben: Bevor sie sich ausruhen konnten, mussten sie die Zelte aufstellen, die Waffen zusammentragen und ordnen, Feuer machen, das Abendessen kochen und viele andere Dinge mehr.

»Warst du schon mal in den Thermen?«, fragte Pietro seinen neuen Freund.

»Ein Mal. Als meine Eltern noch lebten. Mein Vater … er war ein Kaufmann, weißt du? Und sogar ein sehr tüchtiger. Er war ständig unterwegs und handelte …«

»Womit handelte er?«

»Mit so gut wie allem. Was es gerade gab. Weißt du denn, was Kaufleute machen?«

Nein, Pietro wusste es nicht.

»Stell dir vor, dass deine Sauen in einem Jahr unglaublich viele Ferkel werfen, wirklich wahnsinnig viele, sodass im Pferch gar kein Platz für alle ist und du gar nicht weißt, wohin mit ihnen. Dann kommt ein Kaufmann vorbei und will dir zwei oder drei davon abkaufen, und du überlässt sie ihm für wenig Geld, denn eigentlich tut er dir ja einen Gefallen, weil du sie unbedingt loswerden musst. Der Kaufmann bezahlt dir also die drei Ferkel und bringt sie nach Patavium. Dort stellt er fest, dass es eine Krankheit gegeben hat, an der fast alle Schweine gestorben sind, sodass man keine mehr findet, selbst dann nicht, wenn man bereit ist, sehr viel zu zahlen. Aber der Kaufmann hat drei Ferkel von dir, er kann sie für teures Geld verkaufen und macht ein hervorragendes Geschäft.«

»Ach so.« Pietro hätte sich niemals träumen lassen, dass

ein und dasselbe Ding an verschiedenen Orten unterschiedliche Preise haben könnte.

»Warte, das ist noch nicht alles«, fuhr Titus fort. »Nehmen wir mal an, der Töpfer von Ateste ist alt geworden und sieht schlecht, und deshalb werden seine Amphoren alle schief. In Patavium dagegen gibt es einen jungen und sehr geschickten Töpfer. Mit dem Geld, das der Kaufmann an deinen Ferkeln verdient hat, kauft er in Patavium zehn Amphoren, die er dann in Ateste zu einem wesentlich höheren Preis verkauft … Auf diese Weise hat er seinen Gewinn auf der Reise verdoppelt. Daraufhin macht er noch eine Reise und noch eine und noch eine und wird sagenhaft reich.«

»Dann war dein Vater auch sagenhaft reich?«, wollte Pietro wissen.

»Er wäre es sicherlich geworden. Doch dann kam das Fieber und er ist daran gestorben und meine Mutter auch.«

»Ich hatte eine Schwester, Aurora. Sie ist gestorben, als sie noch sehr klein war.«

Pietro verschwieg ihm, dass er oft das Gefühl hatte, sie sei bei ihm, ganz nahe, wie ein Duft. Es gab Dinge, die man besser niemandem erzählte, nicht einmal einem Freund.

Während sie sich unterhielten, hatten sie einen Karren abgeladen, Matten ausgelegt und Pfähle für die Zelte in den Boden gerammt.

»Ihr beiden«, rief Rufus, »schnappt euch Eimer und füllt sie mit Wasser!«

»Wo denn?«

Der Legionär zeigte auf einige Soldaten, die in eines der Thermengebäude gingen. Klar, dachte Pietro, wenn es Thermen waren, dann musste dort auch Wasser sein.

Sie holten sich Eimer und reihten sich in die Schlange ein. Bald betraten sie ein beeindruckendes Atrium, dessen Säulen den Himmel zu berühren schienen.

Es war ein herrlicher Palast, mit Mosaikfußböden, wie es sie im Haus des Senators gab, doch war es hier sehr still und irgendwie traurig. Seit vielen Jahren schon hatte hier niemand mehr gebadet, vielleicht sogar seit Jahrhunderten. Die Mosaike hatten Risse, viele Statuen waren umgestürzt und überall hatte sich Unkraut angesiedelt.

Die Soldaten ganz vorne in der Schlange standen an einem in die Wand eingelassenen Brunnen, bei dem das Wasser aus dem Mund einer Statue in Knabengestalt sprudelte. Von irgendwo rechts von ihnen drangen Stimmen und auch Lachen herüber.

»Was ist denn hinter dieser Wand?«, fragte Pietro.

»Ach, ich denke …«, meinte Titus. »Nein, ich sage es dir lieber nicht, ich will dir nicht die Überraschung verderben.«

»Ich glaube eher, du weißt es nicht.«

»Doch, ich weiß es.«

»Stimmt nicht.«

»In Ordnung, es stimmt nicht. Aber wir können doch mal nachsehen, oder?«

Pietro war einverstanden. Sie folgten den Stimmen und erreichten einen großen, nicht überdachten Raum mit einem riesigen Becken, einem Rechteck aus Wasser, in das auf allen Seiten Marmorstufen führten. Das Wasser war dunkel und grünlich und Seerosenblätter schwammen darauf. Pietro hatte so etwas noch nie gesehen und dachte, dass es dem Meer ähneln müsse, von dem sein Vater hergekommen war.

Einige Soldaten hatten sich ausgezogen und ließen sich mit geschlossenen Augen auf dem Rücken im Wasser treiben. Ihre weißen Bäuche ragten nur knapp heraus.

Pietro tauchte eine Hand ein. Das Wasser war kühl und fühlte sich ein bisschen ölig an. Einladend war es trotzdem.

»Los«, sagte Titus. »Lass uns reinhüpfen.«

»Und die Eimer? Und Rufus?«

»Er wird es gar nicht merken, wir bleiben nur ganz kurz drin. Der Letzte, der reinspringt, ist ein Schweinehirte!«

Pietro war ohnehin ein Schweinehirte, also machte es ihm nichts aus, dass Titus als Erster ins dunkle Wasser sprang. Er dagegen ließ sich Zeit, setzte seine Stofftasche ab, zog Tunika und Sandalen aus und nahm auch das *Subligaculum* ab, den Lendenschurz, den er als Unterwäsche trug. Er zögerte kurz, bevor er zu seinen Sachen auch den kleinen Beutel legte, den er an einer Schnur um den Hals getragen hatte: Er wusste nicht, ob Gold Wasser vertrug, und falls er seine halbe Münze verlor, hätte er am schlammigen Beckenboden nach ihr tauchen müssen.

Nackt stieg er langsam die Marmorstufen hinunter und ließ sich ins Wasser gleiten. Dann schwamm er mit kräftigen Armschlägen, drehte sich auf den Rücken und betrachtete die ersten Sterne, die sich am Himmel über ihm zeigten.

»Pietro … Pietro!«

Er drehte sich um und Titus spuckte ihm Wasser ins Gesicht.

Das kam einer Kriegserklärung gleich. Pietro schwamm blitzschnell auf Titus zu und drückte ihn unter Wasser.

Als er wieder nach oben kam, spuckte er nochmals und

die beiden Jungen rangen im Wasser, bis sich die anderen Soldaten durch ihr Treiben gestört fühlten und ihnen befahlen, damit aufzuhören.

Inzwischen war es schon ziemlich dunkel geworden und das Schwimmen hatte Pietro hungrig gemacht. Er dachte an die Hirsekroketten, die seine Mutter am Morgen für ihn frittiert hatte, und sein Magen begann zu knurren.

Er kletterte die Stufen zu der Stelle hinauf, an der er seine Sachen gelassen hatte. Nun lagen sie aber nicht mehr ordentlich gefaltet da, sondern waren durchwühlt worden. Er fand seine Tunika, das *Subligaculum* und die Sandalen. Und sonst nichts.

Keine Stofftasche.

Keinen kleinen Beutel mit der Münze darin.

»Was ist los?«, fragte Titus.

Pietro starrte ihn an. Die anderen sagten über Pietro oft, dass er dumm war, und sie hatten recht, er war es tatsächlich. Dumm, dumm, dumm. Wie hatte er so dumm sein können?

»Pietro? Muss ich mir Sorgen machen?«

»Ich bin bestohlen worden«, antwortete er. »Alles ist weg.«

WÄHREND ER IM WASSER DÖST,
NUTZT DER DIEB
DIE GELEGENHEIT,
LEISE WIE EIN WINDHAUCH
IN DER NACHT.

9

»Hast du den Dieb denn gesehen?«, fragte Titus.

»Vielleicht.«

Er beschrieb ihn: ein dunkelhaariger Junge, der ziemlich klein gewesen war. Neun oder zehn Jahre alt.

»Was hat er dir denn gestohlen?«

»Würste und Kroketten.«

»Aha.«

»Und noch etwas, das ich unbedingt wiederhaben muss.«

»Und das wäre …?«

»Eine Goldmünze. Aber nicht, weil sie aus Gold ist. Ich habe sie von meinem Vater.«

»Valdo hat dir eine Goldmünze geschenkt?«

»Nein, nicht er. Mein richtiger Vater. Er war ein Barbar. Er kam vom Meer. *Da mar*, hat meine Mutter gesagt.«

Titus nickte. »Gut, dann gehen wir jetzt und holen sie uns zurück.«

Pietro dachte nach. Wenn der Dieb jener dunkelhaarige

Junge war, den er gesehen hatte, dann konnte er nicht weit sein. Vielleicht befand er sich sogar noch irgendwo in der Therme. Wahrscheinlicher aber war, dass er den Hintereingang genommen hatte, um nach Mons Aegrotorum zu gelangen. Pietro hatte einen guten Orientierungssinn, auf den er sich verlassen konnte.

Er trabte los. So groß, wie er war, so langsam war er auch, und er rannte nicht gerne, aber jetzt lohnte es sich, sich anzustrengen. Titus und er liefen einen langen Flur entlang, von dem zahlreiche Räume abgingen. Vielleicht waren das früher die Umkleideräume gewesen oder Saunen, in denen Sklaven dafür sorgten, dass das Feuer brannte.

Titus schaute sich im Laufen um, während Pietro stur geradeaus trabte, wie ein Jagdhund, der eine Fährte aufgenommen hat. Gerade. Konzentriert. Sein einziger Schatz.

»Titus«, keuchte er zwischendurch. »Geht Gold kaputt, wenn es nass wird?«

»Nein«, antwortete Titus. »Gold ist ein Metall, das sich leicht zerkratzen lässt, doch Wasser kann ihm nichts anhaben.«

Also hätte er die Münze mit ins Becken nehmen können, in dem Säckchen, das er um den Hals trug. Warum nur hatte er das nicht getan?

Wenn ich sie wiedergefunden habe, mache ich diesen Fehler kein zweites Mal, nahm er sich vor.

Denn jetzt war er nicht mehr in Ateste, inmitten von Leuten, die er schon sein ganzes Leben lang kannte. Alles war anders. Er war nicht mehr der Pietro der Schweine, sondern Pietro da Mar, der Sohn des Barbaren, der vom Meer kam. Sein Vater hatte ihm eine halbe Münze geschenkt und eines

Tages würde er ihn mithilfe dieser Münze wiederfinden, und damit das gelang, musste er lernen, in der großen weiten Welt zurechtzukommen.

Durch einen türlosen Bogen gelangten sie nach draußen. Inzwischen war es dunkel geworden. Der Pfad, der vor ihnen lag, führte in den Wald.

»Meinst du, er ist hier entlanggelaufen?«, fragte Titus.

Pietro zeigte auf zwei dunkle Punkte, die schnatternd aufgeflogen waren. Enten. Enten flogen nachts nicht freiwillig, sie mussten aufgescheucht worden sein. Von dem Dieb.

Sie beschleunigten wieder ihr Tempo und liefen quer durch den Wald. Auf der anderen Seite sahen sie eine Wiese und die ersten Behausungen des Dorfs, das eigentlich nur aus einer Wegkreuzung und einigen darum herum gebauten einfachen Hütten bestand.

Den dunkelhaarigen Jungen entdeckten sie ein gutes Stück vor sich. Er trug ein Bündel und flitzte wie ein Hase den Pfad entlang. Dann verschwand er in einer der Hütten und Pietro dachte: Jetzt habe ich dich!

Er wurde langsamer, um zu verschnaufen, und ging mit entschlossenen Schritten auf die Hütte zu. Als Tür diente ein Brett, das mit einer Schnur am Türrahmen befestigt war. Er trat die Tür ein und beinahe wäre dabei auch noch ein Teil der Wand eingestürzt.

In der Hütte erklangen schrille Schreie, doch Pietro achtete nicht darauf, sondern schaute allein den Jungen an, der ihn bestohlen hatte. Dieser hielt die Stofftasche in den Händen und machte Anstalten, sie zu öffnen.

Mit zwei Schritten war Pietro bei ihm und riss ihn hoch.

»Gib sie mir zurück!« Der Junge trat nach ihm, doch von seinen Schweinen war Pietro Schlimmeres gewohnt. »Gib mir das zurück, was du mir weggenommen hast.«

Irgendjemand hängte sich an den Gürtel, der Pietros Tunika zusammenhielt, und jetzt sah er, dass in der Hütte nur Kinder waren. Kinder, so klein wie seine Schwester Aurora, als sie gestorben war. Für einen kurzen Augenblick war ihm, als sähe er sie hier inmitten der anderen, mit dreckverschmiertem Hemdchen und glänzenden Augen.

Mittlerweile hatten sich zwei kleine Kinder an ihn geklammert und bissen ihn in die Beine. Vergeblich versuchte er, sie abzuschütteln.

»Wer sind diese Knirpse?«, knurrte er.

»Meine Geschwister«, antwortete der Junge. Leise fügte er hinzu: »Wir haben Hunger.«

Darauf hätte Pietro auch von alleine kommen können. Der Junge, den er hochhielt, war so leicht, als wäre er aus trockenem Holz. Wieder war Pietro, als könne er Auroras Duft riechen, als würde sie vor ihm stehen und sagen, dass sie hungrig war.

»Titus«, sagte Pietro zu seinem Freund, »nimm meine Stofftasche und schau nach, was darin ist.«

»Wenn ich an sie rankäme …«

»Sag deinen Geschwistern, sie sollen ihn in Ruhe lassen«, befahl Pietro dem kleinen Dieb. »Sonst werde ich nämlich richtig wütend.«

Die Drohung hatte Erfolg. Der Junge knurrte: »Lasst ihn!«, und Titus war die kleinen Angreifer los. Er nahm die Tasche an sich und öffnete sie.

»Unglaublich. Da sind ja total leckere Sachen drin.« Er

fischte Kroketten und Würste heraus, und alles duftete so verlockend, dass die Kinder große runde Augen bekamen.

»Meine Münze?«

»Ich sehe sie nicht.«

Pietro schaute den Dieb drohend an. »Also?«

»Ich … ich habe sie … um meinen Hals«, stammelte der Junge.

Pietro setzte ihn endlich ab. Mit einer Hand hielt er ihn an dessen Tunika fest, die andere Hand legte er ihm an den Hals. Er ertastete die Schnur, an der der kleine Beutel hing und warf ihn Titus zu, denn er selbst konnte nicht nachschauen, ohne den Dieb loszulassen, und das wollte er auf keinen Fall tun.

»Hm«, stellte Titus fest. »Hier drin ist nur eine halbe Münze.«

»Mein Vater hatte sie entzweigeschnitten«, erklärte Pietro.

»Und was steht da drauf?«

»Ich weiß es nicht.«

»Ich kann gut rechnen«, sagte Titus. »Wer Kaufmann werden will, muss mit Zahlen umgehen können, mit Geld und mit Waren, aber lesen …«

Pietro hörte nicht hin, sondern dachte nach. Was sollte er mit dem kleinen Dieb machen? Ihn schlagen? Ihn zu Sergius, dem Zenturio, bringen?

»Weißt du, was passiert, wenn ich dich zu dem römischen Zenturio bringe?«, fragte er den Jungen. »Er wird dich so lange auspeitschen lassen, bis du tot bist.«

»Wir haben Hunger«, wiederholte der.

Pietro wusste immer noch nicht, was er tun sollte. Da fing eines der Kinder an zu weinen, ein zweites folgte seinem Beispiel, dann ein drittes und nun war nur noch verzweifeltes Geheul zu hören.

»Bei allen Göttern«, stöhnte Titus.

Pietro schüttelte den Kopf, er hatte genug von dieser Geschichte. Er ließ endlich den Dieb los, hängte sich den Beutel mit der Münze um den Hals und räumte seinen Proviant zurück in die Tasche. Er wollte die Hütte schon verlassen, doch auf der Schwelle blieb er stehen, steckte eine Hand in die Tasche und holte eine Handvoll Kroketten und einen Brotkanten heraus, um es dem Jungen zuzuwerfen. Der fing alles auf.

»Tu das nie wieder«, mahnte Pietro und ging hinaus.

Inzwischen war es stockfinster geworden.

»Du hast aber ein weiches Herz«, meinte Titus grinsend.

»Kann sein«, erwiderte Pietro. Er hätte ihm von Aurora und allem anderen erzählen können, aber er wollte nicht, dass sein Freund ihn für verrückt hielt.

Schweigend gingen sie durch den Wald zurück. In den Thermen füllten sie ihre Eimer mit Wasser und trugen sie zum Lager.

Rufus wartete schon auf sie. »Schau an, wer da kommt«, sagte er. »Glaubt ihr, ich gebe meine Befehle nur so zum Spaß? Glaubt ihr, dass ihr es nicht nötig habt, sie zu befolgen? Ihr seid jetzt Soldaten. Zur Strafe werdet ihr die ganze Nacht über Wache halten.«

Das ist nur gerecht, dachte Pietro. Er würde diese Lektion sicherlich nie vergessen.

WIEDER GEHT ES WEITER.
ZU PFERD, AUF WAGEN,
ZU FUSS UND MIT DEM STOCK
IN DER HAND.
PATAVIUM HEISST
DAS ZIEL.

10

Seit zehn Tagen saßen sie nun in Patavium fest und Pietro wusste nicht, warum.

Niemand machte sich die Mühe, es den einfachen Soldaten zu erklären. Es gab nur irgendwelche Gerüchte, die im Lager kursierten.

Die Hunnen waren Riesen, so lauteten diese Gerüchte. Oder nein, sie waren Zentauren mit menschlicher Brust, Armen, Hals und Kopf, und dem Rumpf und den Beinen von Pferden. Die Hunnen aßen die getöteten Feinde, oder nein, sie fraßen Frauen bei lebendigem Leib, ach nein, sie fraßen Kinder. Pietro wusste nicht, was er glauben sollte. Wahrscheinlich waren das alles Märchen. Geschichten, die erzählt wurden, um Angst zu verbreiten, aber was wusste er denn schon? Er hatte noch nie einen Zentauren gesehen, vielleicht gab es irgendwo auf der Welt tatsächlich derartige Geschöpfe.

Jeden Morgen verließ Zenturio Sergius das Lager, um

sich mit dem Bischof der Stadt und mit den Befehlshabern anderer Armeen zu besprechen. Denn nach und nach traf eine Armee nach der anderen in Patavium ein, müde und verstaubt und mit schwerer Ausrüstung beladen.

Währenddessen musste Pietro unter der Aufsicht von Rufus das Soldatensein üben: mit dem Schild marschieren, den Schild am Boden abstützen, eine Mauer aus Schilden bilden, die Lanze hochheben, die Lanze senken, den Schild heben, immer und immer wieder.

»Ihr müsst ausgebildet werden!«, brüllte Rufus. »Ihr müsst alles geben oder ihr bezahlt mit eurem Leben. Stellt euch vor, ihr kämpft gerade gegen die Hunnen.«

Pietro gab sein Bestes, und wenn er nicht üben musste, schaute er sich die Stadt an. Sie war riesig und zog sich an den Ufern des Flusses Medoacus entlang. Es gab einen großen Handelshafen mit vielen Schiffen, wo er viel Zeit verbrachte. Er beobachtete genau, was die Seeleute taten, wie sie Segel setzten und die Schiffe und Boote vertäuten. Er fragte sich, ob sein Vater wohl ein Seemann gewesen war und deshalb vor fünfzehn Jahren den Athesis hinaufgefahren war und seine Mutter kennengelernt hatte.

Auch ihm würde es gefallen, zur See zu fahren, dachte Pietro. Manchmal ging er auf der gepflasterten Straße zu der Brücke über den Medoacus, schaute auf das darunter hindurchfließende Wasser und bewunderte die prachtvollen Gebäude des Forums, die Basiliken mit ihren vielen Statuen, die Läden mit den unglaublichsten Waren.

»Was es hier alles gibt!«, staunte Titus. »Wir könnten hier einkaufen und die Sachen dann in Ateste wieder verkaufen.

Kannst du dir vorstellen, wie viel wir dadurch verdienen würden?«

Pietro fing an zu rechnen. Zwar konnte er nicht lesen, dafür aber zählen, weil Valdo es ihm beigebracht hatte. Er müsse immer wissen, wie viele Schweine gerade im Pferch waren, hatte Valdo gesagt, wie viel sie wert waren und wie viel Futter man für sie vorbereiten musste. Im Grunde war es das Einzige, wofür Pietro diesem Mann dankbar war.

Eines Abends, als er zu dem Zelt zurückkehrte, in dem Titus und er schliefen, kam Pietro an dem Reisewagen des Senators vorbei. Seit dem Beginn dieser Reise hatte er Constantinus noch kein einziges Mal zu Gesicht bekommen. Aufgrund seines Rangs beteiligte sich der Sohn des Senators sicherlich an den Besprechungen, an denen Sergius und alle anderen wichtigen Männer teilnahmen. Dennoch war es seltsam, dass man ihn nie sah.

Neugierig trat Pietro näher an den Reisewagen heran. Ein Diener saß an eines der Räder gelehnt und schlief. Er schien der einzige Mensch weit und breit. Die schwarzen Vorhänge vor den kleinen Wagenfenstern waren zugezogen und kein Lichtschein aus dem Inneren drang durch sie hindurch.

Pietro schlich sich dichter heran und hörte eine Stimme, die seinen Namen sagte: »Pietro.«

Und gleich darauf: »Komm rein.«

Verblüfft sah er rasch zu dem schlafenden Diener hinüber und öffnete dann die Tür. Im Wagen war es ziemlich dunkel, er konnte nur zwei Bänke entlang der Längsseiten sehen, die aus Holz und geflochtenen Lederbändern bestanden. Am hinteren Ende saß jemand.

Die Person war nicht gut auszumachen, doch in dem

schmalen Lichtstreifen der halb geöffneten Tür meinte er die Tunika und die Sandalen zu erkennen, die Constantinus bei ihrer ersten Begegnung getragen hatte.

»Constantinus?«

»Tritt ein. Schließ die Tür.«

Pietro hatte keine Angst, warum auch, er war mindestens dreimal so kräftig wie der andere Junge. Aber es war eine seltsame Situation. Er kletterte in den Reisewagen, der sich unter seinem Gewicht absenkte, und schloss die Tür hinter sich. Jetzt war es so dunkel, dass er gar nichts mehr sehen konnte, weder die Sandalen noch die Tunika noch den Jungen.

»Hast du mich wiedererkannt?«

»Du bist Constantinus«, antwortete Pietro.

Der Junge lachte, ein helles Lachen wie das Klirren von Münzen.

Eine Hand strich über seinen Arm, umfasste sein Handgelenk. Die Finger waren schmal und kalt.

Pietro spannte die Muskeln an, doch der andere sagte: »Ganz ruhig, ich tue dir nichts.«

Pietro ließ zu, dass der Junge seine Hände ergriff und sie behutsam führte. Seine Finger ertasteten eine Stirn, zarte flaumige Augenbrauen, geschlossene Augenlider, eine gerade Nase, glatte Wangen, weiche, halb geschlossene Lippen – er war verwirrt und wusste nicht, was er tun sollte. Sollte er im Reisewagen bleiben oder gehen? In seinem Bauch, unter dem Nabel, hatte sich etwas gebildet, es brannte heiß. Und die Hände führten seine Hand weiter. Er ertastete die Umrisse zweier kleiner Ohren, zierlicher Ohren, dann wurden sie wieder zu den Lippen zurückgebracht. Pietro spürte warmen Atem, dann bewegten sich die Lippen plötzlich und bissen ihn zart in den Finger.

Pietro zuckte zusammen. »Au!«

Die Stimme lachte wieder, aber jetzt klang das Lachen heiser.

»Glaubst du immer noch, dass ich Constantinus bin?«

»Justina?«, flüsterte Pietro und fragte erschrocken: »Was machst du hier?«

Er merkte, wie sich das Mädchen vor ihn setzte. »Ich will schon seit Tagen Kontakt zu dir aufnehmen«, sagte sie. »Ich habe versucht, meine Diener zu bestechen, aber sie gehorchen mir nicht. Als ich weglaufen wollte, haben sie mich sofort erwischt. Und als ich dich vorhin gesehen habe … Was macht eigentlich mein Bewacher?«

»Er schläft«, antwortete Pietro.

»Dann sei leise, wir dürfen ihn nicht aufwecken.«

Pietro wollte das ebenfalls unbedingt vermeiden, doch er hatte noch keine Antwort auf seine Frage erhalten.

»Was willst du hier?«

»Ich bin von zu Hause weggelaufen«, antwortete sie.

»Aber warum denn?«

Es kam ihm vollkommen unsinnig vor. Die Kinder des Senators hatten so viele Diener und jeder ihrer Wünsche wurde befolgt. Warum in aller Welt hätte sie weglaufen sollen?

»Mir war so furchtbar langweilig«, erklärte Justina. »Ein Mädchen zu sein ist ziemlich unschön, weißt du? Ich darf so gut wie nichts machen, außer den ganzen Tag lang in meinem Zimmer bleiben und singen, nähen und mir die Haare kämmen. Wenn ich erwachsen bin, muss ich einen alten Mann heiraten, den mein Vater für mich aussucht, und dann wohne ich in dessen Haus, wo ich singen, nähen, mir die Haare kämmen und Kinder bekommen kann. Ich glaube nicht, dass ich darauf Lust habe.«

Ihr Fuß, der ebenfalls kalt war, streifte Pietros Wade und er zuckte zusammen. Er war immer noch verwirrt.

»Aber die Tochter des Senators kann doch nicht einfach weglaufen«, sagte er.

»Doch, kann sie. Ich habe es schließlich getan.«

»Und wie ist dir das gelungen?«

Sie kicherte. »Am Morgen der Abreise war mein Bruder Constantinus derartig aufgeregt und hat so sehr damit herumgeprahlt, dass er jetzt in den Krieg zieht, dass er gar nicht gemerkt hat, wie ich mich von hinten an ihn angeschlichen und ihn in eine große Truhe geschubst habe. Ich habe den Deckel heruntergeklappt und schwere Kisten daraufgestellt, damit er sich nicht gleich wieder befreien konnte, und bin anstelle von ihm in den Reisewagen geklettert. Die Fenster waren verschlossen, deshalb hat es niemand gemerkt.«

»Und dann?«

»Als es mein Bruder endlich geschafft hatte, aus der Truhe herauszukommen, hat er alles meinem Vater erzählt, aber da war es schon zu spät. Was hätte Vater denn noch tun können? Constantinus mit einem zweiten Wagen hinterherschicken und vor allen Leuten zugeben, dass seine Tochter ihn hereingelegt hat? Er wäre bloßgestellt gewesen. Vor allem jetzt, wo sich in Ateste alle auf den Krieg vorbereiten. Ihm blieb keine Wahl … Er hat Sergius eine Nachricht geschickt, in der stand, dass ich versteckt gehalten werden soll. Weil niemand wissen darf, dass ich hier bin, darf ich den Reisewagen nicht verlassen und werde Tag und Nacht bewacht.« Justina seufzte. »Also stecke ich nach wie vor in einem Käfig. Mir ist so schrecklich langweilig, sogar noch mehr als zu Hause. Deshalb wollte ich mich mit dir unterhalten … Als ich dich an meinem Wagen vorbeikommen sah, dachte ich, das ist zu schön, um wahr zu sein.«

Pietro erinnerte sich an das letzte Mal, als er das Mädchen gesehen hatte. Diese Begegnung hatte damit geendet, dass Pietro fünf Stockschläge auf den Rücken bekommen hatte. Bei ihr zu bleiben war nicht einfach nur gefährlich, sondern *lebensgefährlich*.

»Es tut mir leid«, sagte er, »aber ich muss jetzt gehen.«

Er tastete sich zur Tür und öffnete sie sehr vorsichtig, damit sie nicht knarrte. Justina flüchtete sich ans hintere Ende des Wageninneren.

»Versprichst du mir, dass du mich ab und zu besuchen kommst?«, fragte sie leise.

»Ich weiß nicht, ob das gehen wird«, flüsterte Pietro zurück.

Sie kam auf ihn zu. Im Licht, das durch die halb offene Tür hereindrang, sah Pietro, dass sie sehr blass war. Eine lockige Strähne fiel ihr ins Gesicht.

»Ich befehle es dir«, sagte sie.

Sie streckte ihm eine Hand entgegen und Pietro streichelte sie. Sie war so klein und weich, und wieder verspürte er diesen komischen Knoten im Bauch.

»In Ordnung«, sagte er schließlich.

Dann drehte er sich um, und weil er nicht wusste, was er noch sagen sollte, lief er davon.

ERNEUT BRECHEN SIE AUF.
DER WEG IST LANG,
AN SEINEM ENDE WARTET
DER KRIEG.

11

Im Leben von Pietro hatte es immer die Hügel gegeben, die mit ihren waldigen Kuppen und sanften Hängen so weich ausgesehen hatten. Hügel mit steilen Pfaden, Weinterrassen, Ginster und Brennnesselgestrüpp, mit den Verstecken von Wildschweinen und mit Rotkehlchennestern.

Pietro hatte gedacht, dass ihr Anblick ihn sein Leben lang begleiten würde. Sie waren für ihn so selbstverständlich wie der Himmel und der Fluss.

Und jetzt waren sie nicht mehr da.

Der Befehl, Patavium zu verlassen, war ganz unvermittelt gekommen. Aus allen Städten hatten die Befehlshaber ihre Armeen aufmarschieren lassen, dann wurde verkündet, dass es weiterging.

Aquileia wurde noch immer belagert, die Hunnen hatten die Stadtmauer umringt und ließen niemanden mehr rein oder raus. Sie besaßen Rammböcke und Katapulte, mit deren Hilfe sie Tore und Steinmauern zerstören konnten.

Die Stadtbewohner hielten tapfer durch, doch niemand wusste, wie lange sie noch verhindern konnten, dass die Hunnen ihre Stadt stürmten.

»Sie wollen Rom zerstören«, hatte Sergius erklärt. »Sie töten die Kinder, vergewaltigen die Frauen. Es sind Ungeheuer und wir müssen sie aufhalten. Um jeden Preis.«

Pietro war diese Rede ziemlich vage vorgekommen, er hätte gerne mehr erfahren, auch weil er noch nie in Aquileia gewesen war und nichts über die Stadt wusste. Wie sah sie aus, wo lag sie überhaupt? Was genau geschah dort?

Aber inzwischen war ihm klar, dass es sinnlos war, auf Erklärungen zu warten. Er musste Geduld haben, irgendwann würde er die Antworten auf seine Fragen finden.

Sämtliche Zelte waren abgebaut und auf den Karren verstaut worden, jeder Legionär hatte sich seinen Schild und seinen Stock geholt, oder aber eiserne Waffen, falls er solche besaß, und sie waren losgezogen, in Richtung einer Stadt, die Altinum hieß.

Es war sehr schwül und Pietro ging an der Seite von Titus, doch dem war sein Gepäck zu schwer und er konnte mit den anderen kaum Schritt halten. Einmal blickte Pietro zurück, um zu sehen, wo Titus blieb, und … seine Hügel waren weg.

Spurlos verschwunden.

Auf allen Seiten war das Land vollkommen flach, es gab nur noch Wiesen und Sümpfe, bis zum Horizont.

»Du wirst sehen, heute Abend kommen wir ans Meer«, sagte Titus.

»Ans Meer?«

»Ja, Meer, das Meer! Hinter den Hügeln taucht irgendwann das Meer auf.«

Pietro blieb wie angewurzelt stehen. Dann packte er seinen Schild und sein Bündel fester und ging schneller als
zuvor.

»Wo willst du hin?«, rief Titus ihm nach.

Das Meer, dachte Pietro. Es gab es wirklich und er würde
es sehen. Er *musste* es sehen. Er durfte keine Zeit verlieren.

Ganze Schwärme von Insekten belästigten die Legionäre,
zu beiden Seiten der Römerstraße war Sumpf, und immer
breitere Kanäle durchzogen die Ebene. An solch einem
Ort wäre Ranilo, der alte Fährmann, sicherlich steinreich
geworden, und tatsächlich sahen sie viele Fährmänner,
die ihre kleinen Boote mit langen Rudern über die Kanäle
stakten.

Pietro war schon auf der Höhe der Karren und überholte
bald die Offiziere, die vor den Karren herritten, und die
ohne Gepäck marschierenden Soldaten der Vorhut. Er lief
den ganzen Tag so weiter, ohne langsamer zu werden oder
stehen zu bleiben, ohne zu essen oder zu trinken und ohne
dass die Ungeduld nachließ, die ihn vorantrieb. Am Nachmittag erging der Befehl, das Lager aufzuschlagen, aber das
Meer war nirgends zu sehen.

Sie hatten auf einer Wiese mit hartem, stacheligen Gras
angehalten und Pietro wartete, bis Titus nachgekommen
war. Sie legten ihre Schlafmatten neben die Räder eines
Karren.

»Warum ist es dir eigentlich so wichtig, das Meer zu
sehen?«, wollte Titus wissen.

Wie sollte Pietro ihm das erklären? Sollte er ihm sagen,

dass er *da mar* war, vom Meer, so wie sein Vater, und dass ihn bei dem Gedanken, zum ersten Mal das Meer zu erblicken, eine nie zuvor verspürte Sehnsucht überkam?

Im Laufe des Tages hatten sich viele Männer ihre Tuniken über die Schultern gestreift und waren mit nacktem Oberkörper marschiert, sodass man die mit Nadel und Kohlenstaub ausgeführten Tätowierungen sah und auch die halbmondförmigen Nadeln, die nach antiker Art in ihren Brustwarzen steckten. Mittlerweile hatten viele von ihnen Sonnenbrand, und als das Lager fertig aufgebaut war und nach Sonnenuntergang die Feuer angezündet wurden, kamen etliche von ihnen zu Pietro und baten um ein wenig Salbe.

Er gab sie ihnen gerne und sah in der Schlange, die sich inzwischen gebildet hatte, Sergius, dessen Haut beinahe schwarz war. Ein derart dunkelhäutiger Mann, dachte Pietro, dürfte eigentlich keinen Sonnenbrand bekommen.

»Doch, das ist bei mir nicht anders als bei euch«, erklärte Sergius, als er an der Reihe war. »Aber ich bin vor allem deshalb zu dir gekommen, weil es heißt, du hättest etwas gegen die Insekten dabei ... Diese Mücken lassen mich einfach nicht in Ruhe.«

Pietro nahm einen anderen kleinen Tiegel aus der Stofftasche und reichte ihn dem Zenturio. »Stimmt es, dass wir morgen zum Meer kommen?«, fragte er ihn.

»Ja, früh am Morgen. Es ist nicht mehr weit. Man kann es sogar schon riechen, hast du das nicht gemerkt?«

Pietro bog den Kopf zurück und holte durch die Nase tief Luft. Er roch die Feuer, den Schweißgeruch, den Schlamm. Doch da war auch noch ein anderer, schwächerer Geruch, ein Geruch, den er nicht kannte, irgendwie salzig, irgendwie …

»Ja, jetzt riechst du es«, meinte Sergius. »Hast du das Meer denn noch nie gesehen?«

Pietro schüttelte den Kopf.

»Jammerschade, dass wir nicht haltmachen dürfen, wir könnten schwimmen gehen … In dieser Gegend gibt es kein offenes Meer, sondern nur eine Lagune. Man schwimmt wie im Becken einer Therme. Die Inseln draußen schließen die Bucht ab, deshalb ist das Wasser in der Lagune ziemlich niedrig und es gibt kaum Wellen. Wenn wir Zeit hätten, könnten wir Miesmuscheln sammeln und Herzmuscheln oder vielleicht sogar ein paar Fische fangen.«

»Machen wir aber nicht, stimmt's?«

Der Zenturio lachte. »Wir ziehen in den Krieg, Junge. Wir müssen gegen die Hunnen kämpfen. Uns erreichen laufend Nachrichten aus Aquileia, die Lage dort ist sehr ernst … Wir können nur hoffen, dass wir nicht zu spät kommen.«

Pietro zögerte, bevor er sagte: »Ich weiß, dass Aquileia wichtiger ist. Aber ich würde das Meer so gerne sehen. Kann ich morgen ganz früh hingehen, wenn ich vor den anderen aufwache? Ich will nicht weglaufen, Zenturio, ich nehme mein Gepäck mit und warte an der Römerstraße auf die anderen, aber ich würde es so gerne, so furchtbar gerne sehen.«

Sergius schaute ihn lange an.

»Ich kann Euch noch mehr Mückensalbe geben, wenn Ihr wollt«, fügte Pietro hinzu.

Sergius musste lachen. »Na gut, Junge, mit diesem Geschäft bin ich einverstanden. Aber ich habe eine bessere

Idee: Ich komme mit dir mit. Durch unsere Unterhaltung habe ich Lust auf ein Bad bekommen.«

Sergius ging mit dem Salbentiegel davon. Er war kaum weg, als Titus angelaufen kam und wissen wollte, worüber er mit dem Zenturio gesprochen hatte. Aber Pietro zuckte nur die Schultern und legte sich grinsend schlafen.

Doch der Schlaf wollte nicht kommen. Pietro blieb neben dem schnarchenden Titus liegen, hörte die Geräusche des nächtlichen Lagers und betrachtete die Sterne.

In den frühen Morgenstunden fiel Tau auf das Lager und die schlafenden Männer. Pietro merkte, wie er immer nasser wurde, doch das war ihm egal.

Als es zu dämmern begann, war er bereits aufbruchbereit, mit Schild, Stock und Bündel.

Sergius schüttelte den Kopf beim Anblick seines Gepäcks. »Lass deine Sachen hier. Wir reiten hin und sind zurück, bevor die anderen abmarschieren. Es wird Zeit, dass sie lernen, selbstständig ein Lager abzubrechen.«

Das Pferd des Zenturios war ein großer kräftiger grauer Hengst. Sergius legte ihm eine Decke auf den Rücken. Darüber kam ein Sattel mit vier Hörnern. Es war eine seltsame Holzkonstruktion, deren zwei vordere Hörner die Beine stützten, während die beiden hinteren als Rückenlehne dienten. Dadurch konnte man, wenn man erst einmal aufgestiegen war, auf dem Pferderücken bequem sitzen und die Beine hängen lassen, ohne Gefahr zu laufen, bei jeder Bewegung des Tiers hinunterzurutschen. Doch das Aufsteigen war alles andere als leicht. Sergius musste sich dafür erst einmal auf eine Kiste stellen und sich von dieser aus auf das Pferd schwingen. Als er oben saß, half er Pietro, hinter dem Sattel auf den warmen Pferderücken zu steigen.

Es ging los.

»Zenturio«, sagte Pietro, »kann ich etwas fragen?«

»Was?«

»Warum habt Ihr gesagt: *Es wird Zeit, dass sie lernen, selbstständig ein Lager abzubrechen?*«

Der Zenturio seufzte. »Weil man einen Krieg nur mit Soldaten gewinnen kann, Junge. Und ihr seid keine Soldaten. Ihr seid alle viel zu jung oder viel zu alt und habt keine richtige Ausbildung erhalten. Es dauert Monate, um aus einem Mann einen Soldaten zu machen, vielleicht sogar Jahre. Euch haben sie nur ein paar Tage Zeit gegeben.«

»Aber warum schicken sie uns dann überhaupt los?«, fragte Pietro.

Wieder seufzte Sergius. »Der Grund heißt Politik, mein Junge. Weißt du, was Politik ist? Nein, natürlich nicht. Ich versuche mal, es dir so zu erklären: Es ist Krieg und eine wichtige Stadt wird belagert. Aquileia. Die Leute dort brauchen Hilfe und schicken ins gesamte Reich Boten. Die römischen Truppen erhalten die Nachricht und sind abmarschbereit, doch es gibt da ein Problem: Wenn die Soldaten alle nach Aquileia gehen, bleiben die übrigen Städte ohne Verteidigung, und die Kurialen haben Angst.«

Das wusste Pietro schon alles, er hatte es im Haus des Senators gehört, als der Pförtner und die anderen Diener darüber gesprochen hatten.

»Wie kann man dieses Problem lösen?«, fuhr Sergius fort. »Durch Politik. Man behält seine Truppen in der eigenen Stadt und baut neue Truppen auf, um sie als Verstärkung zu schicken. Doch eigentlich bleibt dafür keine Zeit, denn die Belagerung findet bereits statt. Also holt man sich, was man finden kann, und opfert Jungen wie dich. Und Soldaten wie mich.«

Sie schwiegen beide, und nun hörte man nur noch das Hufgeklapper und das Atmen des Pferdes. Sie scheuchten Reiher auf, die lautlos emporflogen, auf die aufgehende Sonne zu. Auf einmal wurde Pietro bewusst, dass er zwei Sonnen sah, die eine im Himmel und die zweite etwas tiefer darunter.

»Wir sind da«, sagte Sergius. »Das ist das Meer.«

Er trieb sein Pferd an, schneller zu laufen, und lenkte es von der Römerstraße weg, sodass es erst über nachgiebigen Sumpfboden lief und dann über weichen Sand.

Und nun tat sich vor ihnen ein fantastischer Anblick auf: eine riesige, vom Wind gekräuselte Wasserfläche, die den Blick und überhaupt die ganze Welt auszufüllen schien.

Pietro spürte, wie sein Herz einen Schlag aussetzte.

Sie stiegen ab. Sergius ging zum Ufer, steckte eine Hand ins Wasser und sagte: »Es ist kalt.«

Doch Pietro war das egal. Im nächsten Augenblick hatte er bereits seine Kleidung abgestreift und ging in das Wasser hinein, das nicht sehr tief war. Er watete immer weiter, doch es reichte ihm nur bis zu den Knien. Unter den Füßen spürte er den Sand und das Seegras, das eine Unterwasserwiese bildete.

»Junge!«, rief der Zenturio. »Geh nicht zu weit rein.«

Pietro winkte ihm zu und lief los, bis er stolperte und sich in das kalte, seichte, ruhige Wasser fallen ließ. Er drehte sich auf den Rücken und schwamm ein paar Züge. Das

Wasser spritzte ihm auf die Lippen, er kostete es und merkte, dass es tatsächlich salzig war.

Das ist es also, sagte sich Pietro. Wenn seine Mutter ihn jetzt sehen könnte! Sobald er wieder zu Hause war, wollte er ihr davon erzählen. Was würde sie wohl für ein Gesicht machen? Sie würde es kaum glauben können.

Auch Sergius hatte sich inzwischen ausgezogen und war ins Wasser gesprungen, jetzt kam er auf Pietro zu.

»Du kommst im Wasser ja ganz gut zurecht, Junge.«

»Ich bin oft im Athesis geschwommen. Das ist der Fluss bei mir zu Hause. Aber hier ist es ... es ist so anders.«

»Es ist sehr schön, nicht wahr?«

Pietro antwortete nicht, weil keine Antwort nötig war. Er tauchte unter und schwamm unter Wasser weiter, sein Bauch streifte den Sand und das Seegras. Er machte die Augen auf und sah schnelle, silbrige Fische um ihn herumflitzen. Sie schienen keine Angst zu haben, sondern eher mit ihm spielen zu wollen. Sie luden ihn ein, ihnen in ihr Reich zu folgen.

Das liegt daran, dass ich Pietro da Mar bin, dachte er. Mein Vater kommt aus einem Land, das jenseits des großen Wassers liegt, er hat ein Boot und ist ein Seemann. Wer weiß, wie viele Länder er kennt, wie viele Unwetter er überstanden hat. Ich will das machen, was er macht, und so werden wie er. Eines Tages werde ich es sein. Ganz sicher.

Auch wenn er das Meer an diesem Tag zum ersten Mal gesehen hatte, wusste er, dass er dieses Gefühl nie wieder vergessen würde.

Das Meer gehörte ihm. Und Pietro gehörte dem Meer.

AN FELDERN, SÜMPFEN
UND KANÄLEN VORBEI GEHT ES
NACH ALTINUM.

12

»Finde ich hier den Legionär Pietro ... Pietro aus Ateste?«

Titus setzte sich auf seiner Schlafmatte auf und schaute den Jungen an, der seinen Kopf durch die Zeltöffnung gesteckt hatte.

»Kommt darauf an ... Wer verlangt denn nach ihm?«, fragte er.

»Der Herr Constantinus.«

»Der Sohn des Senators, das ist ja allerhand«, meinte Titus. »Legionär Pietro hat wirklich vornehme Freunde ...«

Er unterbrach sich, denn weiter hinten im Zelt hatte Pietro sich zu ihm umgedreht. Er war gerade dabei, sein von der Sonne gerötetes Gesicht mit Salbe einzucremen. Neben ihm legten Emilio und ein weiterer Soldat namens Petronius ihre Schlafmatten auf den Boden.

»Ist Pietro denn hier drin, oder nicht?«

Der Junge sah aus wie Constantinus. Dieselben Gesichtszüge, dieselben kurz geschnittenen Haare. Allerdings war das nicht irgendein junger Legionär und auch nicht Constantinus, sondern Justina.

Pietro blieb reglos sitzen, doch sein Herz fing an, wie wild zu klopfen.

Warum hatte sie sich ihr Haar abgeschnitten? Und was wollte sie von ihm? Justina hatte ihm befohlen, sie besuchen zu kommen, aber er hatte es nicht getan, und das, obwohl er bereits die Erfahrung gemacht hatte, dass man den vornehmen und mächtigen Leuten besser gehorchte. Und jetzt war sie persönlich zu seinem Zelt gekommen und tat, als sei sie ihr eigener Bruder? War sie denn wahnsinnig geworden?

»Pietro«, sagte sie, als sie ihn zwischen den anderen Soldaten ausgemacht hatte. »Du musst mit mir kommen.«

»Zu Befehl!«

Er hatte sich die Tunika von den Schultern gestreift, sie hing über seinen Gürtel. Jetzt zog er sie wieder richtig an, verschloss den Tiegel mit der Salbe und überreichte ihn mit feierlicher Geste Titus.

»Passt du bitte auf meine Sachen auf?«

Das Erlebnis mit dem kleinen Dieb in Mons Aegrotorum hatte ihn gelehrt, auf der Hut zu sein. Selbst unter den Soldaten waren Diebe und er hatte jeden Grund, misstrauisch zu sein.

Den Beutel mit der halben Münze trug er jetzt immer um den Hals, er hatte ihn nicht mehr abgenommen.

»Bleibst du lange weg?«, erkundigte sich Titus.

»Ich hoffe nicht.«

»Dann warte ich mit dem Abendessen auf dich«, versprach Titus, bevor er sich mit der Hand auf die Wade schlug. »Verdammte Mücken! Sie fressen mich bei lebendigem Leib auf.«

»Nimm dir etwas von meiner Salbe«, riet Pietro und folgte Justina aus dem Zelt.

Bald würde es dunkel sein, doch die Männer waren immer noch damit beschäftigt, auf der nassen Wiese vor den Toren von Altinum das Lager aufzuschlagen. Altinum war eine kleine Stadt, die nahe am Meer aus den Sümpfen ragte und beinahe schon im Wasser zu liegen schien: Sie war auf allen Seiten von Kanälen umgeben und besaß neben der Kirche auch noch einen Hafen, der von vergangener Größe kündete.

»Du hättest erkannt werden können«, sagte Pietro. Eigentlich aber wollte er dem Mädchen sagen, dass sie sich leichtsinnig verhalten hatte, dass sie verrückt und dumm war. Doch sie war die Tochter des Senators, er durfte das nicht tun.

»Hätte ich nicht. Es ist schon fast dunkel und mein Bruder und ich sehen vollkommen gleich aus, ich habe absichtlich tief gesprochen. Gefällt dir meine neue Frisur denn nicht?« Sie strich mit der Hand über ihre Locken.

»Nein«, erwiderte Pietro. »Du siehst wie ein Junge aus.«

Justina nickte. »Genau. Und ihr Jungen seid so *frei*! Ich hatte es satt, mich in diesem Wagen zu verstecken, verstehst du? Als ich in einer Truhe Jungenkleidung gefunden habe, hat mich das auf eine Idee gebracht. Ich habe mir die Haare geschnitten und die anderen Sachen angezogen. Die Diener waren derart verblüfft, als ich aus dem Reisewagen kam, dass sie nicht einmal versucht haben, mich aufzuhalten. Ich bin zu Sergius gegangen, bei dem die Kurialen von

Altinum standen, und habe mich allen als mein Bruder Constantinus vorgestellt. Du hättest das Gesicht von Sergius sehen müssen! Das war wirklich lustig!«

Pietro fand es nicht lustig. Und Sergius hatte die Situation sicherlich ebenfalls nicht lustig gefunden. Vermutlich war er gerade unglaublich wütend.

»Er hat versucht, mich aus seinem Zelt zu begleiten, doch ich habe mich einfach hingesetzt und mich mit den Kurialen unterhalten. Schließlich bin ich die Tochter des Senators, er kann mir nichts befehlen. So habe ich gesiegt! Ist das nicht fantastisch?«

Pietro fand es auch nicht fantastisch, die ganze Angelegenheit bereitete ihm Bauchschmerzen. Ihm war beigebracht worden, dass es auf der Welt Männer und Frauen gab, und die Männer mussten sich wie Männer kleiden und verhalten, und die Frauen wie Frauen kleiden und verhalten. So funktionierte es eben. Er hätte nicht einmal im Traum gedacht, dass es noch andere Möglichkeiten geben könnte.

Hinzu kam, dass Justina einer vornehmen Familie angehörte. Sie hätte nicht weglaufen und sich die Haare abschneiden dürfen, sie hätte niemals alleine durch ein Soldatenlager spazieren dürfen.

So funktionierte es eben nicht.

»Wie ernst du bist … und wie langweilig.«

Sie gingen durch das Lager, in dem außer Soldaten auch Leute aus der Stadt waren, die Waren verkaufen wollten und Nachrichten verbreiteten. Doch die Nachrichten waren nicht gut: Im Laufe des Sommers hatte sich die Lage in Aquileia verschlimmert, die Einwohner würden ihre

Stadt nicht mehr lange halten können. Die Hunnen hatten sie auf allen Seiten eingekreist, sie kontrollierten den Fluss Natissa und beschossen mit ihren Kriegsmaschinen die Stadtmauern. Diese Katapulte konnten schwere Felsbrocken über weite Entfernungen hinwegschleudern. Die Menschen in der Stadt waren am Verhungern, die römische Garnison stand kurz davor, sich zu ergeben, und es hieß, sogar die Vögel hätten die Stadt bereits verlassen. Es war nur noch eine Frage der Zeit, bis Aquileia fiel.

Sergius hatte mit schwerwiegenden Problemen zu kämpfen. Vermutlich war Justina die geringste seiner Sorgen.

Sie liefen über die Brücke und durch ein Stadttor. Pietro folgte dem Mädchen durch Straßen, in denen er noch nie gewesen war, zu einem großen Haus, das über einem Kanal thronte.

»Einer der Kurialen hat mir seine Gastfreundschaft angeboten«, sagte Justina. »Ich kann in seinem Haus bleiben, bis wir weiterziehen. Das ist doch sehr nett von ihm, findest du nicht auch?«

Justina ging Pietro voraus, durch den Vorraum und das Atrium und von dort aus in ein kleines Zimmer. Es hatte keine Fenster, und um es zu beleuchten, war ein Kohlebecken entzündet worden. Deshalb war es in dem kleinen Raum unerträglich heiß und Pietro wäre am liebsten sofort wieder hinausgelaufen. Bis auf ein Bett mit einer Decke und einigen Kissen war das Zimmer leer.

»Warum hast du mich geholt?«, fragte er das Mädchen.

»Weil du der Einzige bist, den ich kenne, von den Dienern mal abgesehen«, erwiderte Justina in einem Ton, als ob das Grund genug wäre. »Gefällt dir meine neue Frisur wirklich nicht?«

»Nein.«

»Du bist tatsächlich zu ernst. Sag mal ehrlich: Hast du dich noch nie verkleidet? Es noch nie versucht? Nicht einmal, als du klein warst?«

Pietro schüttelte den Kopf, auf den Gedanken war er wirklich noch nie gekommen. Als was hätte er sich überhaupt verkleiden sollen? Und wozu? Seine Schweine achteten nicht darauf, was er anhatte.

»Aber es macht doch Spaß! Es ist ein Spiel!«

Pietro konnte es immer noch nicht nachvollziehen.

»Warte hier mal kurz auf mich«, sagte Justina.

»Ich …«

»Das ist ein Befehl.«

Also gehorchte Pietro, obwohl es in dem Raum so heiß war, dass er dachte, er würde schmelzen. Das Mädchen verschwand und kam kurz darauf mit einem zusammengefalteten Stoff zurück.

Es stellte sich heraus, dass es sich um ein Kleidungsstück aus Wollstoff handelte, um eine Toga – ein Überwurf, den vornehme Männer bei wichtigen Anlässen anlegten. Justina breitete sie aus, damit Pietro sie sich anschauen konnte. Es war ein sehr schöner und wertvoller Stoff.

»Diese Toga ist antik … um nicht zu sagen alt«, erklärte Justina.

»Warum zeigst du sie mir?«

»Das ist doch klar, oder? Damit du sie anlegst. Los, zieh dich aus!«

Pietro rührte sich nicht und Justina musste lachen.

»Was ist los, schämst du dich etwa? Du warst doch vorhin schon halb nackt, als ich dich aus dem Zelt geholt habe. Außerdem läuft mein Bruder zu Hause die ganze Zeit nackt herum. Und die Diener und Sklaven ebenfalls.«

»Ich weiß nicht«, murmelte Pietro.

»Zieh dich aus.«

»Nein.«

Justina schaute ihm ins Gesicht. »*Zieh dich aus!*«

Das war wieder ein Befehl, und Pietro konnte ihr den Gehorsam nicht verweigern. Er drehte sich von dem Mädchen weg und streifte die Tunika ab, sodass er nur noch das *Subligaculum* anhatte.

»Na, das war doch gar nicht so schwierig. Und jetzt legst du die Toga an.«

Pietro hatte keine Ahnung, wie er sich die lange Stoffbahn um den Körper drapieren sollte. Außerdem hatte er Angst, sie schmutzig zu machen, er war den ganzen Tag über marschiert und an den mit Salben eingeriebenen Körperstellen klebte der Straßenstaub.

Und was würde passieren, wenn jemand ihn in einer Kurialen-Toga zu sehen bekam? Die Strafe dafür wäre sicher schlimmer als fünf Stockschläge.

»Komm mal her«, sagte Justina. »Ich helfe dir.«

Als sie seine vom Sonnenbrand glühende Haut streifte, zuckte Pietro zusammen. Ihre Hände waren eiskalt.

»Du hast einen wirklich breiten Rücken«, flüsterte sie. »Du siehst nicht so aus, als ob du erst vierzehn wärst.«

»Ich war schon immer ziemlich groß«, sagte Pietro.

»Ich hoffe, dass die Toga dir passt. Sie ist für Erwachsene … So, fertig. Dreh dich um.«

Pietro gehorchte. Das Licht des Kohlebeckens warf flatternde Schatten auf die Wände und auf Justinas lächelndes Gesicht.

Dann wurde sie wieder ernst. »Du siehst wie ein vornehmer junger Mann aus. In dieser Toga könnte man dich für den Sohn eines Kurialen aus Patavium halten oder den eines kaiserlichen *Comes*.«

Pietro wusste nicht, was ein *Comes* war, er hatte das Wort noch nie gehört.

Justina schlüpfte schnell aus dem Zimmer und kam gleich darauf mit einem auf Hochglanz polierten Bronzetablett zurück, das sie so vor Pietro hielt, dass er sich darin spiegeln konnte.

Was sie gesagt hatte, stimmte. Pietro sah tatsächlich wie ein vornehmer junger Herr aus, doch bereitete es ihm kein Vergnügen, sich selbst so zu sehen. Es war ihm auf unerklärliche Weise unangenehm, wie ein Jucken. Dieses Spiegelbild war eine Lüge. Er war nicht Pietro, Sohn eines *Comes*, sondern Pietro, der Sohn eines Barbaren. Genau der, und niemand anderes.

»Gefällt es dir nicht?«, erkundigte sich Justina. »Macht dir das denn keinen Spaß?«

Nein. Pietro wollte keine Toga tragen. Er wollte sie gerade ablegen, als ein lautes Krachen ertönte. Dann donnerten schnelle Schritte durch das Haus, Gegenstände fielen klirrend zu Boden.

Ein Schrei überlagerte alle anderen Geräusche.

Nur ein Wort.

»Hunnen!«

DIE SCHLACHT TOBT,
ES REGNET PFEILE.
WENN SIE NICHT STANDHALTEN,
IST ALLES VERLOREN.

13

»Hu… Hunnen?«, stammelte Justina. »Aber die Hunnen sind doch … Sie sind doch weit weg, in Aquileia … Und Aquileia ist fern von hier …«

Auch Pietro verstand es nicht, aber jetzt war nicht der Moment, darüber nachzudenken. Jetzt ging es allein darum, sich in Sicherheit zu bringen. Weitere Schreie hallten durch das Haus und wieder und wieder krachte es, als würden Mauern eingerissen.

»Ich muss gehen …«, sagte er.

»Was …?«

Pietro lief zur Tür und schaute hinaus. Das Haus war kleiner als das des Senators, hatte aber einen ähnlichen Grundriss: Die Zimmer waren rings um das Atrium mit dem Wasserbecken angeordnet. Durch die Dachöffnung über dem Wasserbecken fiel das glutrote Licht des Sonnenuntergangs herein.

Wilde Kriegsschreie erklangen.

Panisches Kreischen.

»Pietro …«

Die Diener rannten wie kopflos hin und her, manche waren schwer mit Taschen und Truhen beladen: Plünderten sie gerade das Haus oder brachten sie die Besitztümer ihres Herrn in Sicherheit? Zwei mit Stöcken bewaffnete Männer rannten auf den Eingangsbereich zu, um die Haustür zu verbarrikadieren.

Pietro wollte hinter ihnen her.

»Pietro!«, rief das Mädchen abermals.

Er drehte sich um und schaute sie an. Justina war schreckensbleich.

»Bleib du hier«, sagte er zu ihr. »Sie blockieren die Haustür, du bist in Sicherheit.«

Er dagegen durfte sich hier nicht einsperren lassen. Er musste zu Titus und den anderen. Zur Armee.

Jemand hatte auf dem Fußboden einen langen Eisenstab herumliegen lassen. Pietro ergriff ihn und rannte los. Die Tür war schon beinahe geschlossen, doch er schob die Diener beiseite und lief hinaus.

Altinum war nicht länger das ruhige, verschlafene Städtchen, das er nur wenige Minuten zuvor durchquert hatte. Häuser brannten, Menschen flüchteten und alle schrien: »Die Hunnen, die Hunnen greifen die Stadtmauern an, sie wollen eindringen, sie wollen uns belagern!«

Ganz eindeutig geschah gerade etwas, mit dem hier niemand gerechnet hatte. Etwas Ungewöhnliches, Bedrohliches. Er musste unbedingt Titus finden.

Er rannte immer schneller, doch die lächerliche Toga behinderte ihn dabei. Mit der freien Hand raffte er sie am

Saum zusammen und hielt sie hoch. Würde sein Orientierungssinn ihm helfen, zum Lager der Legionäre zurückzufinden? Rechts von ihm geriet plötzlich ein Haus in Brand. Es geschah ganz unvermittelt, ohne einen für Pietro erkennbaren Grund: In dem einen Augenblick war es noch ein ganz normales, vielleicht etwas schief gebautes Haus gewesen, im nächsten schon kletterten gelbe und rote Flammen die Holzwände hoch und verschlangen das Dach.

Kinder stürzten aus dem Haus, nackte Kinder, sieben oder acht Jahre alt.

»Hilfe!«, schrien sie, und Pietro hätte ihnen gerne geholfen, er wusste nur nicht, wie.

Um zum Lager zu gelangen, musste er durch ein Tor der Stadtmauer. Weiter vorne, zu seiner Linken, war eines. Doch als er es erreichte, sah er, dass dort bereits gekämpft wurde. Eine Abteilung von Legionären blockierte es von innen, indem sie mit ihren Schilden eine Mauer bildeten, genau so wie Pietro und die anderen es bei ihren Übungen mit Rufus gelernt hatten. Hinter ihnen bauten weitere Soldaten eine Barrikade. Plötzlich erklangen laut pfeifende Geräusche. Pietro fragte sich noch, was das wohl war, als etwas quer über den Himmel flog und ein gutes Dutzend Schritte vor ihm auf der Straße landete. Und er begriff.

Es war ein Pfeil.

»Pietro!«

Er erkannte die Stimme, wirbelte herum und sah Justina. Sie weinte und drückte das Bronzetablett, das sie Pietro vorhin als Spiegel vorgehalten hatte, gegen ihre Brust.

Was tat sie da? Er hatte ihr doch gesagt, sie solle im Haus bleiben.

»Ich wollte nicht mehr bei diesen Leuten sein, ich habe Angst bekommen. Ich konnte gerade noch aus der Tür rausschlüpfen, bevor sie zugemacht wurde. Ich habe nach dir gerufen, aber du hast mich nicht mehr gehört, du bist so schnell weggelaufen ... Da bin ich hinterhergerannt.«

Eine wirklich schlechte Idee, dachte Pietro, die schlechteste von allen. Er musste zu Titus und den anderen, aber er konnte Justina auch nicht alleine zurücklassen. Sie war die Tochter eines Senators und hatte keine Ahnung, wie es in der Welt wirklich zuging. Er im Grunde auch nicht, aber sie war noch viel ahnungsloser als er. Und hier wurde in den Straßen gekämpft. Wenn ihr etwas zustieß ...

Er schaute sich um. Die Menschen stürzten aus ihren Häusern, sie wirkten vollkommen kopflos, sie schrien und drängelten. Ein Mann auf einem Pferd kam um die Ecke und brachte eine alte Frau zu Fall, die einen schweren Korb getragen hatte.

Die Straße war blockiert, hier kamen sie nicht durch. Kurz überlegte Pietro, zu dem Haus des Kurialen zurückzukehren, um Justina dort zu lassen. Doch die Tür war inzwischen verriegelt und würde sicherlich nicht mehr geöffnet werden.

Also bestand die einzige Möglichkeit darin, Justina zum Lager mitzunehmen und sie Sergius anzuvertrauen. Er war Zenturio und unterstand dem Senator, er würde sicher alles tun, um Justina zu beschützen.

»Komm mit«, sagte er.

Das klang beinahe wie ein Befehl und eigentlich war es unvorstellbar, dass er ihr einen Befehl erteilte. Noch unvorstellbarer war, dass sie ihn befolgte.

Sie liefen innen an der Stadtmauer entlang, auf deren Wehrgang die Soldaten die Angreifer bekämpften. Es regnete Pfeile.

Ein Stück weiter vorne war ein Mauerabschnitt eingestürzt. Das konnten nicht die Hunnen gewesen sein, dachte Pietro, die Mauer musste schon vorher schadhaft gewesen sein. So oder so, an der Lücke wurde erbittert gekämpft. Ein schriller Schrei erklang – so schrien die Schweine, wenn man ihnen die Kehle durchschnitt. Pietro wusste, dass es ein Todesschrei war.

Er hatte hier aus der Stadt laufen wollen, doch er sah ein, dass es viel zu gefährlich war, vor allem mit Justina. Er musste einen anderen Durchlass finden.

»Weiter«, sagte er. »Komm, schnell!«

Immer wieder ertönten Schreie. Rechts von ihnen erbebte plötzlich der Boden, sie hörten ein Donnern von Pferdehufen. Pietro drehte sich um und da sah er sie. Die Hunnen. Sie waren bereits in die Stadt eingedrungen!

Sieben Reiter rasten in wildem Galopp auf sie zu. Auf dem Kopf hatten sie längliche Helme, in der Hand eigenartig geformte Bögen, mit denen sie blitzschnell einen Pfeil nach dem anderen abschossen. Die Männer wirkten sehr groß und kräftig, den Pferden stand Schaum am Maul.

Die Krieger hatten Pietro und Justina noch nicht bemerkt, sie schossen immer weiter, um die Legionäre auf der Mauer von hinten zu treffen.

»Wir sind verloren«, keuchte Justina.

»Noch nicht«, erwiderte Pietro.

Ihm war eine enge Gasse aufgefallen, die sich weiter

vorne zwischen zwei Häusern auftat. Für Reiter war sie zu schmal.

Er rannte darauf zu und zerrte das Mädchen hinter sich her, bemüht, das Kampfgetöse und die Schreie auszublenden, bemüht, an nichts anderes zu denken als daran, von hier wegzukommen.

Sie bogen in die schattige Gasse ein und Pietro fühlte sich gleich sicherer. Er lehnte sich gegen eine Wand, dann beugte er sich vor, um zu verschnaufen. Er war einfach zu groß und zu kräftig, um ein ausdauernder Läufer zu sein.

Als er sich wieder aufgerichtet hatte, schlang ihm Justina die Arme um den Hals. Sie zitterte.

»Danke«, sagte sie.

»Wofür?«

»Du hast mich gerettet ...«

Pietro kam es nicht so vor, als hätte er sie gerettet, eigentlich hatte er nichts anderes getan, als wegzulaufen. Er hatte die Hunnen gesehen: von Narben zerfurchte Gesichter, zusammengekniffene Augen, spitz zulaufende Helme. Furchterregend. Es waren keine Zentauren, aber Ungeheuer waren sie trotzdem.

»Was machen wir jetzt?«, fragte Justina.

Und wieder geriet Pietros Welt ins Wanken, denn die Tochter des Senators hätte ihm Befehle erteilen müssen, anstatt nach seiner Meinung zu fragen. Was geschah da gerade?

»Wir bleiben hier« schlug Pietro vor. »Wir verstecken uns zwischen den Häusern, bleiben ganz still und warten. Früher oder später werden die Hunnen abziehen und wir können zurück zur Armee.«

In Wahrheit war er sich nicht sicher, ob das wirklich die beste Vorgehensweise war. Er war ein Soldat, deshalb sollte er eigentlich kämpfen, anstatt sich zu verstecken. Doch hatte er berechtigte Zweifel daran, ob er mit seiner Eisenstange viel ausrichten konnte. Außerdem war Justina bei ihm und er konnte nicht riskieren, dass sie in einen Kampf verwickelt wurde.

Sie nahm seine Hand und drückte sie, und sie gingen tiefer in die Gasse hinein. Das Kampfgetümmel wurde lauter und Pietro dachte, dass Titus irgendwo in der Nähe sein musste. Titus war nicht viel besser bewaffnet als er, vielleicht war er inzwischen schon tot, vielleicht würde er ihn niemals wiedersehen, vielleicht …

»Halt!«

Pietro packte die Hand des Mädchens fester und rannte los, noch bevor ihm bewusst wurde, was er da tat. Mit der Kraft der Verzweiflung stürzte er auf das nächstgelegene Haus zu, die nächstgelegene Tür.

Ein kräftiger Schlag gegen seinen Rücken ließ ihn umsinken wie ein gefällter Baum. Er rollte über die Pflastersteine und riss Justina mit sich mit. Sie schrie. Pietro versuchte, sich aufzurichten, aber ein Fußtritt in den Rücken schleuderte ihn abermals zu Boden.

Er hob den Kopf, um zu sehen, was passiert war. Ein Hunne. Er stand über ihm, auf dem Kopf einen dieser spitzen Helme, ein höhnisches Grinsen im Gesicht. Und eine *Spatha* in der Hand: ein langes, zweischneidiges Eisenschwert, dessen Spitze gegen seine Kehle drückte.

ÜBERWÄLTIGT UND GEFANGEN,
GEFESSELT UND GETRENNT.
DER JUNGE IST MIT SEINEM
BEWACHER ALLEIN.

14

»Welchen Namen trägst du?«

Pietro antwortete nicht.

»Welchen Namen trägt die Familie deines Vaters?«

Sie hatten ihn in das Haus eines vornehmen Herrn geführt und dort in einem kleinen fensterlosen Raum eingeschlossen. Allein. Die Hunnen hatten dieses Haus und vielleicht schon die gesamte Stadt eingenommen und er saß nun machtlos in seinem Gefängnis, hörte Schritte und Schreie, und laute Befehle in einer Sprache, die er nicht verstand.

Vor ihm stand der Hunne, der ihn gefangen genommen hatte. Er war nicht besonders groß, hatte vorstehende Wangenknochen, und unter seinem Helm schaute helles Haar hervor.

»Welchen Namen trägt die Familie deines Vaters?«, wiederholte der Hunne. Er sprach verständliches Latein, wenn auch mit einem seltsamen Akzent, und er verwendete

Begriffe aus der Sprache der Vornehmen, die Pietro nicht kannte.

Er schwieg.

Der Barbar versetzte ihm einen Kinnhaken. Die Zähne des Jungen schlugen gegeneinander und er wurde zu Boden geschleudert.

»Welchen Namen trägst du?«

Pietro hielt den Mund immer noch fest geschlossen.

Der Hunne riss ihn wieder hoch, zwang ihn, sich zu setzen, und schlug nochmals zu. Wieder fiel Pietro um und spuckte Blut aus. Es tat so wahnsinnig weh. Viel schlimmer als die vom Senator angeordneten Stockschläge.

»Wie lautet der Name der Familie deines Vaters?«

Auf die Frage folgte ein dritter Faustschlag, dieses Mal in den Magen. Pietro hätte Angst, ja Panik haben müssen, eigenartigerweise aber fühlte er sich ganz ruhig. Es war, als beobachtete er die Szene als Außenstehender, vollkommen unbeteiligt. Ein Krieger und ein gefesselter Junge. Wie lange würde der Junge den Schlägen standhalten können? Nicht mehr sehr lange. Doch der Junge durfte nicht sprechen, denn er könnte sich dadurch in noch schlimmere Schwierigkeiten bringen, und weil er an Händen und Füßen gefesselt war, konnte er sich auch nicht verteidigen.

»Wie lautet der Name, den du trägst?«

Oder vielleicht doch. Vielleicht konnte der Junge trotz seiner Fesseln irgendwie reagieren. Irgendetwas tun.

Mit plötzlicher Klarheit erkannte Pietro die Lösung seines Problems, und als der Hunne wieder zum Schlag ausholte, reagierte er. Er stemmte die Füße gegen den Boden, so weit auseinandergespreizt, wie die Fesseln es zuließen, spannte die Muskeln im unteren Rücken an, schwang sich auf die Fußspitzen und schnellte hoch, sodass er aufrecht zu stehen kam. Weil sich der Hunne über ihn gebeugt hatte, knallte Pietros Kopf gegen dessen Nase, und zwar mit so viel Wucht, dass er ihm mit der Stirn das Nasenbein brach.

Es knackte, wie wenn ein trockener Ast bricht, und der Hunne stürzte zu Boden. Aus seinem Gesicht spritzte Blut.

Er fing an zu schreien, zu weinen wie ein Kind, und im nächsten Augenblick waren drei weitere Hunnen im Raum und fielen über Pietro her. Weil er immer noch gefesselt war und allein gegen drei keine Chance hatte, ließ er sich zu Boden fallen und rollte sich zusammen, mit dem Kopf zwischen den Knien, um ihn zu schützen. So blieb er liegen und wartete darauf, dass sie aufhörten, auf ihn einzuprügeln.

Doch sie hörten nicht auf. Pietro tat alles weh, und nun konnte er sich nicht mehr von außen sehen, die Schmerzen waren zu heftig. Er konnte nichts anderes tun, als weinend liegen zu bleiben und die Schläge und Tritte zu ertragen, bis sich eine Art Schleier über seine Augen breitete, vielleicht fiel er in Ohnmacht, er konnte nicht mehr denken, und als er wieder zu sich kam und wieder wusste, dass er Pietro war und gefangen genommen worden war, waren die Hunnen, die ihn verprügelt hatten, weg, auch der, dem er die Nase gebrochen hatte, und nun stand ein anderer Mann vor ihm.

Er war groß und breit, er wirkte bedrohlich – wie jemand, der es gewohnt war, dass man ihm gehorchte.

Seine Wangen waren bartlos und von tiefen Narben

durchzogen, die wie verheilte Messerschnitte aussahen. Die goldene Schnalle an seinem Gürtel hatte die Form eines Adlers.

Als er sah, dass Pietro aufgewacht war, verzog er den Mund zu einem gefährlich wirkenden Grinsen.

»Du hast etwas sehr Riskantes getan«, sagte er auf Latein. »Du hast einem meiner Männer die Nase gebrochen. Es ist ein Wunder, dass sie dich nicht getötet haben. Denn sie haben es versucht, aber du bist ein sehr widerstandsfähiger Junge und hast eine dicke Haut.«

Er lachte und fuhr fort: »Ich brauche ein paar wichtige Informationen. Aquileia ist gefallen und jetzt haben wir auch Altinum erobert. Das Volk der Hunnen ist unbesiegbar, und noch bevor der Sommer zu Ende geht, werden wir ganz Italien erobert haben. Dann wird unser König Attila die Thronerbin von Westrom heiraten und der neue Römische Kaiser sein. Ich sage dir das alles, damit du begreifst, dass du verloren hast, Junge. Wir haben deine Armee weggefegt und du bist jetzt unser Gefangener. Wenn du gehorchst und keine Schwierigkeiten machst, darfst du bald wohlbehalten zu deiner Familie zurückkehren. Andernfalls ...«

Andernfalls würde er ihn töten, doch Pietro wurde klar, dass »Adler« ihn eigentlich *nicht* töten wollte. Wer weiß, wie lange er hier bewusstlos gelegen war. Er hätte ihm jederzeit die Kehle durchschneiden können, hatte es aber nicht getan. Also wollte er Pietro als Gefangenen behalten, und ein lebendiger Gefangener zu sein war immer noch besser, als tot zu sein.

»Hast du alles verstanden, was ich dir gesagt habe?«

Pietro nickte.

»Gut«, fuhr Adler fort. »Ich werde dir jetzt Fragen stellen, du beantwortest sie mir und dadurch werden wir beste Freunde. Einverstanden?«

Pietro nickte.

»Wie heißt du?«

»Pietro.«

Der Hunne gab ein kleines Geräusch von sich, das zufrieden klang.

»Na endlich. Das war doch gar nicht so schwer, Pietro, oder?«

Der Junge sagte nichts darauf.

Adler runzelte die Stirn. »Ich habe keine Lust, dich zu schlagen, aber wenn ich mich dazu gezwungen sehe, werde ich es tun. Ich muss den Namen deiner Familie wissen, um meine Lösegeldforderung zu stellen. Sag mir also, wie dein Vater heißt.«

Und endlich begriff Pietro, was los war.

Justina hatte ihn zum Spaß gezwungen, die Toga anzulegen. Und als die Barbaren die Stadt überfielen, trug Pietro die Toga immer noch. Das bedeutete, dass er wie der Sohn einer vornehmen Familie gekleidet war, weshalb die Hunnen ihn für eine wichtige Persönlichkeit hielten. Das war auch der Grund, warum sie ihn nicht getötet hatten. Sie wollten ihn gegen ein hohes Lösegeld zu seiner reichen Familie zurückschicken.

Doch leider war er in Wahrheit nur ein Schweinehirte und niemand würde bezahlen, um sein Leben zu retten.

»Pietro«, sagte Adler, »ich habe nicht vor, es dich ein drittes Mal zu fragen.«

»Ich bin Pietro Constantinus«, behauptete der Junge plötzlich. »Ich bin der Sohn des Senators von Ateste.«

Die Worte waren aus seinem Mund gerutscht, bevor er darüber nachgedacht hatte, und er war von seiner Lüge selbst überrascht. Er! Sohn des Senators! Wie war er nur darauf gekommen, wie konnte er es wagen ...?

Wieder entfuhr dem Hunnen ein kleiner zufriedener Grunzer. »Dann haben wir dich also erwischt, als du zusammen mit deiner Schwester fliehen wolltest.«

Ja, klar. Offenbar hatten sie Justina bereits verhört, und wenn er Constantinus war, dann war das Mädchen seine Schwester.

»Ja.«

»Wo wolltet ihr hin?«

»Zu Sergius, dem Zenturio. Dem Befehlshaber der Abteilung von Ateste. Ich war sicher, dass er uns beschützen würde.« Pietro überlegte kurz. »Lebt er noch?«

Dieses Mal war Adler derjenige, der nicht antwortete. Stattdessen stellte er eine weitere Frage: »Kannst du reiten?«

Pietro dachte an das eine Mal, als er hinter dem Boten, der die Nachricht von der Ankunft der Hunnen gebracht hatte, auf einem Pferderücken gesessen war, und an den Ritt mit Sergius zum Meer.

»Ja.«

»Gut. Denn du wirst viel reiten müssen.«

Adler verließ den Raum und kurz darauf kamen zwei Diener herein und sagten zu Pietro: »Hier entlang, junger Herr.«

Zuerst dachte er, sie wollten sich über ihn lustig machen, doch dann begriff er, dass die beiden zwar Römer und keine Barbaren waren, ihn jedoch zuvor noch nie gesehen hatten. Die Hunnen behandelten ihn wie einen vornehmen jungen Mann, dessen Kleidung er ja tatsächlich auch trug, warum hätten die Diener dann an seinem Rang zweifeln sollen?

Das Problem, das nun auftauchte, aber war, dass er nicht wusste, wie sich vornehme junge Männer verhalten. Sollte er den Dienern zum Beispiel danken, oder nicht? Jegliches falsche Benehmen würde ihn entlarven.

Er beschloss, so wenig wie möglich zu reden und ansonsten zu improvisieren.

Die Diener führten ihn in das Atrium des Hauses, das mit Truhen, Amphoren und Statuen vollgestellt war. Andere Diener kamen und gingen, um unter den wachsamen Augen ihrer neuen Gebieter weitere kostbare Gegenstände aus den Räumen des Hauses ins Atrium zu tragen, während in einer Ecke gefesselte, geknebelte Menschen saßen. Viele von ihnen hatten im Gesicht blaue Flecken und Platzwunden, und Pietro dachte, dass auch er vermutlich nicht besser aussah.

Sie führten ihn in einen kleinen Raum, in dem eine Wanne voller Wasser stand.

Die Diener halfen Pietro beim Entkleiden, doch als einer versuchte, ihm den um den Hals hängenden Stoffbeutel wegzunehmen, knurrte er: »Geht, lasst mich in Ruhe. Ich kann mich selbst waschen.«

Er hoffte, dabei so arrogant wie ein echter vornehmer Mann zu klingen.

Als er fertig war, brachten ihm die Diener, die vor der Tür gewartet hatten, eine saubere Tunika. Sie war nicht so elegant wie die Toga, die er abgelegt hatte, aber doch wesentlich schöner als jegliches Kleidungsstück, das er jemals getragen hatte.

Pietro hatte sie sich gerade übergezogen, als Justina angelaufen kam und ihn umarmte.

»Bruder!«, rief sie. »Mein über alles geliebter Bruder!« Und schnell flüsterte sie ihm ins Ohr: »Pass bei den Dienern auf. Wir wissen nicht, auf welcher Seite sie stehen.«

Sie gab den Dienern einen Wink, um ihnen zu bedeuten, den Raum zu verlassen. Die beiden gehorchten, doch man konnte ihnen ansehen, dass sie vorhatten, an der Tür zu lauschen.

»Geht es dir gut?«, fragte Pietro.

»Sie haben mir nichts getan. Sie haben mich gefangen genommen und ein Mann hat mir Fragen gestellt und wollte mich schlagen. Da habe ich ihm gesagt, dass ich ein Mädchen bin. Sie haben mich in einen anderen Raum gebracht, in dem mehrere gefangene Frauen waren, haben mir zu essen gegeben und alles, was ich brauchte. Aber ich habe mir wegen dir Sorgen gemacht. Haben sie dir wehgetan? Du siehst nicht gut aus. Ich hatte so furchtbare Angst um dich. Und als sie mir gesagt haben, *mein Bruder* hätte sich endlich entschlossen zu reden …«

Pietro zuckte mit den Schultern. Er hatte gelogen, und wenn die Hunnen es herausbekamen, würden sie ihn töten. Oder der Senator würde ihn töten, falls er eines Tages nach Hause zurückkehrte.

»Zum Glück hattest du die Toga an«, sagte Justina leise. »Aber du musst aufpassen. Sei mir nicht böse, aber du siehst eher wie ein Barbar als wie ein Römer aus. Und dein

Latein ist nicht so … Also, du sprichst einfach nicht so wie wir. Kannst du lesen?«

Pietro schüttelte den Kopf.

»Das habe ich mir schon gedacht. Du kennst die Dichter nicht, deren Werke mein Bruder studieren muss, und all das andere …«

»Ich glaube nicht, dass die Hunnen sich mit der Dichtkunst auskennen«, meinte Pietro.

»Das hätte ich auch gedacht, aber ist dir aufgefallen, wie gut sie unsere Sprache sprechen? Viele von ihnen wurden als Kinder von Römern als Geiseln genommen und sie haben fleißig gelernt … Aber ich werde dir helfen. Du musst sagen, dass wir uns sehr nahestehen und deshalb immer zusammenbleiben wollen.«

Diesen letzten Satz sprach sie sehr schnell aus, als wäre sie unsicher, wie ihre Worte bei Pietro ankommen würden, und Pietro begriff, dass Justina ihn eigentlich bat, sie nicht allein zu lassen.

Es war eine schwierige Verpflichtung, auch weil er nicht wusste, ob er in der Lage sein würde, sie einzuhalten.

»Weißt du«, fuhr Justina fort, »seit ich klein war, habe ich *nie* etwas tun können … Ich hatte gehofft, dass sich das auf dieser Reise ändern würde. Doch es ist alles wie vorher. Immer brauche ich jemand anderen, nie kann ich selbstständig entscheiden.«

Ihn. Sie brauchte ihn.

Hatte die Tochter des Senators das wirklich ernst gemeint? Wieder ein Stück seiner Welt, das einstürzte. Sein Leben lang hatte es Regeln gegeben, die ihm wie in Stein gemeißelt erschienen waren, und jetzt zerbrachen sie alle, zerbröselten unter seinen Fingern wie Sand. Was würde am Ende übrig bleiben?

Die Vorstellung, es zu entdecken, machte ihm Angst, doch er ahnte, dass ihm keine Wahl blieb. Das Rad drehte sich und er musste mit ihm Schritt halten, damit es ihn nicht zerquetschte.

WELCHES SCHICKSAL
ERWARTET DIE GEFANGENEN?
SIE SOLLEN AUF PFERDE STEIGEN.
DIE KARAWANE SETZT SICH
IN BEWEGUNG.

15

Sie gaben ihm eine kleine Stute. Ihr Maul, ihre Mähne und ihre Füße waren fuchsrot, der übrige Körper dagegen ganz weiß, und Pietro beschloss, dass er sie Pinus, Kiefer, nennen würde, weil sie wie ein Baum mit abgeplatzter Rinde aussah.

Auch war Pinus nicht mehr jung: Pietro wusste es, weil er ihr ins Maul geschaut und ihre abgenutzten Zähne gesehen hatte.

»Besser so«, sagte er und strich ihr sanft über die Nase. Sie hatte schon viele Reiter gehabt, er dagegen noch nie ein Pferd: Sie würden miteinander zurechtkommen.

Zwei gotische Sklaven, die bisher für das Haus des wohlhabenden Römers gearbeitet hatten und jetzt den Hunnen dienten, legten ihr einen Sattel mit vier Hörnern auf den Rücken. Pietro kannte diese Art von Sattel bereits, hatte sich jedoch noch nie hineingesetzt und konnte nur unter Zuhilfenahme eines Bänkchens und der beiden

Sklaven aufsteigen. Er befürchtete, dass ihn seine Ungeschicklichkeit entlarvt hatte, und sah sich besorgt um.

Obwohl Pinus klein war, fühlte sich seine Position gefährlich hoch an. Außerdem wusste er nicht, wie er die Stute dazu bringen sollte, loszugehen.

»Gefangene!«, rief Adler, der im Sattel eines großen Rappen saß. »Ich erinnere euch daran, dass ihr unter unserem Schutz steht und wir euch mit allem euch gebührenden Respekt behandeln werden … Doch wir erwarten von euch dasselbe. Sonst werdet ihr eure Familien niemals wiedersehen.«

Niemand sagte etwas. Sämtliche Gefangenen waren Männer. Die Frauen, unter ihnen auch Justina, waren weggebracht worden und Pietro wusste nicht, wohin. Ebenso wie Pietro saßen jetzt auch seine Mitgefangenen auf Pferden, schienen sich im Sattel aber wesentlich wohler zu fühlen als er. Kein Wunder, denn sie alle waren echte Mitglieder vornehmer Familien.

Sie ritten los, Adler mit zwei Bogenschützen vorneweg, hinter ihnen kamen die Geiseln.

Pietro beugte sich vor, und weil er nicht wusste, was er tun sollte, flüsterte er seiner Stute ins Ohr: »Geh.«

Entweder die Stute verstand Latein oder aber sie war es gewohnt, der Gruppe zu folgen. Tatsächlich lief sie los und passte sich dem Schritttempo der anderen an. Sie verließen die Umfriedung, auf der alle aufgestiegen waren, und erreichten die Straße.

Altinum war nicht mehr die Stadt, die Pietro am Vortag kennengelernt hatte: Zahlreiche Holzhäuser waren verbrannt, bei vielen gemauerten Häusern war das Dach eingestürzt. Die Türen waren aufgebrochen. Überall sah man berittene Hunnenkrieger, die ihre Brustpanzer mit gestohlenem Schmuck garniert hatten. Hinter einem Hunnen zu Pferd mussten vier an den Handgelenken gefesselte Mädchen herlaufen.

Am Boden lagen Leichen, die von Fliegenschwärmen bedeckt waren. Pietro wagte nicht, sie anzuschauen, weil er befürchtete, an einer von ihnen die wilden Locken seines Freundes Titus zu entdecken. Was mochte mit ihm geschehen sein, in der Nacht, in der Pietro gefangen genommen worden war? Hatte Titus sich retten und mit der geschlagenen Armee flüchten können? Oder …

Pietro seufzte und versuchte, die düsteren Gedanken zu verscheuchen. Er durfte jetzt nicht grübeln, sondern musste überlegen, wie er sich aus seiner gefährlichen Lage befreien konnte.

Der Zug der Hunnen und ihrer Geiseln hatte den Hafen erreicht, den einzigen Teil der Stadt, der noch halbwegs normal aussah: Hier lagen unbeschädigte Schiffe vor Anker, mit hochgezogenen Rudern und gerefften Segeln, die nur darauf warteten, in See zu stechen.

»Es ist so, dass diese Barbaren das Wasser nicht mögen, und mit einem Schiff umgehen können sie auch nicht. Siehst du die Schiffe dort? Man nennt sie Dromonen. Wenn wir mit einer Mannschaft guter Ruderer an Bord gehen könnten, wären wir schnell in Sicherheit …«

Pietro drehte sich zu der Stimme um. Sie stammte von einem Mann, der gerade mit einem zweiten Gefangenenkonvoi zu ihnen gestoßen war. Ausonius, der Priester. Er saß ebenfalls auf einem Pferd und trug eine zerrissene, schmutzige Tunika. Mit einem traurigen Lächeln im Gesicht lenkte er sein Pferd neben das von Pietro.

»Es ist schön, unter diesen tragischen Umständen einem vertrauten Gesicht zu begegnen. Auch wenn ich nicht erwartet hätte, dich so gut gekleidet zu sehen.«

»Das ist eine lange Geschichte«, erwiderte Pietro. »Ich wurde mit jemandem verwechselt.«

Auf gar keinen Fall würde er einen Priester anlügen, schon gar nicht den seines Heimatorts. Pietro hatte nie richtig verstanden, wie das mit Gott funktionierte, aber er zog es vor, die Wahrheit zu sagen.

»Offenbar hattest du Glück«, meinte Ausonius. »Gibt es einen bestimmten Namen, mit dem ich dich jetzt ansprechen soll?«

»Pietro … Constantinus.«

Lachend lehnte sich der Priester im Sattel zurück. »Kein Geringerer als der Sohn des Senators. Aber weißt du, was mit dem echten geschehen ist?«

»Er müsste noch in Ateste sein«, antwortete Pietro. »Die Person, die im Reisewagen mit der Armee mitgefahren ist, ist in Wahrheit Justina in Verkleidung … Aber auch das ist eine lange Geschichte.«

Der Priester nickte, so als wäre er zu müde, um sich noch über irgendetwas zu wundern.

»Und Ihr?«, fragte Pietro. »Wie seid Ihr hier gelandet und in Gefangenschaft geraten?«

Pietro hatte keine Ahnung, wie die Schlacht verlaufen war. Ihm war sie wie ein furchtbares Chaos vorgekommen.

»Die Hunnen haben Aquileia erobert«, berichtete der Priester. »Ich habe unterschiedliche Geschichten darüber gehört. Tatsache ist, dass Aquileia gefallen ist und die Hunnen Altinum noch vor den ausgesandten Boten erreicht haben. Ihre Pferde sind wirklich schnell. Und so konnten sie einen Überraschungsangriff durchführen.«

»Und dann?«

»Als sie angegriffen haben, war ich im Lager. Sergius hatte die Karren im Kreis aufstellen lassen, um sie als Barrikaden zu nutzen. Es wurde gekämpft, überall flogen Pfeile ... Dann haben die Hunnen die Barrieren durchbrochen und unsere Leute wurden getötet oder sind geflohen. Für mich sah es schlecht aus. Ich muss gestehen, dass ich mich in einem Fass mit Oliven versteckt habe. Ich rieche immer noch nach der Salzlauge.«

Eine dritte Gruppe von Gefangenen stieß zu ihnen hinzu. Von Bogenschützen der Hunnen beaufsichtigt, mussten sie alle über eine Steinbrücke reiten.

»Ich bin so lange in diesem Fass geblieben, dass ich schon befürchtete, selbst zu einer Olive zu werden ... Als ich endlich nichts mehr gehört habe, bin ich hinausgeklettert ... Das war keine gute Idee, denn ein Barbar schlief genau neben meinem Fass und durch mich ist er aufgewacht. Er wollte mir die Kehle durchschneiden und ich habe zu unserem Herrn gebetet ... Seine Macht ist wirklich grenzenlos! Denn der Barbar war ein Sarmate und ein Christ. Deshalb hat er mich nicht getötet, sondern gefangen genommen.«

Pietro nickte. Die Schlacht war wie ein Spiel gewesen, in dem um Leben und Tod gewürfelt wurde und alles passieren konnte.

Sie ließen die Stadt hinter sich. In der Ferne erhoben sich

schwarze Rauchsäulen. Die Wiesen waren wie mit weißen Blumen übersät, die sich als Zelte entpuppten. Hunderte, Tausende von Zelten füllten die Ebene aus, über der ganze Schwärme krächzender Vögel kreisten.

Als sie näher kamen, begriff Pietro, warum: Überall im Lager standen Pfosten, auf denen Leichen aufgespießt worden waren, die nun in der Sonne verfaulten. Der Gestank war so ekelhaft, dass sich einige der Gefangenen noch im Sattel erbrachen.

»Krieg ist eine schlimme Sache«, sagte Ausonius und begann für die Seelen der armen Gefolterten und Getöteten zu beten.

Andere fielen in seine Gebete ein, und die Hunnen erschraken über die lauten Stimmen, spannten Pfeile in ihre Bögen und richteten sie auf die Betenden.

Adler ritt ihnen entgegen und schrie irgendetwas in seiner Barbarensprache. Dann lenkte er sein Pferd zu Ausonius.

»Bete ruhig weiter, Priester, wenn du willst«, sagte er auf Latein. »Aber es wäre besser, für die Lebenden zu beten.«

Ausonius sah ihn an und verstummte.

EIN LAGER AUS TAUSEND ZELTEN
UND TAUSEND FEUERSTELLEN.
DAZWISCHEN TOTE.
ENTSETZEN ERFÜLLT
DIE BESIEGTEN.

16

An jenem Abend hatte Pietro im Lager eine Begegnung, die er niemals vergessen würde.

Es war nach dem Abendessen, sofern man die nach verfaulten Kichererbsen stinkende Pampe, die den Gefangenen vorgesetzt wurde, als »Abendessen« bezeichnen konnte. Es mochte an diesem Gestank gelegen haben, am Geschmack oder aber an den Mücken, die ständig und überall zustachen, auf jeden Fall war es keine sehr angenehme Mahlzeit gewesen. Dennoch zwang Pietro sich, seine Portion aufzuessen, denn er wusste nicht, wann er das nächste Mal etwas bekommen würde, und er musste bei Kräften bleiben.

Nach dem Essen ging er zu Adler, der ihre Bewacher befehligte.

»Herr«, sagte Pietro, »im Zelt ist es viel zu heiß, darf ich einen Spaziergang machen?«

Einer der Bewacher bekam einen Lachanfall, der wie ein Bellen klang. Adler dagegen steckte die Daumen hinter seinen Gürtel, links und rechts von der Schnalle mit dem großen Greifvogel.

»Du bist der Sohn des Senators von Ateste, hast du gesagt?«

Pietro nickte.

»Sein illegitimer Sohn?«

Dieses Mal reagierte Pietro nicht, und Adler nickte an seiner Stelle.

»Du siehst nicht gerade wie ein vornehmer Römer aus, lass dir das mal gesagt sein. Deine breiten Schultern und deine helle Haut verraten, dass in deinen Adern das Blut von Vandalen oder Goten fließt. Und weißt du, was das bedeutet?«

Dass ich tot bin, dachte Pietro. Dass du mich entlarvt hast und mich töten wirst.

»Das bedeutet, dass ich dich zu Ehren deines Barbarenblutes gehen lasse, denn du bist anders als diese Idioten, die so viel Gewese um sich machen. Aber wenn du nicht vor Sonnenuntergang zurück bist, lasse ich deinen Freund, den Priester, pfählen.«

Die Vorstellung eines auf einen Pfahl gerammten Ausonius bewirkte, dass der Kichererbseneintopf in Pietros Magen hochschwappte und einen Brechreiz auslöste, den er gerade noch unterdrücken konnte.

»Ich werde nicht fliehen«, versprach er.

»Das ist auch besser so. Für den Priester, meine ich.«

Mit heftigem Herzklopfen verließ Pietro das Zelt. Draußen blieb er einen Moment lang stehen und atmete in tiefen Zügen die Nachmittagsluft und den Geruch der brennenden Lagerfeuer ein.

Dann schlenderte er scheinbar ziellos durch das Lager und hielt Ausschau nach Justina. Er hatte keine Ahnung, wo sie stecken mochte, doch sie musste zusammen mit den anderen irgendwo in diesem Lager sein.

Überall sah er Hunnen und alle saßen auf Pferden, so als fänden sie den Pferderücken bequemer als Stühle oder Liegen: Sie aßen und tranken oder unterhielten sich, vertrieben sich die Zeit, und das alles, ohne abzusteigen.

Drei Männer ritten in seine Richtung.

Der erste war wie ein vornehmer Römer gekleidet, trug aber quer über der Brust den Bogen der Hunnen. Der zweite war so klein wie ein Kind und seine Haut war sehr dunkel. Auch er trug wertvolle Kleidung und so viele Armreifen und Halsketten, dass Arme und Hals wie vergoldet wirkten. Der dritte Reiter war schon älter, vielleicht um die fünfzig Jahre. Seine Wangen waren von Narben zerfurcht und vollkommen bartlos. Er trug eine sehr schlichte weiße Tunika, und auch die Waffe an seiner Seite war unauffällig. Dennoch strahlte er Macht aus und jeder Hunne, an dem er vorbeiritt, zuckte zusammen, hob den Kopf und sah ihn halb ängstlich, halb respektvoll an.

Die drei ritten in langsamem Schritt zwischen den Zelten und Lagerfeuern hindurch, wobei sich der Ältere und der Römer leise auf Latein unterhielten.

Als sie näher kamen, hörte Pietro den Älteren sagen: »Wir müssen weg von hier.«

»Warum, Herr?«, fragte der Römer.

Die Antwort darauf gab der Kleinwüchsige, in der Sprache der Hunnen.

Der Ältere verzog das Gesicht. »Du solltest nicht ohne

Erlaubnis sprechen, Zerkon.« Zu dem Römer gewandt sagte er: »Tatsächlich aber hat der Kleine recht. Dieser Ort ist feucht und ungesund und die Insekten übertragen Krankheiten.«

Der Kleinwüchsige legte sich eine Hand auf den Bauch und machte dabei komische Geräusch, als ahme er einen Mann mit Bauchschmerzen nach.

Der Römer musste lachen, der Ältere hingegen sah verärgert aus.

»Ich hasse deine Späße, Zerkon. Mir ist nicht entgangen, dass sich im Lager der Durchfall immer weiter ausbreitet. Unsere Männer sollen in der Schlacht sterben, nicht mit heruntergelassenen Hosen.«

»Folglich?«, fragte der Römer.

»Folglich brechen wir so früh wie möglich auf. Wir nehmen die Straße und verlassen für immer diese Sümpfe.«

»Mit welchem Ziel, Herr? Ravenna?«

Der ältere Mann überlegte, dann schüttelte er den Kopf. »Ravenna ist nur ein weiterer Sumpf, außerdem nützt die Stadt uns nichts. Besser ist Mediolanum.«

»Aber, Herr, der Kaiser ist in Ravenna …«

»Genau. Ich will, dass er es ist, der zu mir kommt. Und wenn wir Mediolanum eingenommen und die ganze Ebene erobert haben, wird ihm nichts anderes übrig bleiben …«

In diesem Augenblick schrie der Kleinwüchsige schrill auf und sein Pferd stieg. Pietro, der neben ihm gestanden war, sah plötzlich die Pferdehufe in Augenhöhe um sich schlagen und überlegte einen Augenblick, was er tun sollte: weglaufen oder stehen bleiben. Dann aber ging er instinktiv einen Schritt vor, legte seine Hand auf den Hals des Pferdes und spürte dessen Wärme und Kraft.

»Na, du Hübscher«, sagte er, »es ist alles in Ordnung, beruhige dich.«

Das Pferd ließ sich auf die Vorderhufe zurückfallen, schüttelte nervös den Kopf und schaute Pietro dann mit seinen großen haselnussbraunen Augen an. Es blähte die Nüstern und seine Ohren zuckten. Es wirkte erschrocken und Pietro fuhr fort, es zu streicheln.

Sein Reiter, der beinahe abgeworfen worden wäre, wollte etwas sagen, doch der ältere Mann rief ihm in der Sprache der Hunnen etwas zu, das wie eine Beleidigung klang.

»Herr«, mischte Pietro sich ein, »es war nicht seine Schuld … Seht Ihr? Da kriecht eine Schlange durchs Gras. Das Pferd hat sie entdeckt und ist erschrocken.«

Der ältere Mann schaute kurz hin, zog mit einer gedankenschnellen Bewegung seinen Dolch aus dem Gürtel und schleuderte ihn in die Richtung der Stelle, auf die Pietro gedeutet hatte.

»Bring mir mein Messer zurück, Junge«, sagte er.

Pietro gehorchte und sah, dass der Dolch die Schlange in Nackenhöhe entzweigeschnitten hatte. Das Tier tat ihm leid: Es war nur eine Ringelnatter, die zwar nicht besonders hübsch, aber vollkommen harmlos war.

Er hob mit einer Hand den kopflosen Schlangenkörper und mit der anderen den Dolch auf und hielt beides dem älteren Hunnen hin, der den Dolch wieder in seinen Gürtel steckte.

»Du hast scharfe Augen, Junge«, sagte er. »Und du verstehst, mit Pferden umzugehen. Angesichts eines um sich schlagenden Pferdes wären die meisten wohl davongelaufen.« Er betrachtete ihn abschätzend. »Du bist eine der Geiseln, die wir gefangen genommen haben. Ist das hier deine Stadt? Wie heißt du?«

»Ich heiße Pietro, Herr, und komme aus Ateste …«

Der Hunne näherte sich Pietro oder besser gesagt näherte sich sein Pferd. Es war, als seien Pferd und Reiter miteinander verwachsen.

»Weißt du denn auch, wer ich bin?«, fragte der Mann, und Pietro bemerkte erst jetzt die Stille, die sich über das gesamte Lager gelegt hatte. Alle Krieger, jeder einzelne, schienen sie zu beobachten.

Da begriff er. »Ihr seid Attila«, sagte er.

»Du scheinst keine Angst zu haben. Normalerweise laufen deine Leute weg, wenn sie meinen Namen hören. Aber du bist keiner, der davonläuft, nicht wahr? Glaubst du, sehr mutig zu sein?«

In Wahrheit glaubte Pietro das nicht. Er war einfach nur da gewesen, zufällig, und hatte das getan, was ihm am vernünftigsten erschienen war.

Attila drehte sich zu dem vornehmen Römer um. »Gib mir deinen Bogen und einen Pfeil«, sagte er.

Der Römer reichte ihm das Gewünschte.

Noch nie hatte Pietro einen solchen Bogen aus der Nähe gesehen. Er war wesentlich kürzer als die Bögen, die er kannte, und beide Enden waren aufgebogen, wie die Hörner am Kopf einer Kuh.

Attila legte den Pfeil ein und spannte den Bogen, um ihn dann so auf Pietro zu richten, dass ihn die Pfeilspitze genau zwischen die Augen treffen würde. Der Pfeil würde seinen Kopf durchdringen, ein paar Spritzer Blut, und es würde Pietro nicht mehr geben.

Eine seltsame, angsterfüllte Wärme breitete sich in seinem Körper aus und er musste sich beherrschen, um nicht reflexhaft zu urinieren.

»Sag mal«, rief Attila, »bekommst du nicht einmal jetzt Lust, davonzulaufen?«

Der Fluchttrieb zermarterte Pietro, seine Beinmuskeln waren vor Anspannung steinhart, ihm brach der Schweiß aus, doch er wusste, dass Attila ihn auf die Probe stellte. Und wenn er überleben wollte, musste er sie bestehen.

»Herr«, sagte er, bemüht mit fester Stimme zu sprechen. »Ich … ich laufe nie weg.«

Attilas Augen verengten sich zu schmalen Schlitzen.

Das war die falsche Antwort, dachte Pietro, jetzt schießt er den Pfeil ab, jetzt ist alles vorbei.

Doch der Hunne brach in Lachen aus, hob den Bogen zum Himmel empor und ließ die Bogensehne langsam in die Grundposition zurückkehren, ohne den Pfeil abzuschießen.

»Habt ihr das alle gesehen?«, fragte er. »Der hier, das ist ein richtiger Krieger. Ein Junge, den ich gerne in meinem Heer hätte. Ein Junge, der niemals wegläuft.« An Pietro gewandt, fuhr er fort: »Ein wahrer Anführer belohnt Mut, wann immer er ihm begegnet. Also sage mir, ob es etwas gibt, das ich für dich tun kann.«

»Justina«, antwortete Pietro spontan. »Sie … ist meine Schwester und auch sie wurde als Geisel genommen. Seit heute Morgen habe ich sie nicht mehr gesehen. Ich habe versprochen, sie zu beschützen.«

Attila schaute ihn ernst an. »Ich kenne dieses Mädchen nicht, aber sie hat Glück, jemanden wie dich zum Bruder zu haben. Ab morgen werdet ihr zusammen sein, und dir und deinen Freunden wird kein Leid geschehen. Gute Nacht, Pietro.«

Bevor Pietro darauf etwas erwidern konnte, schoss Attilas Pferd an ihm vorbei und verschwand zwischen den Zelten. Der Römer und der Kleinwüchsige folgten.

Pietro konnte das, was soeben geschehen war, kaum fassen. Er wusste sehr wohl, wie knapp es gewesen war. Einen Atemzug lang hatte er um sein Leben gespielt und er hatte gewonnen, es gab ihn immer noch. Noch nie zuvor hatte ihn das Bewusstsein, dass er lebte, mit solch einem Glücksgefühl erfüllt.

LANGE TAGE IN GEFANGENSCHAFT.
DOCH AUCH JUSTINA IST GEFANGEN.
WIE KANN ER SEINE BEWACHER
ÜBERLISTEN?

17

Die Römer waren langsam, die Barbaren schnell, dachte Pietro: Kaum war der Befehl zum Aufbruch erteilt worden, als das Lager bereits abgebrochen und die Zelte zusammengepackt waren und alle losmarschieren konnten.

Die Geiseln gingen am Ende der Karawane. Pietro saß im Sattel von Pinus. Als er die Stute auf der eingezäunten Koppel entdeckt hatte, war er sofort zu ihr hingegangen, und auch das Tier schien sich darüber zu freuen, ihn wiederzusehen.

Neben ihm saß Ausonius etwas steif auf einem auffallend großen Pferd und an seiner anderen Seite ritt Justina auf einer jungen Stute. Für sie war es das erste Mal im Sattel, hatte sie gesagt, trotzdem schien sie sich wohlzufühlen. Der Wind spielte in ihrem kurzen Haar und ab und zu beugte sie sich über den Hals ihrer Stute, flüsterte ihr etwas zu und lachte.

Pietro war froh, dass sie bei ihm war. Attila hatte Wort

gehalten: Am Tag nach ihrem Zusammentreffen war das Mädchen zum Zelt der männlichen Gefangenen geführt worden und hatte die Erlaubnis erhalten, dort zu bleiben.

Seither war eine Woche vergangen und Pietro hatte oft über den Anführer der Hunnen nachgedacht. Über diese Aura von Macht und Autorität, die ihn umgab.

Und er hatte sich viele Fragen gestellt. Sogar diese: Attila, der große König, könnte er vielleicht … sein Vater sein?

Er wusste, dass es verrückt war, das zu denken. Sein geheimnisvoller barbarischer Erzeuger war ungefähr fünfzehn Jahre zuvor in Ateste gewesen und war mit einem Boot gekommen. Attila war ganz bestimmt noch nie zuvor hier gewesen, und mit Sicherheit hasste er das Wasser genauso wie alle anderen Hunnen.

Dennoch wurde Pietro diese irrwitzige Idee nicht mehr los und immer wieder drängte sich ihm der Gedanke auf, dass er Attila die halbe Münze hätte zeigen sollen, anstatt nach Justina zu fragen.

Für diesen Gedanken wiederum schämte er sich vor sich selbst, so sehr, dass er eine Gänsehaut bekam. Nein, Justina war wesentlich wichtiger, er hatte das Richtige getan.

»Es ist unglaublich, dass du den großen Attila getroffen hast«, sagte Ausonius, der über diese Begegnung offensichtlich ebenso häufig nachgrübelte wie Pietro selbst. »Du hättest ihn fragen müssen, warum er diesen Krieg führt …«

»Diese Frage nützt doch keinem«, entgegnete Justina.

»Er führt ihn eben. Die Kavallerie der Hunnen ist schon vor mehreren Tagen aufgebrochen, mittlerweile werden sie Patavium erreicht haben und sich auf die Belagerung vorbereiten … Vielleicht kämpfen sie sogar schon. Und was wird dann geschehen?«

»Sie werden die Stadt erobern«, sagte Ausonius düster.

»Genau«, erwiderte sie. »Und danach ist Ateste dran.« Sie zögerte kurz, bevor sie hinzufügte: »Ich muss zu meinem Vater zurück und ihn warnen.«

Eine Weile lang hörte man nur das Getrappel der Pferdehufe auf der Straße. Vom Ufer eines Kanals stieg ein Schwarm weißer Möwen auf. Sie sind so schön, dachte Pietro, so frei.

»Es wäre gut, wenn wir die Menschen in Ateste warnen könnten«, sagte Ausonius. »Aber es ist unmöglich.«

Das Gesicht des Priesters war bleich und eingefallen. Pietro kam es vor, als könne er dessen Gedanken lesen: In Ateste waren seine Frau und seine Kinder. Dort war auch die Mutter von Pietro. Valdo. Und Galla. In den letzten Tagen hatte er kaum an sie alle gedacht wegen des Kriegs und seiner Gefangennahme. Doch irgendwie hatte er sie immer im Kopf, vor allem seine Mutter. Er hatte ihr versprochen zurückzukehren und sie hatte darauf erwidert: »Ich verlasse mich darauf.«

Sollten die Hunnen ihr etwas zuleide tun, würde er sie um jeden Preis beschützen.

Ja, Justina hatte recht. Ausonius aber auch: Nach Ateste zu gelangen und die Leute dort vor der Gefahr zu warnen, war unmöglich. Außerdem war er letztlich nur ein Schweinehirte. Ein Schweinehirte, der durch Zufall zum Soldaten geworden war. Eine Toga angelegt hatte. Mit Attila höchstpersönlich gesprochen hatte, der ihn wegen seines Muts respektiert hatte.

So war es doch gewesen, oder? Also sollte er vielleicht mal damit aufhören, sich selbst nur als Schweinehirten zu sehen. Ja, er war ein Schweinehirte, aber er war auch noch vieles andere und konnte noch vieles mehr werden, je nachdem, wie er sich entschied. Also sollte er endlich damit aufhören, nach Ausflüchten zu suchen, und sich selbst einen Schubs geben.

»Wir fliehen«, sagte er unvermittelt.

Ausonius stöhnte und zeigte mit dem Finger auf den Bewacher, der ihnen am nächsten war, und auf dessen Bogen.

»Der da verbringt mehr Zeit auf dem Pferd als mit seiner Frau«, sagte er leise. »Du hättest keine Chance.«

»Ich meinte *nicht jetzt*.« Pietro dachte nach. »Bald wird eine Schlacht stattfinden, und eine Schlacht bedeutet Chaos. Wir warten auf die passende Gelegenheit.«

Der Priester schüttelte den Kopf. »Wenn du es versuchst, werden sie dich töten, mein Junge.«

Oder sie würden Ausonius pfählen, wie Adler für den Fall angedroht hatte, dass Pietro nicht zum Lager zurückkam. Doch das war vor der Begegnung mit Attila gewesen und der König der Hunnen hatte versprochen, die Freunde von Pietro zu beschützen. Ausonius war in Sicherheit. Und ihm, Pietro, könnte die Flucht gelingen. Er musste nur den richtigen Moment dafür auswählen.

Es war sehr heiß, von den Kanälen stiegen Dunstwolken auf und die Luft war schwer und klebrig. Adler befahl, eine Rast zu machen, damit die Pferde sich ausruhen konnten und auch die Geiseln, von denen viele aussahen, als könnten sie keinen Schritt mehr weitergehen.

Pietro und Justina lenkten ihre Pferde an den Rand eines

Pappelwäldchens und ließen die Karawane an sich vorbeiziehen, zu der auch schwer mit Beute beladene Karren gehörten. Es war ein unglaublich langer Zug. Im Vergleich
dazu wirkte die römische Armee geradezu lächerlich klein.

»Setzen wir uns an den Kanal?«, schlug Justina vor.

Sie stiegen ab, Pinus und die andere Stute begannen zu
grasen und ihre beiden Reiter setzten sich an den Rand des
Kanals und ließen die Füße im Wasser baumeln.

Im Kanal wimmelte es von Fischen. In seinem früheren
Leben hätte Pietro jetzt einige davon gefangen, damit seine
Mutter sie in ausgelassenem Speck briet. Allein beim Ge-
danken daran verspürte er einen Kloß im Hals.

»Wenn nicht Krieg wäre und ich Angst um meine Familie
hätte«, meinte Justina, »dann wäre ich jetzt glücklich. Hier
ist es so wunderschön.«

Pietro schaute sich um. Es war tatsächlich schön, nur
hatte er bisher nicht darauf geachtet. Er war es gewohnt,
Orte lediglich als Orte anzusehen. An Orten gab es Bäume, Steine, Himmel, Tiere. Doch Justina war anders. Wenn
sie ein Getreidefeld sah, dachte sie nicht an die mühsame
Arbeit bei der Ernte, den Durst, die harte Erde, sondern daran, wie die Ähren in der Sonne glänzten und wie das fri-
sche Brot duften würde, das man aus den Getreidekörnern
backte. So wie vorhin, als sie ihrer Stute zärtliche Worte ins
Ohr geflüstert hatte. Sie freute sich darüber, draußen im
Freien zu sein, nichts sonst war von Bedeutung.

»Glaubst du wirklich, du kannst entkommen?«, fragte
sie.

Pietro nickte.

Sie lachte. »Du sagst nie viel. Warum eigentlich?«

143

Er überlegte. Das war er noch nicht oft gefragt worden.

»Die Leute reden zu viel«, antwortete er. »Auch wenn sie nichts zu sagen haben. Und dadurch hören die Worte auf, wichtig zu sein.«

Er war sich nicht sicher, ob er es tatsächlich so ausgedrückt hatte, wie er es meinte, doch er fand, es kam ungefähr hin.

Justina nahm seine Hand. »Es gibt etwas, das ich unbedingt wissen muss«, sagte sie. »Wirst du mich mitnehmen? Wenn du dich von hier wegschleichst? Versprichst du mir das?«

Erwartungsvoll schaute sie ihn an.

Pietro schwieg. Weil er nicht lügen wollte.

DIE HUNNEN
DRINGEN IMMER WEITER VOR.
DIE STADT IST IN GEFAHR.

18

Sie erreichten Patavium und sahen schon von Weitem die in den Himmel hinaufragenden schwarzen Rauchsäulen.

Eine Gruppe von Hunnen mit blutverschmierten Brustpanzern kam ihnen auf der Straße entgegengaloppiert.

»König Attila hat eine Schlacht geschlagen!«, riefen sie.

Die Nachricht verbreitete sich wie ein Lauffeuer.

Die Römische Straße führte an einem Friedhof vorbei, der im Westen bis zum Fluss Medoacus reichte, wo die Römer eine Barrikade errichtet hatten und sich dem Feind stellten. Man konnte das Waffenklirren, das Pfeifen der Pfeile und die Schreie bis hierher hören.

»Dieser Friedhof eignet sich gut als Lagerplatz«, befand Adler. »Wir bleiben hier.«

Die Karawane verließ die Straße, um sich auf der Wiese niederzulassen. Die Hunnen stellten ihre Karren im Halbkreis ab und machten sich daran, inmitten der Gräber ihre Zelte aufzuschlagen.

Der Friedhof wurde schon seit langer Zeit nicht mehr genutzt, auf den Wegen wucherte Unkraut.

»Die armen Toten«, sagte Ausonius. »Und die armen Lebenden, die ihnen bald Gesellschaft leisten werden.«

Sie brachen zu einem Spaziergang zwischen den Gräbern auf. Pietro entdeckte ein Grab, auf dem sich eine zerbrochene Amphore befand. Wer weiß, wessen Knochen darunter lagen.

Nach und nach kamen erschöpfte Hunnen von der Front herüber, manche von ihnen hatten entsetzliche Wunden. Sie wurden von barfuß gehenden Männern in langen Tuniken betreut, die eine Sprache sprachen, die Pietro noch nie gehört hatte.

»Das ist Griechisch«, flüsterte Justina ihm zu. »Es müssen Ärzte sein.«

Auch wenn sie Griechen sein mochten, dachte Pietro, so verstanden sie von der Heilkunst nicht viel mehr als er. Sie verbanden die Wunden mit Stoffstreifen, die sie von ihrer eigenen Kleidung herunterrissen, und einigen ihrer Patienten boten sie Wein an.

Als Pietro ihnen dabei zusah, kam er auf eine Idee. Es war eine sehr kleine und einfache Idee, aber sie kam ihm wie ein guter Ausgangspunkt vor.

Er wandte sich an Ausonius. »Die Hunnen sind keine Christen, oder?«

»Sie glauben an Götter, aber das sind andere als die unserer Vorväter. Heidnische Götzen ...«

»Aber unter ihnen sind trotzdem einige Christen. Als Ihr aus Eurem Fass rausgeklettert seid, hat Euch ein Barbar am Leben gelassen, weil Ihr ein Priester seid.«

Ausonius kniff die Lippen zusammen und warf Justina einen verlegenen Blick zu. Das Mädchen musste nicht unbedingt wissen, dass er stundenlang in Salzlauge gehockt hatte wie eine Olive.

Ohne seine Reaktion weiter zu beachten, fuhr Pietro fort: »Diese Verletzten leiden hier vor unseren Augen, etliche sterben ... Wäre es nicht ... ja, christlich ... ihnen etwas Trost zu spenden?«

Ausonius hatte daran offenbar noch nicht gedacht. Aber jetzt, wo Pietro es vorschlug ... »Du hast recht, Junge. Unser Herr im Himmel will, dass wir unseren Feinden verzeihen und ihnen die andere Wange hinhalten. Obwohl sie Heiden sind, ist es meine Pflicht, für sie zu beten.«

Der Priester zupfte seine Tunika zurecht, die schmutzig und an vielen Stellen gerissen war, und ging zu einem Hunnen, der vom Pferderücken aus die Verwundeten bewachte. Dabei wirkte Ausonius ziemlich nervös, was auch verständlich war: Viele dieser Barbaren waren noch sehr jung und hatten entsetzliche Verletzungen davongetragen. Einer hatte ein Auge verloren, ein anderer lag keuchend am Boden – aus seinem Brustpanzer ragte noch der Pfeil, der ihn getroffen hatte.

»Herr«, sprach Ausonius den Wächter an. »Ich bin ein christlicher Priester. Ich weiß, dass ihr Hunnen nicht an den wahren Gott glaubt, aber ich bitte dich trotzdem um die Erlaubnis, für diese jungen Sünder zu beten ...«

Der Hunne brüllte ihm irgendetwas in seiner Sprache entgegen und Ausonius versuchte es ein zweites Mal, wieder auf Latein, aber dieses Mal sprach er betont langsam.

»Ich bin ein Priester, ich will nur für sie beten ...«

Der Wächter hob eine Hand, wie um ihn zu verjagen, und Ausonius wich zurück. Einer der Griechen aber, der sich um die Verletzten kümmerte, wandte sich um und redete auf den Wächter ein. Sie diskutierten und wurden beide immer lauter, bis der Hunne auf den Boden spuckte und etwas vor sich hin murmelte.

»Er sagt, dass es in Ordnung ist«, übersetzte der Grieche.

Ausonius schenkte ihm ein dankbares Lächeln. »Seid Ihr ebenfalls Christ?«

»Nein, aber ein Gebet kann diesen Jungen hier nicht schaden. Außerdem könnt ihr, du und deine Freunde, mir vielleicht dabei helfen, die Verletzten zu behandeln.«

Justina wurde ganz blass im Gesicht und Pietro dachte, dass ein Mädchen, das sein ganzes bisheriges Leben zu Hause eingeschlossen gewesen war, vielleicht nicht dazu imstande war, entsetzlich anzusehende Verletzungen zu versorgen.

»Wenn du dich davor graust, brauchst du es nicht zu tun«, flüsterte er ihr zu. »Geh zu den anderen gefangenen Frauen und lass mich es machen.«

»Nein … nein«, erwiderte sie. »Ich will bei dir bleiben.«

Sie folgten dem Heiler, der Dexippos hieß und aus Syrien stammte. Als nun neue Verletzte herbeigetragen wurden, halfen Pietro und Justina, sie zu untersuchen und zu behandeln, während Ausonius mit geschlossenen Augen betete.

Pietro hatte nichts gegen die Gebete, aber er war der Ansicht, dass die armen Kerle eher tatkräftige Hilfe benötigten. Sie mussten entsetzliche Schmerzen haben, denn sie schrien, wanden sich vor Qual und weinten.

Ein junger Mann stand an einen Marmorgrabstein gelehnt und hatte Schwierigkeiten zu atmen. Pietro schnallte ihm den Brustpanzer ab, warf diesen in hohem Bogen ins Gras und wischte dem Verletzten dann mit einem nassen Lappen die Stirn ab.

Als er losging, um eine Amphore mit Wein zu füllen, stolperte er über den weggeworfenen Brustpanzer und warf ihn noch weiter fort, sodass dieser hinter einem Grab liegen blieb.

Später bat Dexippos ihn, einen Toten zu dem Karren zu schleifen, auf dem die Hunnen ihre gefallenen Krieger transportierten. Pietro ging zögernd zu dem Leichnam. Seit er Soldat geworden war, hatte er viele Tote gesehen, aber noch keinen aus der Nähe. Vor allem aber hatte er noch nie einen berühren müssen.

Es ist doch nur ein Toter, sagte er sich. Ein Körper ohne Leben, wie der eines geschlachteten Tiers. Dieser Gedanke bewirkte, dass er sich besser fühlte. Er packte den Mann unter den Achseln und zog ihn in Richtung des Karrens. Dabei fiel der Helm vom Kopf des Hunnen herunter und Pietro kickte ihn weg.

Wie zufällig landete der Helm hinter dem Grabstein, dort wo der Brustpanzer lag. Denn das war sie, die kleine Idee, auf die er gekommen war. Er war ein Schweinehirte, aber eine Toga hatte ihn zu einem vornehmen jungen Mann gemacht. Und genauso konnten ihn ein Helm und ein Brustpanzer in einen Barbaren verwandeln.

Er fuhr fort, Dexippos' Anweisungen zu befolgen. Die Luft stank nach Krieg und Brand, und es kamen immer mehr Verletzte. Wie viele Barbaren waren es überhaupt,

Tausende, Millionen? Und wie viele Römer kämpften auf der anderen Seite des Flusses, um ihre Häuser zu verteidigen? War es überhaupt richtig, die verletzten Barbaren zu versorgen, damit sie eines Tages wieder gesund wurden und erneut seine Leute angriffen, das Volk, dem Pietro und seine Familie angehörten?

Doch die, die da zwischen den Gräbern lagen, waren Menschen wie alle anderen, es waren hoch gewachsene Kräftige wie Pietro darunter und auch kleine Dunkelhaarige wie Valdo, einfach nur Menschen eben.

Nach Sonnenuntergang wurde es an der Front ruhiger. Im Dunkeln konnte niemand kämpfen und die Hunnen zogen sich zurück und strömten in das Lager. Weil es so viele waren, entstand ein furchtbares Durcheinander.

Und ein Durcheinander war genau das, worauf Pietro gewartet hatte.

IN SEINEM VERSTECK HINTER
DEN GRÄBERN LEGT ER HELM UND
PANZER DES FEINDES AN.
ALS JUNGER HUNNE VERKLEIDET
DURCHQUERT ER DAS LAGER.

19

Der Helm war ein Blechkegel mit zwei Streifen an den Seiten als Schutz für die Ohren und einem dritten, der über dem Nasenrücken lag. Für Pietro war er ein bisschen zu eng, doch er verdeckte sein Gesicht.

Er hatte Justina und Ausonius verlassen, ohne sich von ihnen zu verabschieden. Es ging nicht anders, denn der Priester hätte ihn daran gehindert zu fliehen und das Mädchen hätte mit ihm gehen wollen. Der Gedanke, dass er sie ausgetrickst hatte, verursachte ihm ein körperliches Unbehagen, das sich mit der Angst, entdeckt zu werden, vermischte.

Pietro bemühte sich, aufrecht zu gehen und wie ein selbstsicherer Soldat zu wirken, und hoffte, dass er in seiner Verkleidung nicht erkannt wurde. Bald kam er zu der grasbewachsenen Fläche, auf der die müden, immer noch gesattelten Pferde weideten. Ein berittener Hunne bewachte sie, doch Pietro tat, als ignoriere er ihn, er benahm sich wie ein Soldat, der einen Befehl erhalten und keine Zeit zu verlieren hatte. Er ging zwischen den Pferden hindurch, bis er Pinus gefunden hatte, und stieg auf ihren Rücken.

Daraufhin gab der Wächter seinem Pferd die Sporen und redete auf Pietro ein. Für den klang es wie eine Reihe bedeutungsloser Laute. Die aufkommende Panik unterdrückend, streckte er, anstatt zu antworten, eine Hand aus und zeigte damit vage in die Mitte des Lagers.

Der Wächter richtete sich in den Steigbügeln auf, um zu sehen, worauf Pietro zeigte. Anscheinend verstand Pinus diese Handbewegung als Signal zum Aufbruch, denn sie schüttelte den Kopf und lief in die gezeigte Richtung.

»Ah!«, machte Pietro, tat ungeduldig, während er in Wahrheit vor Angst kaum noch Luft bekam, und ließ das Pferd einfach weiterlaufen. Er schaute starr geradeaus und dachte, dass ihm der Hunne gleich einen Pfeil in den Rücken schießen würde, doch nichts geschah.

Anstatt ins Lager zurückzukehren, bog Pietro auf die Straße nach Altinum ab, und sobald er dort eine Gasse entdeckte, die versteckt zwischen den Häusern verlief, lenkte er sein Pferd hinein und ritt in südlicher Richtung weiter. Er hoffte, dass er sich auf seinen Orientierungssinn verlassen konnte. Außerdem hatte er bei seinem ersten Besuch in Patavium die Stadt ja schon ein bisschen kennengelernt. Wenn er jetzt tatsächlich den richtigen Weg gefunden hatte, würde er durch ein Viertel mit alten Häusern zum Fluss Medoacus kommen, der in einem weiten Bogen das gesamte Stadtzentrum durchfloss. Jenseits des Flusses wäre Pietro dann wieder auf römischem Territorium und musste nur nach Westen reiten, um die Straße zu finden, die nach Ateste führte.

Dies war, mehr oder weniger, sein ganzer Plan.

»Pietro.«

Er zuckte zusammen und hätte zur Waffe gegriffen, wenn er denn eine besessen hätte. Er drehte sich um und schob den Helm hoch, der seine Sicht behinderte.

»Justina …«

Sie lief ihm in der Gasse entgegen. Auch sie trug einen Helm, aber ihrer war so groß, dass sie ihn mit beiden Händen festhalten musste, damit er ihr nicht in die Stirn glitt.

Er hatte schlimme Schuldgefühle gehabt, weil er sie im Stich gelassen hatte. Jetzt aber war er nicht froh darüber, sie zu sehen, sondern wütend.

»Was machst du hier?«, zischte er sie an. »Willst du, dass wir beide sterben?«

Eigentlich hätte er mit der Tochter des Senators nicht in diesem Ton reden dürfen und wenige Tage zuvor hätte er es niemals gewagt.

»Ich habe dich gesehen«, antwortete sie außer Atem. »Heute Nachmittag, als du dich vorbereitet hast. Da war mir klar, was du vorhast. Ich habe dann einen Helm gesucht und diesen hier gefunden.«

»Du siehst lächerlich aus.«

Sie schaute ihn mit rot geränderten Augen an. »Du hast versprochen, mich mitzunehmen.«

»Das habe ich nicht getan.«

»Du kannst nicht alleine weggehen. Ich habe dir geholfen. Ich habe allen erzählt, dass du mein Bruder bist.«

Das stimmte und dennoch schüttelte Pietro den Kopf. »Für die Hunnen bist du eine wertvolle Geisel, sie werden dich gut behandeln.«

»Vielleicht ja. Oder sie merken, dass du geflüchtet bist, und rächen sich dafür an mir. Wenn sie mich umbringen, bist du schuld.«

»Nein«, widersprach Pietro.

»Doch.«

»Nein.«

»Doch. Wenn du mich nicht mitnimmst, gehe ich zu dem Mann mit der Adlerschnalle am Gürtel und sage ihm, dass du weggelaufen bist und auch nicht mein Bruder bist. Ich schwöre dir, dass ich das tun werde, denn wenn du mich verrätst, verrate ich dich ebenfalls und werde es nicht einmal bereuen. Das ist ein Versprechen. Und *ich* halte meine Versprechen.«

Pietro seufzte. Er hatte geglaubt, an alles gedacht zu haben. Aber *damit* hatte er nicht gerechnet. Er gab auf. »Nimm den Helm ab«, knurrte er. »Wirf ihn weg. Und gib mir deinen Gürtel.«

Justina schleuderte den Helm von sich und reichte ihm ihren Gürtel, eine lange goldfarbene Schnur, die sie um die Taille geschlungen trug.

»Winde dir den Gürtel um die Handgelenke.«

»Warum? Was hast du vor?«

»Ich werde so tun, als ob du meine Sklavin bist.«

Justina sah vollkommen anders aus als die Hunnen. Aber sie könnte als Sklavin durchgehen, als Gefangene eines jungen Kriegers ... Ja, das könnte vielleicht funktionieren.

Das Mädchen starrte ihn empört an.

»Du hast die Wahl«, sagte Pietro.

Sie könnte einfach zu den anderen Gefangenen zurückkehren. Wenn Pietro ehrlich war, wünschte er sich genau das.

»Dafür wirst du bezahlen«, fauchte sie. Sie schlang die Schnur um ihre Handgelenke und reichte ihm das freie Ende.

»Du gehst hinter Pinus her«, sagte Pietro. »Tu so, als ob du furchtbare Angst hättest. Und senk den Kopf.« Wieder seufzte er. »Lass uns hoffen, dass wir niemandem begegnen, der uns kennt.«

EINE VORNEHME RÖMERIN
LÄUFT WIE EINE SKLAVIN GEFESSELT
HINTER DEM PFERD HER.
NIEMAND SCHÖPFT VERDACHT.

20

»Du findest das lustig, oder? Dir gefällt es, mich als Sklavin zu haben?«

Pietro wusste nicht, was er darauf antworten sollte. Was er hauptsächlich empfand, war das Gefühl, in großer Gefahr zu schweben. Was, wenn der Senator sie so sehen würde? Oder Rufus? Oder Sergius? Er auf der Stute und Justina, die mit gefesselten Händen hinterherlief. Ihn würde eine furchtbare Strafe erwarten.

Im Moment war das allerdings nicht einmal sein größtes Problem. Wesentlich mehr Sorgen bereiteten ihm die vor Wut funkelnden Augen des Mädchens. Sie war so schön und so stolz.

Die Sonne wanderte dem Horizont entgegen, die Schatten der Häuser wurden länger.

Sie erreichten den Fluss und schauten zum anderen Ufer hinüber. Die römischen Soldaten bemerkten sie und begannen, Steine nach ihnen zu werfen und Pfeile abzuschießen.

»Was tut ihr da?«, rief Justina ihnen zu. »Hört auf damit, wir gehören zu euch.«

»Pst!«, machte Pietro.

»Wieso? Wenn wir uns zu erkennen geben, könnten wir den Fluss überqueren.«

Pietro nickte. »Und dann werden sie wissen wollen, was wir hier machen und warum wir uns verkleidet haben. Dich werden sie irgendwo mit anderen Frauen einsperren, mir geben sie, wenn ich großes Glück habe, einen Schild und eine Lanze und ich darf Patavium verteidigen. Und keiner von uns beiden kann mehr nach Ateste und unsere Familien warnen.«

»Vielleicht brauchen wir ja gar nicht nach Ateste zu gehen, vielleicht haben sie schon Boten geschickt …«

»Dann hast du deinen Plan also geändert.«

Justina überlegte. »Ich will nicht zu den Frauen zurückkehren und irgendwo eingesperrt sein.«

Damit war alles gesagt. Pietro half ihr, hinter ihm auf den Rücken von Pinus zu steigen, wendete seine Stute in Richtung Osten und ließ sie losgaloppieren, immer am Fluss entlang. Endlich waren sie unterwegs, allerdings in die entgegengesetzte Richtung.

So ritten sie weiter, bis sie die Stadt hinter sich gelassen hatten, doch auch in der offenen Landschaft standen am anderen Ufer des Flusses Legionäre, die mit Steinen, Pfeil und Bogen bewaffnet waren.

Nach einer Weile hielt Pietro das Pferd an, rutschte hinunter und half Justina beim Absteigen.

»Was machen wir jetzt?«, fragte sie.

»Wir müssen warten, bis es dunkel wird«, war die Antwort. »Wir können den Fluss nicht bei Tageslicht überqueren.«

»Hier sind keine Brücken«, stellte das Mädchen fest.

»Wir werden schwimmen.«

Er nahm den Hunnenhelm ab und legte sich unter eine Eiche. Justina tat es ihm nach. Pietro spürte die Wärme, die ihre Körper ausstrahlten. Seiner und ihrer.

»Ich bin müde und hungrig«, sagte Justina.

»Hast du etwas zu essen mitgenommen?«

»Nein.«

»Dann wirst du hungrig bleiben müssen.«

»Und du?«

»Ich auch.«

»Manchmal bist du wirklich unausstehlich«, sagte Justina. Sie rutschte näher an ihn heran, um ihren Kopf auf seine Schulter zu legen.

Pietro kam es vor, als würde sein Blut kochen und seinen ganzen Körper erhitzen. Er wandte sich zu ihr um und sah, dass sie bereits eingeschlafen war.

Vielleicht besser so, dachte er. Dieses Mädchen brachte ihn auf seltsame Gedanken – Gedanken, die er gar nicht hätte beschreiben können. Er schloss die Augen und glitt in einen tiefen, traumlosen Schlaf.

Als er aufwachte, war es Nacht und so dunkel, dass er weder Pinus noch die Eiche noch die neben ihm schlafende Justina erkennen konnte. Nur der Fluss war sichtbar, weil seine Oberfläche glitzerte.

Pietro ging zum Wasser hinunter, entleerte seine Blase und betrachtete dabei aufmerksam das gegenüberliegende Ufer. Die Stelle eignete sich für eine Überquerung, der

Fluss war hier nicht besonders tief und es war niemand außer ihnen da, weder Hunnen noch Römer.

»Justina«, sagte er und weckte sie. »Wir müssen weiter.«

Er streichelte Pinus, legte ihr das Zaumzeug an und führte sie zum Ufer hinunter. Er erinnerte sich an das Pferd des Boten, mit dem er an dem Tag, als sich sein Leben für immer verändert hatte, den Fluss durchschwommen hatte. Seitdem war nicht viel Zeit vergangen, doch es kam ihm vor, als sei jener ein ganz anderer Pietro gewesen, der mit seinem heutigen Ich nicht viel zu tun hatte.

Er nahm den Brustpanzer und den Helm ab und zog Tunika und *Subligaculum* aus. Nun war er vollkommen nackt und trug am Körper nur noch den Stoffbeutel mit der halben Münze seines Vaters.

»Justina?«

Er spürte, dass sie unsicher war, was eigentlich gar nicht zu ihr passte.

»Was machst du da?«, fragte sie.

»Wir müssen hinüberschwimmen.«

»Muss ich mich auch ausziehen?«

»Ja, klar.«

»Warum denn?«

»Weil du sonst die ganze Nacht mit der nassen Tunika am Leib unterwegs bist. Du könntest krank werden.«

Auch er hatte gezögert, als sie ihn in Altinum aufgefordert hatte, sich auszuziehen, um die Toga anzulegen. Doch das hier war eine vollkommen andere Situation … Sie mussten schwimmen, und man schwamm eben nackt. Pietro hatte noch niemals erlebt, dass jemand angekleidet ins Wasser gegangen war.

»Gib mir deine Tunika, ich knüpfe aus unseren Sachen ein Bündel.«

Justina zog die Sandalen aus und ließ ihre Tunika auf den Boden gleiten. Darunter trug sie ein *Subligaculum* und ein Band, das ihre Brüste verbarg.

»Die hier auch?«

Pietro antwortete nicht und Justina zog auch sie aus. Sie hatte kleine spitze Brüste und einen leicht gerundeten Bauch. Pietro war auf unerklärliche Weise verstört und drehte den Kopf in die andere Richtung. Er nahm die Sachen des Mädchens entgegen, faltete sie, legte sie zusammen mit dem Hunnenpanzer und dem Helm auf seine ausgebreitete Tunika und knotete sie zu einem Bündel zusammen.

»So, jetzt los!« Seine Stimme klang ein bisschen merkwürdig, wie erstickt.

»Pietro ...«, sagte Justina leise. »Ich ... ich kann nicht schwimmen.«

Wieder machte sich dieser Unterschied zwischen ihnen bemerkbar: Dinge, die für Pietro alltäglich waren, waren für Justina unerreichbar gewesen.

»Mach dir keine Sorgen«, erwiderte er. »Du setzt dich auf Pinus, Pferde können gut schwimmen, sie wird dich tragen.«

»Ich habe Angst.«

»Ich bleibe ganz dicht bei dir. Wenn du abrutschst, fange ich dich auf und bringe dich ans Ufer.«

Er umfasste ihre Taille und hob sie hoch, damit sie auf den Pferderücken steigen konnte. Vielleicht hätte er dabei den Kopf abwenden sollen, an etwas anderes denken, nichts fühlen sollen. Doch er sah hin, dachte und fühlte.

Als das Mädchen im Sattel saß, reichte er ihr das Bündel mit den Kleidern und führte Pinus zum Wasser hinunter. Pinus wieherte und stemmte die Vorderhufe in den Boden. Das Ufer war rutschig und vielleicht war ihr das Wasser auch zu kalt.

»Ist doch nicht schlimm«, redete Pietro auf sie ein. »Der Fluss fließt langsam, wir schwimmen nur ein kurzes Stück. Komm schon!«

»Sie hat Angst«, stellte Justina fest. »Genau wie ich.«

»Ich bin doch bei euch, es wird gut gehen, du musst mir vertrauen. Vertraut mir.«

Pinus schien seine Worte zu verstehen und folgte ihm. Als Justinas Füße das Wasser berührten, schrie sie kurz auf. Das Pferd geriet in tiefes Wasser, schnaubte und begann zu schwimmen.

»Hilfe!«, sagte Justina.

Sie war zusammengezuckt und hatte das Bündel ins Wasser fallen lassen. Es war nass geworden und behinderte jetzt die Bewegungsfreiheit der Stute.

»Warte«, sagte Pietro. »Warte, warte.«

Er schwamm zu dem Bündel und bekam es zu fassen. Durch den Panzer und das aufgesogene Wasser war es bleischwer und zog ihn hinunter. Doch er durfte es nicht loslassen, sie brauchten ihre Kleider, also strampelte er kräftiger, bemüht, nicht unterzugehen, und hielt sich am Sattel fest, damit das Pferd ihn mitzog.

»Schwimm, Pinus, ich flehe dich an, schwimm weiter.«

Die Strömung wurde stärker und riss sie mit. Pietro merkte, wie seine Angst wuchs. Wasser war Leben, aber es konnte auch den Tod bedeuten. Es gab viele Geschichten über Kinder, die bei Ateste im Fluss ertrunken waren, durch Strömungen und Strudel. Er war Pietro da Mar, Pietro vom Meer, doch das musste nicht unbedingt heißen, dass er nicht ertrinken konnte … Er schwamm mit kräftigen Beinstößen, klammerte sich mit einer Hand an den Sattel und hielt mit der anderen das Bündel fest. Ihm war, als kämen sie nicht von der Stelle, wie ein Zweig, der mitten im Fluss treibt und niemals an ein Ufer gespült wird, weder an das eine noch an das andere. Es war finster und das Wasser war dunkel und dicht und schwer.

»Pietro, halte durch!«, sagte Justina.

»Ja, ich halte durch, wir halten durch.«

Und sie schafften es, indem sie sich Spanne um Spanne in Richtung Ufer kämpften. Die Stute erreichte es als Erste, versuchte darauf Fuß zu fassen, rutschte jedoch ab. Und auch Pietro fiel nochmals ins Wasser und erneut drohte das vollgesogene Bündel ihn in die Tiefe zu ziehen. Er riss sich zusammen, tauchte auf und spuckte Wasser und sah, wie sich Justina wie eine Eidechse an die Uferböschung klammerte.

»Warte«, sagte sie, »ich helfe dir.«

Sie streckte sich ihm entgegen und Pietro schob das Bündel auf sie zu. Es war so furchtbar schwer, der verdammte Panzer! Justina zog das Bündel schließlich an Land.

Inzwischen war es Pinus gelungen, aus dem Wasser zu kommen. Jetzt schaffte es auch Pietro. Er blieb am Ufer liegen, auf dem Rücken, vollkommen nass und durchgefroren.

»Obwohl wir uns ausgezogen haben, sind unsere Sachen jetzt trotzdem nass«, stellte Justina fest.

Und Pietro, der ein sehr ernster Junge war, musste lachen,

was keine gute Idee war, denn jemand könnte sie hören. Doch er konnte sich einfach nicht mehr beherrschen. Justina lachte mit, und gleich wurde ihnen wärmer. Sie waren nur noch zwei junge Leute mit einer Stute und einem Bündel nasser Kleidung, und der Nacht und dem Fluss, und den Sternen und dem Gefühl, dass alles so, wie es war, richtig war. So, wie es noch nie gewesen war, so, wie es nie wieder sein würde.

HAND IN HAND
GEHEN SIE NACKT DURCH
DIE NACHT.

21

Sie gingen nackt weiter. Es war eine kühle Nacht, aber in den nassen Sachen hätten sie gefroren und sie wagten es nicht, unterwegs haltzumachen und ein Feuer anzuzünden. Die Nacht was so finster, dass sie kaum etwas sahen, laufend stolperten sie über Wurzeln, und Dornenranken zerkratzten ihre Beine.

Die Angst davor, Hunnen oder Römern zu begegnen, ließ Pietro nicht los. Er wusste nicht, welche Begegnung schlimmer wäre. Sowohl die einen als auch die anderen würden ihn töten oder aber in den Krieg schicken, damit er andere tötete. Wen er dann töten sollte, würde egal sein, denn der Krieg machte sie alle gleich.

In Ateste würde wohl dasselbe passieren, doch wenn er für Ateste kämpfte, dann kämpfte er für seine Mutter, für Valdo, für Galla, also für Menschen, die er kannte und die Teil seines Lebens waren.

Als er dank seines guten Orientierungssinns spürte, dass

sie nun lange genug in südlicher Richtung gegangen waren, wandte er sich, nachdem er die Sterne genau betrachtet hatte, nach Westen, wo Ateste lag, und bald stießen sie auf die breite, gepflasterte Römerstraße.

»Gut«, sagte er, »jetzt brauchen wir nur noch dieser Straße zu folgen, dann sind wir zu Hause. Aber das machen wir erst nach Sonnenaufgang.«

»Bist du müde?«, fragte Justina.

»Ja, ein bisschen.«

Vor allem aber wollte er nicht im Dunkeln die Straße entlangreiten, Pinus hätte auf dem Pflaster stolpern und sich verletzen können. Bei Tageslicht dagegen würden sie schnell vorankommen.

Ihre Tuniken, die sie auf dem Rücken der Stute ausgebreitet hatten, waren noch etwas feucht. Sie zogen sie trotzdem an. Pietro riss eine Armvoll belaubte Zweige von den Bäumen und breitete sie als Nachtlager am Boden aus.

»Weißt du«, sagte Justina, »noch nie zuvor habe ich draußen geschlafen. Für dich ist es vermutlich etwas ganz Normales, Alltägliches, aber für mich ist es das erste Mal. Ich mag es, das Rauschen des Windes zu hören und das Knarzen der Bäume. All diese Geräusche … wie dieser Pfiff, zum Beispiel. Hörst du ihn auch?«

Pietro nickte. »Das ist eine Zwergohreule.«

»Ist sie hübsch?«

Darüber hatte Pietro noch nie nachgedacht. Inzwischen wunderte er sich nicht mehr über Justina, die über alles auf der Welt zu staunen schien und in allem nach Schönheit suchte.

»Was ist in dem Beutel, den du um den Hals trägst?«, wollte sie plötzlich wissen.

»Ein Geschenk meines Vaters.«

»Des Schweinehirten?«

Pietro zuckte mit den Schultern. »Der Schweinehirte, das ist Valdo. Mein richtiger Vater ist ein Barbar. Meine Mutter hat ihn kennengelernt, als sie noch sehr jung war. Als er in seine Heimat zurückkehren musste, hat er ihr das hier zurückgelassen.«

Er öffnete den Beutel und ließ die halbierte Münze in seine Handfläche gleiten. Sogar in der Dunkelheit leuchtete sie.

»Mein Vater hat sie in der Mitte geteilt«, erklärte er, »und die andere Hälfte behalten, als Erkennungszeichen, falls wir uns eines Tages begegnen.«

Ihm fiel etwas ein. »Kannst du lesen?«, fragte er das Mädchen.

»Ja.«

»Dann kannst du mir sagen, was hier geschrieben steht?«

Sie fuhr mit dem Finger über die drei Buchstaben. »Mar. Da steht *mar*.«

»Das ist der Name meines Vaters«, erklärte Pietro. »Er kam vom Meer. *Da mar*. Vom großen Wasser.«

Justina wollte etwas sagen, schwieg dann aber, und Pietro steckte die Münze in den Beutel zurück.

»Also hast du deinen Vater niemals kennengelernt«, stellte sie fest. »So, wie ich meine Mutter. Sie ist bei meiner Geburt gestorben. Alle sagen, dass ich ihr ähnlich sehe.«

»Dann muss sie eine sehr schöne Frau gewesen sein«, meinte Pietro.

Justina lächelte. »Hast du schon jemals ein Mädchen geküsst?«, fragte sie unvermittelt.

»N… nein«, stammelte Pietro.

»Ich auch nicht. Ich meine, ich habe noch nie einen Jungen geküsst. Und auch kein Mädchen. Ich will damit sagen, dass ich noch nie jemanden geküsst habe. Fragst du dich auch, wie sich das anfühlt?«

»Wie … wie sich was anfühlt?«

»Na, Küssen eben.« Justina lachte.

»Ich …«

Ja, er hatte es sich gefragt. Und keine Antwort darauf gewusst.

»Magst du es mal ausprobieren?«

Pietro wollte antworten, dass das keine gute Idee war und er sich ohnehin schon Mühe gab, in Justina nur Justina zu sehen und keine Frau aus vornehmer Familie. Bald würden sie in Ateste sein und alles wäre wieder wie früher. Sie konnten nicht so tun, als ob sich die Welt verändert hatte, nur weil sie es so besser fanden. Und deshalb wollte er sie auf gar keinen Fall küssen.

Doch er sprach all das nicht aus, und manchmal hat Schweigen zur Folge, dass man die andere Person entscheiden lässt, was dieses Schweigen zu bedeuten hat.

Justina entschied, dass es Zustimmung bedeutete.

Sie wandte Pietro ihr Gesicht zu und berührte sein Kinn, sodass er ihr ebenfalls das Gesicht zuwandte. Dann schloss sie die Augen, neigte den Kopf, damit ihre Nasen nicht zusammenstießen, und legte ihre Lippen auf seine.

Weil Pietro nicht wusste, was er tun sollte, verfiel er in Schreckstarre, mit geöffneten Augen. So sah er ein Stückchen von Justinas Auge, ihre Haare und ein Ohr, aber weil er es unscharf sah, schloss auch er die Augen. Er merkte, dass er schon sehr lange die Luft anhielt, atmete ein und spürte Justinas Atem in seiner Lunge, als ob es sein eigener wäre.

Das Mädchen lachte und Pietro fühlte, wie ihre Zunge in seinen Mund glitt, an den Zähnen vorbei. Sie war ein bisschen rau, feucht und warm.

Bis zu diesem Augenblick hatte Pietro alles nur mit sich geschehen lassen, doch jetzt löste sich in ihm etwas, er breitete die Arme aus, umarmte Justina und drückte sie fest an sich. Justina keuchte, und obwohl er die Augen geschlossen hielt, sah er sehr viel, er sah Blitze, Farben, frisch erblühte Rosen, Meereswellen und fliegende Möwen und Feuer in der Nacht und den Vollmond und dachte, dass noch kein Mensch auf der Welt das empfunden hatte, was er jetzt empfand, denn das, was gerade passierte, war etwas Einzigartiges und einzigartig Schönes.

Pietro und Justina küssten sich sehr lange und hielten einander fest umschlungen.

Pinus bekam von alledem nichts mit, denn sie schlief.

SÜSS IST DER KUSS
IM MONDLICHT.

22

Es war die schönste Nacht in Pietros Leben, und als Justina einschlief, blieb er wach, um die Sterne anzuschauen und die Erde und die Luft zu spüren und das Universum, das um ihn herumkreiste, und es war, als wäre von Justinas Staunen über die Welt etwas auf ihn übergegangen.

Als der Himmel heller wurde, merkte er, dass er Hunger hatte. Er stand auf, betrachtete das schlafende Mädchen, das hingestreckt im Gras lag, und das Pferd, das im Stehen mit hängendem Kopf schlief, und schlich zwischen den Bäumen davon, um nach Essbarem zu suchen.

Er hatte die Suche beinahe aufgegeben, als er plötzlich vor einem großen Nussbaum stand. Zwar waren seine Früchte noch unreif, doch in einer Astgabel entdeckte er ein Nest. Früher war Pietro immer sehr geschickt auf Bäume geklettert, doch seit er so groß und schwer war, hatte er es nicht mehr gewagt. Einen Versuch war es wert. Er stieg auf den niedrigsten Ast hinauf, stützte die Füße am Stamm ab und zog sich hoch. Der Baum war alt und stabil, und Pietro fand in den Ästen genügend Halt, um bis zu dem Nest hochzuklettern. Darin lagen sehr hübsche grüne Eier, jedes nur halb so lang wie sein kleiner Finger.

Pietro war so hungrig, dass er zwei davon sofort aufbrach und ihren Inhalt aß, der ihm glitschig die Kehle hinunterrann. Dann fiel ihm ein, dass auch Justina hungrig sein musste. Er klemmte den Saum seiner Tunika so unter den Gürtel, dass eine Tasche entstand, und legte die restlichen Eier hinein.

Als er zurückkehrte, war Justina gerade aufgewacht, und sah ihn mit verstrubbelten Haaren aus verschlafenen Augen an. Sie war wunderschön.

»Wo warst du?«, fragte sie. »Ich habe mich erschreckt.«

Er zeigte ihr die Eier. »Hast du Hunger?«

Einen Augenblick lang dachte er, dass sie die Eier nicht wollte. Doch sie nahm sie behutsam entgegen.

»Die sind aber schön!«, sagte sie. »Wie isst man die?«

»Leg sie dir in den Mund, zerdrück sie und sauge den Inhalt heraus. Pass auf, dass du die Schale nicht verschluckst.«

Justina betrachtete die Eier jetzt ziemlich skeptisch. »Aber die … die kommen aus dem Hinterteil eines Vogels. Sie sind schmutzig.«

Darüber hatte Pietro noch nie nachgedacht, aber er musste zugeben, dass sie nicht unrecht hatte.

»Du kannst sie ja an deiner Tunika sauber reiben.«

Justina zögerte, tat es dann jedoch. Vorsichtig, um es nicht zu zerbrechen, rieb sie ein Ei am Stoff ihrer Tunika, legte es sich in den Mund, verzog das Gesicht und zerdrückte das Ei mit der Zunge an ihrem Gaumen.

Mit geschlossenem Mund saugte sie den Inhalt ein.

»Ich fürchte, du hast etwas von der Schale verschluckt«, meinte Pietro, und weil Justina einen vollen Mund hatte, gab sie ein komisches Geräusch von sich.

Pietro musste lachen.

Als sie fertig gefrühstückt hatten – wenn man die paar kleinen Vogeleier als Frühstück bezeichnen konnte –, brachen sie auf, zwei Kinder auf dem Rücken einer alten, mageren Stute.

Sie sprachen kaum, weil sie beide in ihre eigenen Gedanken versunken waren. Pietro hatte keine Ahnung, was Justina durch den Kopf gehen mochte. Er selbst dachte an das, was am gestrigen Tag geschehen war: Justina, die getan hatte, als ob sie seine Sklavin wäre. Justina, die ihre Sachen ausgezogen hatte. Justina, die ihn geküsst hatte.

Es kam ihm vor, als habe nicht er das alles erlebt, sondern ein anderer Pietro, der in einer anderen Welt lebte. Es war wie ein Traum, und es war ein gefährlicher Traum: Wenn der Senator auch nur die Hälfte von dem herausbekam, was zwischen Pietro und Justina geschehen war, würde er ihn zu Tode prügeln lassen. So oder so – in nur wenigen Stunden würde Justina wieder bei ihrer Familie sein und er würde sie nie mehr wiedersehen. So war die Welt eben eingerichtet.

Dieser Gedanke drückte ihm die Brust so fest zusammen, dass er kaum noch Luft bekam.

Er war in seine düsteren Grübeleien so stark vertieft, dass es eine Weile dauerte, bis er merkte, dass irgendetwas nicht stimmte. Doch plötzlich erwachte sein Orientierungssinn. Der Verlauf der Straße, diese Gruppe junger, schmaler Pappeln dort drüben … Er war sich sicher, noch nie zuvor hier gewesen zu sein, dabei führte nur eine einzige Straße von Ateste nach Patavium und auf der war er zusammen mit den anderen marschiert.

Er schaute sich um. Der Horizont war flach, nirgends eine Spur von Hügeln. Beunruhigt runzelte er die Stirn. Sie hatten in der Nacht die falsche Richtung eingeschlagen.

»Ist etwas nicht in Ordnung?«, fragte Justina.

Pietro antwortete ihr nicht.

Seit sie aus dem Hunnenlager entkommen waren, hatten sie alles getan, um niemandem zu begegnen, jetzt aber musste er dringend jemanden nach dem Weg fragen. Und das bedeutete, ein Risiko einzugehen.

Er ließ das Pferd ein Stück weitertraben, während er nachdachte. Da tauchte plötzlich am Horizont eine Menschenmenge auf. Sie füllte die gesamte Breite der Straße aus und bewegte sich auf sie zu.

Es waren Hunderte von Männern, eine Armee, und an ihren Fahnen erkannte Pietro sofort, dass es sich um römische Legionäre handelte. Keine hastig rekrutierten Hilfstruppen, sondern echte Soldaten des kaiserlichen Heers: das *Comitatus*.

Anzuhalten, um mit ihnen zu sprechen, konnte gefährlich sein, doch auf der falschen Straße weiterzuziehen war es ebenfalls. Also fasste Pietro einen Entschluss, trieb Pinus an und ritt geradewegs auf die Legionäre zu.

»Was machst du?«, flüsterte Justina.

Wieder antwortete er ihr nicht.

Als sie nahe genug an die Armee herangekommen waren, hob Pietro grüßend eine Hand.

»*Ave*«, sagte er zu einem Mann, den er für den Befehlshaber der Vorhut hielt.

»*Salve*, ihr zwei! Wer seid ihr? Kommt ihr aus Patavium?«

Justina zwickte Pietro in die Seite, doch er beachtete sie
nicht. »Ja, mein Herr. Wir sind aus der Stadt geflohen, die Bewohner kämpfen gegen die Hunnen. Und wir wollen nach
Ateste, wo unsere Familien sind, wir wollen sie warnen.«

Er hatte sich gut überlegt, was er sagen wollte: keine
Lüge, aber auch nicht die ganze Wahrheit.

»Und warum seid ihr hier unterwegs?«, wollte der Offizier wissen.

Pietro tat, als wundere er sich über diese Frage. »Warum,
ist dies denn nicht die Straße nach Ateste?«

»Nein«, erwiderte der andere. »Diese hier führt nach
Bononia und dann nach Ravenna. Von dort kommen wir
her.«

»Aus der Hauptstadt des Reichs?«

Justina zwickte ihn abermals und stärker als zuvor. Es tat
richtig weh. Pietro schlug nach ihrer Hand wie nach einer
Mücke.

»Ja, sie haben Boten geschickt und Verstärkung erbeten.
Wie ist die Lage in Patavium?«

Pietro beschrieb alles, was er gesehen hatte. Dann fragte
er: »Aber wo ist denn die Straße nach Ateste?«

»Unseren Karten zufolge müsst ihr zuerst nach Patavium
zurückkehren und an der ersten Gabelung die Straße nach
Westen einschlagen … Dort irgendwo liegt die Straße, die
euch nach Hause führt.«

Pietro begriff, warum er sich geirrt, was seinen Orientierungssinn getäuscht hatte. Er hatte geglaubt, dass es in

Patavium nur eine einzige Straße gab, nämlich die nach Ateste. Tatsächlich aber waren es zwei. Eine, die nach Ateste führte, das im Westen lag, und eine nach Bononia weiter östlich. Auf ihrem nächtlichen Marsch, auf dem sie keinerlei Anhaltspunkte gehabt hatten, waren sie auf die falsche Straße gestoßen und ihr gefolgt, ohne sich zu fragen, ob es die richtige war.

Zum Glück waren sie noch nicht allzu lange unterwegs, sodass sie höchstens ein paar Stunden Wegzeit verloren hatten. Und wenn sie, anstatt nach Patavium zurückzukehren, eine Abkürzung über die Felder nahmen, konnten sie ihren Fehler bald wettmachen.

Justina flüsterte ihm zu: »Pietro!«

Wieder beachtete er sie nicht, sondern verabschiedete sich von dem Offizier und sah vom Pferderücken aus zu, wie die Legionäre vorbeimarschierten. Ab und zu hob einer grüßend die Hand, fragte nach der Lage in Patavium oder ob sie Hunnen gesehen hatten und ob diese wirklich so schrecklich waren, wie man sich erzählte.

Viele scherzten und prahlten damit, was sie mit diesen Barbaren anstellen würden, wenn sie ihnen begegneten, und Pietro musste unwillkürlich an Attila und die gepfählten Toten denken.

»Lass mich absteigen«, sagte Justina.

»Was? Warum?«

»Ich habe gesagt, lass mich absteigen.«

»Musst du mal?«

»Pfff«, machte Justina, hielt sich an den Hörnern des Sattels fest und glitt vom Rücken der Stute hinunter. Sie verließ die Straße und lief ins Gebüsch, in der falschen Richtung.

»Hey, wir müssen in die andere Richtung.«

»Ist mir egal.«

»Aber …«

»Komm mir ja nicht hinterher. Verschwinde! Lass mich allein.«

Pietro verstand nicht. Was hatte sie auf einmal? Bis eben war alles in Ordnung gewesen, dann hatte sie angefangen, ihn zu kneifen, und jetzt?

»Hat es was mit dem Kneifen zu tun?«, fragte er. »Ich konnte nicht mit dir sprechen, weil ich mit dem Offizier sprechen musste. Ich kann nicht gleichzeitig auf zwei Leute achten. Ich weiß nicht, wie man das macht.«

Justina ging weiter und trat gegen die Sträucher.

Pietro sprang von Pinus hinunter und lief ihr nach. »Warum bist du so wütend?«

»Das weißt du!«

»Nein, ich habe wirklich keine Ahnung!«

Justina blieb stehen und drehte sich zu ihm um. »Kein Mensch weiß, was dir im Kopf herumgeht. Du schweigst, dann tust du etwas und man kann dich nicht mehr aufhalten. Wäre es so schlimm gewesen, mir zu sagen, dass wir uns verirrt haben und nach dem Weg fragen müssen? Oder hast du gedacht, dass ich dir sowieso nicht helfen kann? Justina, die Tochter des Senators, ein Mädchen. Mit ihr zu sprechen ist Zeitverschwendung, sie sollte lieber zu Hause bleiben. Das hast du doch gedacht, oder?«

Pietro, der nicht mit so viel Zorn gerechnet hatte, wich erschrocken zurück.

»Nein, habe ich nicht.«

»Warum sprichst du dann nie mit mir?«

»Justina …«, sagte Pietro leise. »Ich rede wenig, weil … ich das nicht kann.«

»Aber jetzt redest du doch, oder?«

Er zuckte die Schultern. »Ja, aber ich bin es nicht gewohnt. Ich … ich bin immer viel allein gewesen. Du weißt schon, mit den Schweinen … Mit ihnen brauche ich nicht zu reden, sie verstehen mich auch so. Und alle anderen … Na ja, vielleicht fanden sie das, was ich zu sagen hatte, auch nicht besonders interessant. Da habe ich mir angewöhnt, den Mund zu halten.«

»Mich interessiert das, was du zu sagen hast«, erwiderte Justina.

»Verzeih mir.«

»Wir machen diese Reise gemeinsam. Deshalb muss ich dir vertrauen können und du mir, verstehst du? Sonst schaffen wir es nämlich nicht. Hast du das verstanden?«

Pietro nickte. »Ich versuche, mich zu bessern«, sagte er. Und dann nochmals: »Verzeih mir.«

Justina seufze. Die Wut verschwand aus ihrem Gesicht.

Pietro schaute sie an. »Darf ich dir einen Kuss geben?«, fragte er.

»Übertreib es nicht«, entgegnete sie, musste aber grinsen. »Lass uns lieber zu Pinus zurückkehren und weiterreiten.«

DER RITT DURCH FELDER
UND WÄLDER IST LANG.
SIE BEGEGNEN EINER FRAU MIT
ZWEI WASSEREIMERN.

23

»Ehrbare Frau«, sagte Pietro, »würdet Ihr meiner Freundin etwas zu essen geben, wenn ich Euch mit den Eimern helfe? Seit gestern hatten wir nur ein paar Amseleier.«

Die Frau schaute ihn von oben bis unten an. Sie war nicht alt, aber auch nicht mehr sehr jung und hatte eine auffällig große Nase. Unter ihrem Kopftuch fiel ihr eine Strähne schwarzer, von silbernen Fäden durchzogener Haare in die Stirn. Sie musste früher sehr hübsch gewesen sein, doch die harte Arbeit hatte sie vorzeitig altern lassen. Man sah ihr aber an, dass sie nicht dumm war und es gewohnt war, alleine zurechtzukommen.

»Du trägst eine schöne Tunika«, erwiderte sie. »Aber du sprichst nicht so wie die reichen Leute. Und deine Hände verraten mir, dass du kein vornehmer junger Mann, sondern ein Bauernsohn bist.«

Pietro lächelte und merkte, dass auch er sie treffend eingeschätzt hatte.

»Das stimmt«, gab er zu. »Ich bin ein Schweinehirte.«

»Aha. Und wohin wollt ihr?«

»Nach Ateste. Wo wir zu Hause sind.«

»Ach so.«

Wieder betrachtete die Frau erst Pietro, dann Justina und schließlich Pinus eingehend.

»Hört mal«, sagte sie dann. »Wenn ihr mir helft, bekommt ihr von mir zu essen.«

Das war genau das, was Pietro gleich zu Anfang vorgeschlagen hatte. Obwohl ihm der Ton der Frau nicht besonders gefiel, beeilte Pietro sich, die Eimer zu holen und sie an den Sattel von Pinus zu hängen, wobei er aufpasste, kein Wasser zu verschütten.

Der Frau entging seine Sorgfalt nicht und sie nickte anerkennend. »Hier entlang.«

Sie führte die beiden zu einem schmalen Weg, der aus dem Wald kommend einen Weingarten durchquerte. Die Rebstöcke hingen voller reifer Trauben, die nur auf die Ernte zu warten schienen. Nach einer Weile erreichten sie eine bescheidene, aber sehr gepflegte Hütte, die inmitten einer Wiese mit kurz geschnittenem Gras lag.

Pietro trug die Eimer ins Haus. Währenddessen holte die Frau einen Topf und nahm eine große Hirsekrokette heraus, die sie Justina reichte. Und eine zweite, die Pietro bekam.

»Du hast gesagt, dass deine Freundin Hunger hat, aber ich wette, dass du ebenso hungrig bist.«

Das stimmte und Pietro hatte seine Krokette schnell aufgegessen. Die Frau schenkte ihnen zwei weitere und dazu noch ein paar Aprikosen.

Bald war alles vertilgt. Pietro trank einen Schluck Wasser und fragte dann: »Was kann ich für Euch tun? Vielleicht gibt es hier schwere Arbeiten, die darauf warten, erledigt zu werden?«

Justina warf ihm einen tadelnden Blick zu, doch Pietro zuckte nur die Schultern.

»Du bist ein guter Junge«, sagte die Frau. »Und tatsächlich hätte ich Arbeit für dich, wenn du sie machen willst. Du hast sicher gesehen, dass mein Weingarten abgeerntet werden muss. Er ist nicht sehr groß und du würdest nicht allzu lange dafür brauchen. Ich habe leider nicht mehr so viel Kraft wie früher …«

Die Frau musste um die vierzig Jahre alt sein, und obwohl sie schon einige graue Haare und viele Falten im Gesicht hatte, wirkte sie alles andere als schwach. Doch Pietro hatte ein Angebot gemacht, das er nicht mehr zurückziehen konnte.

Er ging in den Weingarten und schnitt die Trauben ab, die er in einen großen Weidenkorb legte. Nach und nach führten seine Hände die vertrauten Bewegungen wie von alleine aus und er merkte, wie sehr ihm die Bauernarbeit gefehlt hatte, bei der sich die Hände selbstständig bewegten, sodass der Kopf frei wurde und er in Ruhe nachdenken konnte.

Nach einer Weile kam Justina zu ihm.

»Was machst du da?«, fragte sie und wirkte wieder verärgert. »So vergeuden wir den ganzen Tag …«

»Ich weiß. Aber Gastfreundschaft muss abgegolten werden.«

»Wir haben ihr die Eimer getragen.«

»Das reichte nur für die erste Krokette. Nicht für alles andere.«

Daran hatte Justina eindeutig nicht gedacht. Schließlich war sie die Tochter des Senators und hatte sich um die alltäglichen Dinge nicht zu kümmern brauchen. Um Essen, zum Beispiel, um die Arbeit, die erforderlich war, um es zu beschaffen. Und um die Dankbarkeit dafür, dass man es bekam.

Sobald ihr das klar geworden war, begann sie Pietro zu helfen. Die Stunden vergingen, es wurde Abend und die Frau, die Maria hieß, kam und sagte, sie habe weitere Kroketten gebraten. Sie bot Pietro und Justina an, bei ihr zu übernachten, falls sie mit einem Nachtlager aus Stroh einverstanden waren.

Die beiden nahmen dankend an, denn sie wollten nicht nachts weiterreiten und die leckeren Kroketten waren nach den letzten mageren Tagen eine viel zu starke Versuchung, als dass sie hätten ablehnen wollen.

»Wenn alle Trauben geerntet sind, könnt ihr mir beim Weinkeltern helfen«, schlug Maria vor. »Außerdem hätte ich da noch einen Pferch mit einem kaputten Zaun. Und ein Feld, dessen Erde aufgelockert werden müsste.«

Pietro grinste verlegen. »Es tut mir leid, aber wir müssen wirklich weiter. Ist der Fluss, aus dem Ihr Euer Wasser holt, der Athesis?«

Justina merkte, dass Maria unsicher wirkte. »Ist etwas nicht in Ordnung?«, fragte sie.

Die Frau seufzte. »Warum bleibt ihr nicht bei mir? Mein Mann und meine Söhne mussten mit den Soldaten mitziehen … Ich könnte ein bisschen Hilfe wirklich gut brauchen. Du bist beinahe schon ein Mann und sehr stark. Und du, Mädchen, bist keine von uns, aber du kannst alles lernen, wenn du willst.«

Justina wurde rot.

»Ich habe es an der Art gesehen, wie du die Trauben geerntet hast. Du warst sehr fleißig, aber ich konnte sehen, dass du so etwas noch nie gemacht hast.«

Sie saßen vor der Hütte auf drei großen runden Steinen, die rings um eine Feuerstelle angeordnet waren. Im flackernden Licht der Flammen erschien Marias Gesicht uralt. Eine Frau, die vollkommen allein war.

Pietro beugte sich vor. »Warum wollt Ihr uns hierbehalten?«, fragte er.

Die Frau schloss die Augen. »Weil Krieg ist und ich alleine zurückgeblieben bin. Die Straßen sind voller Soldaten. Und der Fluss ist voller Boote mit Menschen, die fliehen.«

»Wohin fliehen sie?«, wollte Justina wissen.

»Zum Meer.«

»Warum?«

Die Antwort auf ihre Frage kam von Pietro: »Die Hunnen mögen das Wasser nicht, und auch nicht die Sümpfe. Sie brauchen festen Boden, auf dem ihre Pferde schnell laufen können. Von Altinum aus sind sie auf die Ebene weitergezogen und sie werden nicht mehr zurückkommen.«

Justina drehte den Kopf, um ihm ins Gesicht zu schauen. »Woher weißt du das?«

»Attila hat es mir gesagt.«

»Aber wenn alle weglaufen«, meinte Justina, wieder zu der Frau gewandt, »warum seid Ihr dann hiergeblieben? Ihr seid hier nicht mehr sicher.«

»Es ist mein Zuhause«, antwortete die Frau. »Und da ist es immer noch besser als … als anderswo.«

»Als in Ateste, meint Ihr?«, fragte Pietro. »Warum, was ist dort passiert?« Er spürte, dass die Frau etwas wusste, es ihnen aber lieber nicht sagen wollte. »Bitte, was wisst Ihr?«

Maria schüttelte den Kopf. »Ich weiß nur wenig. Das, was die Flüchtlinge erzählen.«

»Ich bitte Euch …«

Maria gab nach. »Die Hügel sind voller Barbaren. Sie zerstören alles, sie plündern die Dörfer und töten erbarmungslos. Patavium wird belagert und gleichzeitig toben sich die Hunnen im Umland aus. Die armen Menschen können nur weglaufen.«

Die Frau hob ihren Blick und schaute ihre beiden Besucher eindringlich an. »Ich weiß nicht, was ihr in Ateste vorfinden würdet. Vielleicht nur den Tod. Und kein Kind, kein junger Mensch sollte ein zerstörtes Zuhause sehen müssen. Es gibt nichts Schlimmeres, glaubt mir, ich weiß es.«

Sie schwieg. Nur noch das Knistern des Feuers war zu hören und die Geräusche, die Pinus beim Grasen machte. Und plötzlich nahm Pietro etwas wahr, das vertraut war, das er aber schon lange nicht mehr gespürt hatte: die Anwesenheit seiner toten kleinen Schwester. Aurora. Er lehnte sich zurück und holte tief Luft. Er lächelte.

»Ich sehe, dass ich euch nicht überzeugen konnte.«

»Ihr könnt nichts dafür«, erwiderte Pietro. »Ich weiß, dass Ihr recht habt. Aber Ihr müsst uns verstehen. Ihr wollt hierbleiben, weil es Euer Zuhause ist, und uns geht es ebenso. Wir müssen es mit eigenen Augen sehen. Wir müssen nach Hause zurückkehren.«

ENTLANG DER SANFTEN
BIEGUNGEN DES GROSSEN FLUSSES
SETZEN SIE IHRE REISE FORT.

24

Der Nebel riss auf und gab den Blick auf die Hügel frei und Pietro begriff, dass ihm diese bewaldeten Hügel gefehlt hatten.

Wie geht es euch?, fragte er sie in Gedanken. Was ist hier geschehen, als ich weg war, habt ihr auf mein Zuhause aufgepasst, auf meine Schweine?

Die Antwort kannte er bereits. Maria hatte sie ihm am Vorabend verraten, und als er mit Justina und Pinus am Fluss entlanggewandert war, hatte er es selbst gesehen: all die mit Menschen und deren Habseligkeiten beladenen Boote, die stromabwärts fuhren.

Die Hunnen eroberten die Ebene und die Menschen flüchteten an den einzigen Ort, an den die Hunnen ihnen nicht folgen würden: mitten in einen Sumpf hinein, wo sie Wasser, Schlamm und Mücken, aber vielleicht auch Frieden vorfinden würden.

An den Gesichtern der Flüchtlinge erkannte Pietro, dass

Marias Schilderungen nicht übertrieben gewesen waren. »Geht nicht!«, hatte sie sie angefleht.

Doch Pietro und Justina hatten nicht auf Marias Warnungen gehört, und jetzt waren sie hier, sahen die Hügel, sahen die Römerstraße und hatten ihr Ziel erreicht: Sie waren in Ateste, sie waren zu Hause und trotz allem überkam Pietro ein Glücksgefühl. Er fragte sich, welches bekannte Gesicht er wohl zuerst sehen würde. Vielleicht das von Galla, der er in seinen Träumen immer wieder begegnet war? Oder das eines Nachbarn?

Womit er überhaupt nicht gerechnet hatte, aber war, Titus zu begegnen. Beinahe hätte er ihn nicht erkannt, denn der Junge trug einen dreckverschmierten Brustpanzer und einen Helm, der eher wie ein Kochtopf aussah. Er war bei einem Trupp von Legionären, ungefähr dreißig Mann, die mit Baumstämmen und Felsbrocken die Straße abgesperrt hatten und die Reisenden kontrollierten.

Als sie das Pferd auf sich zukommen sahen, brachten sie sich in Kampfposition, hielten Stöcke und Lanzen bereit und spannten ihre Bögen, bis Titus schrie: »Beim Bart von Jupiter, das sind Freunde!«

»Das glaube ich nicht!«, rief Pietro und stieg eilig ab.

Titus spuckte auf die Straße. Eine Weile blieben sie voreinander stehen, mit ein paar Schritten Abstand, und begannen dann beide zu grinsen.

»Ich bin derjenige, der es nicht glauben kann«, sagte Titus. »Ich dachte, die Hunnen hätten dich zerstückelt und am Spieß gebraten.«

»Sie haben es versucht. Und du, wie ist es dir ergangen?«

Titus kam Pietro kleiner und dünner vor, als er ihn in

Erinnerung hatte, so als sei er in den letzten Wochen geschrumpft. Am auffälligsten aber war die Narbe: ein Schnitt, der von seiner Stirn im Zickzack über die ganze linke Gesichtshälfte verlief, am Auge vorbei und über die Lippen bis zum Kinn.

»Das war ein Messerstich. Ich hatte Glück, ich habe das Auge nicht verloren.«

Titus trat vor und breitete die Arme aus. Pietro umarmte ihn, drückte ihn fest an sich. Erst jetzt merkte er, wie sehr ihm der Freund gefehlt hatte: noch mehr als die Hügel.

»He, du tust mir weh!«, beklagte Titus sich.

Er löste sich aus der Umarmung und nickte zu Pinus und Justina hinüber, die stehen geblieben waren und die beiden Jungen beobachteten.

»Hast du jetzt sogar ein Pferd? Was für ein schönes Fell es hat. Und wer ist da bei dir? Constantinus, der Sohn des Senators … Wart ihr die ganze Zeit zusammen?«

Pietro drehte sich zu Justina um, die auf dem Pferd geblieben war.

»Mehr oder weniger«, antwortete er.

»Ich kann euch zu seinem Vater begleiten«, meinte Titus. »Der Senator ist immer noch in Ateste, aber fast alle anderen Kurialen sind geflohen … Es ist hier nicht mehr so wie früher.«

»Ja, davon habe ich schon gehört. Weißt du, wo meine Mutter ist? Hast du sie gesehen?«

»Auch sie ist weg, auf dem Fluss davongefahren, und glaub mir, es ist besser so. Die Lage hier ist alles andere als gut, mein Freund.«

Titus kratzte sich an der Narbe. Pietro nahm an, dass sie ihm immer noch wehtat.

Inzwischen hatten zwei Legionäre die Absperrung verlassen und gingen auf sie zu.

Pietro erkannte beide wieder. Der eine war der Schreiner, der andere der Vater von Galla. Seine einzige Waffe war eine Mistgabel.

»Pietro, Titus, geht von der Straße runter«, rief er. »Da ist es gefährlich. Er kann jetzt jederzeit kommen.«

»Wer?«, fragte Pietro.

»Attila«, antwortete der Mann. »Die Hunnen haben uns drei Tage Zeit gelassen, uns zu ergeben, und diese Frist ist heute abgelaufen. Ihr seid in einem ungünstigen Moment gekommen, wir stehen kurz vor der Schlacht.«

DIE HEIMKEHR IST FROH,
DOCH TRAURIG IST DER ANBLICK
DER ZERSTÖRTEN HÄUSER UND
BESCHMIERTEN MAUERN.

25

Es war eine Rückkehr in ein Zuhause, das er nicht mehr wiedererkannte. Dieselben Orte, Straßen, Steine. Und doch war alles anders. Die Brücke über den Athesis war eingestürzt, die Hütten waren verlassen. Türen standen offen, Einzäunungen waren niedergewalzt.

Pietro war in diesem kleinen Eckchen der Welt geboren und in dem Glauben aufgewachsen, es niemals zu verlassen.

Er war betroffen, beinahe so, als ob er an der Verwüstung schuld wäre.

»Was ist hier passiert?«, fragte er.

Sie hatten die Straßensperre hinter sich gelassen und gingen jetzt auf das Forum zu, Pietro und Titus liefen voran, Justina ritt mit starrer Miene hinter ihnen her. Seit sie in Ateste waren, hatte sie kein Wort mehr gesprochen. Vielleicht fühlte sie sich ebenfalls schuldig oder hatte Angst, dass jemand sie erkannte, und versuchte, keinerlei Aufmerksamkeit auf sich zu lenken. Abgesehen davon hatte Pietro im Moment ohnehin ganz andere Sorgen.

»Was glaubst du denn, was passiert ist?«, fragte Titus zurück. »Es geschah nach und nach. Natürlich war ich nicht dabei, sie haben es mir später erzählt. Ab dem Tag, als wir hier abmarschiert sind, kamen ständig berittene Boten, aus Aquileia, Altinum und Patavium, aber auch aus anderen Städten. Sie berichteten immer das Gleiche: Die Hunnen kämpfen, die Hunnen siegen, früher oder später kommen sie auch hier vorbei. Die Leute bekamen Angst, sie begriffen, dass sie fliehen mussten, bevor es zu spät war. Sie haben ihre Sachen gepackt und sind los, zu Fuß am Fluss entlang und auf Booten. Deine Mutter auch, das weiß ich, weil ihr Cousin Enzo es mir erzählt hat. Er ist hier geblieben und kämpft, Valdo ebenfalls, aber die Frauen sind schon alle weg, Richtung Meer. Jetzt ist außer den kampffähigen Männern niemand mehr hier.«

Pietro konnte das sehen, die leeren Straßen, die Dinge, die liegen gelassen worden waren, als hätten sie keinerlei Bedeutung, keinen Sinn mehr.

»Aber die Brücke ist sicher nicht von alleine eingestürzt.«

»Nein. Das waren die Hunnen.«

Pietro merkte, wie sich ihm die Härchen im Nacken aufrichteten. »Sind sie hier? Jetzt?«

»Fast ihre ganze Kavallerie ist in Patavium, weil sie die Stadt weiterhin belagern, aber es gibt viele Banden, die plündernd umherziehen, und es wird nicht lange dauern, bis sie über die Hügel oder die Straße hierher kommen. Hast du sie vielleicht gesehen?«

Pietro schüttelte den Kopf. »Nein, aber ich bin nicht die

Straße entlanggeritten, wir haben eine Abkürzung quer über die Felder genommen.«

»Ach, deswegen. Jedenfalls gab es einige Gefechte, das sieht man der Stadt ja auch an. Und es wird immer schlimmer ... Attila hat dem Senator einen Boten geschickt, mit der Nachricht, dass er drei Tage Zeit hat, um sich zu ergeben. Und dieser Wahnsinnige hat abgelehnt. Nur er weiß, warum.« Titus warf Justina schnell einen Blick zu, so als ob er befürchte, dass sie es gehört hatte. »Bald werden sie über uns hereinbrechen. Es wird zur Schlacht kommen und wir werden alle sterben.« Während er sprach, kratzte Titus ständig an der Narbe in seinem Gesicht herum.

»Aber wenn es so schlimm ist, warum bist du dann noch hier?«, fragte Pietro.

»Das habe ich mir nicht ausgesucht. Wenn es nach mir ginge, wäre ich schon längst am Meer, bei den anderen. Erinnerst du dich an die Nacht, als die Hunnen Altinum angegriffen haben?«

Diese Nacht würde Pietro niemals vergessen.

»Du kamst nicht zurück und wir hatten Hunger. Also haben wir uns ein Kaninchen gebraten. Und auf einmal wussten wir nicht mehr, wie uns geschah. Überall flogen Pfeile durch die Luft, einer davon hat den Mann erwischt, der neben mir saß. Der Pfeil ist ihm im Kopf stecken geblieben, kannst du dir das vorstellen?«

Pietro konnte es nur zu gut, mittlerweile hatte er schon viele derartige Verletzungen gesehen.

»Die Hunnen waren genau vor uns, sie sind geradewegs auf uns zugeritten, und wir sind zu Sergius gelaufen, er hatte die Karren zu einer Barrikade zusammenstellen lassen und wir haben von dort aus gekämpft. Aber es waren so viele Hunnen und es wurde immer dunkler, wir konnten immer weniger sehen. Irgendwann haben die Hunnen die Barrikade durchbrochen, einer hat mich entdeckt und mir *zack!* das Gesicht zerschnitten.«

Titus drückte sich die Fingernägel in die Wange. »Es hat so entsetzlich wehgetan … Ich kann es gar nicht beschreiben. Ich habe das Bewusstsein verloren und bin dann auf einem Karren wieder aufgewacht. Wir waren besiegt, sie hatten mich wie durch ein Wunder retten können, und wir befanden uns auf dem Rückzug. Ich bekam Fieber, deshalb kann ich mich nicht erinnern, was danach geschah. In Patavium wurde gekämpft und wir wollten dort bleiben und helfen. Doch dann kam die Nachricht aus Ateste, dass Hunnenbanden die Stadt verwüsten. Deshalb hat Sergius uns wieder um sich versammelt und wir sind hierhergeeilt.«

Titus hatte das alles sehr schnell erzählt und sich dabei beinahe keine Zeit zum Luftholen gelassen, so als ob er diesen Bericht voll schmerzhafter Erinnerungen so schnell wie möglich hinter sich bringen wollte.

Dann atmete er einmal tief durch und sagte: »Jetzt sind wir da.«

Sie standen vor dem Haus des Senators.

Wie alles andere sah auch dieses Haus so wie immer und doch ganz anders aus. Es stand an derselben Straße, war von derselben fensterlosen Mauer umgeben. Doch die Torpfosten waren von Axthieben verunstaltet und auf die Mauer waren mit Kohle obszöne Bilder gezeichnet worden und viele Wörter, die Pietro nicht lesen konnte, die aber wohl Beschimpfungen waren. Der Senator wurde an seiner eigenen Mauer beschimpft! Pietro konnte es kaum glauben.

Legionäre bewachten das Tor, dessen offen stehende Flügel schief in den Angeln hingen. Pietro konnte bis ins Atrium hineinschauen. Das Becken in der Mitte war voller Steine. Wie erstarrt blieb Pietro vor dem Haus stehen, während Justina die Stute antrieb, sodass diese losgaloppierte und beinahe die Legionäre am Tor umgeworfen hätte.

Ohne ihre Stimme zu verstellen, rief Justina: »Papa und Constantinus! Ich bin wieder da!«

Pietro wollte ihr folgen, doch Titus hielt ihn an seiner Tunika zurück. »Was, das ist Justina? Wi... wirklich? Du bist mit einem Mädchen gereist?« Und, als wäre das noch schwerer nachvollziehbar: »Mit der Tochter des Senators?«

»Das ist eine lange Geschichte.«

»Ja, das kann ich mir denken. Du musst sie mir unbedingt erzählen.«

»Das mache ich auch, aber später. Bald.«

Pietro befreite sich aus dem Griff seines Freundes. Die Legionäre, die vor Pinus zurückgewichen waren, kehrten an ihren Posten am Tor zurück, schauten ins Haus hinein und sahen, wie die Stute die Nase in das Becken steckte, um zwischen den Steinen nach Fressbarem zu suchen.

Pietro ging zu ihr und strich ihr mit der Hand beruhigend über den Rücken. Dann folgte er dem Klang von Justinas Stimme, bis er sie in einem leeren Raum antraf. Sie und ihren Vater, den Senator.

Sie standen einander gegenüber. Und schauten sich an.

»Verschwinde«, sagte der Senator leise.

Pietro dachte, dass er gemeint sei. Doch das stimmte nicht. Der Befehl war an Justina gerichtet.

»Vater ...«, sagte sie.

»Nenn mich nicht so, denn ich schäme mich, dich zur Tochter zu haben.«

»Aber ich ... Ich bin nur deshalb weggelaufen, weil ...«

»Das interessiert mich nicht. Du hast allen Schwierigkeiten bereitet und mich lächerlich gemacht. Du stürzt dieses Haus ins Unglück. Ich bin froh, dass deine Mutter tot ist, sonst müsste auch sie jetzt diese Schmach ertragen.«

»Vater, ich bitte dich ...« Justinas Stimme zitterte. »Sag nicht so etwas.«

Sie ging einen Schritt auf ihn zu, vielleicht weil sie ihn umarmen wollte, doch der Senator hob eine Hand und versetzte ihr eine derart heftige Ohrfeige, dass sie das Gleichgewicht verlor, gegen die Wand stieß und hinfiel.

Pietro hätte nicht sagen können, wie sich sein Körper in Bewegung setzte. Bevor ihm bewusst wurde, was er da tat, rannte er quer durch den Raum, stieß mit der Schulter gegen den Senator, packte ihn, bevor dieser stürzen konnte, und warf ihn sich über die Schulter.

»W... was?«, stammelte der Mann, der viel zu überrascht und verwirrt war, um zu reagieren.

Pietro hörte ohnehin nicht hin, er konnte nicht mehr klar denken. Es war, als treffe sein Körper alle Entscheidungen allein. Mit dem Senator auf der Schulter drehte er sich um die eigene Achse, kehrte in das Atrium zurück, stemmte den Herrn des Hauses in die Höhe und schleuderte ihn in das mit Steinen gefüllte Becken.

Der Mann schrie, ein schriller Schrei wie der einer Eule,

und krachte mit so viel Wucht in das Becken, dass die Steine nach allen Seiten flogen. Pinus wieherte erschrocken.

Pietro würdigte ihn keines Blickes, sondern lief zu Justina zurück und kniete sich neben sie: »Wie geht es dir?«

»Was hast du getan?«, fragte sie, doch ihm blieb keine Zeit, ihr zu antworten, denn zwei kräftige Hände packten ihn an den Schultern, weitere Hände umklammerten seinen Brustkorb, seine Beine, und auf einmal hing er in der Luft, zwischen Legionären, und jemand schrie: »Er ist verrückt geworden, der Junge ist verrückt geworden! Er hat den Senator angegriffen, er hat versucht, ihn umzubringen!«

Pietro hatte ihn nicht umbringen wollen, aber er wusste, es wäre sinnlos gewesen, sich zu erklären. Sie schleppten ihn hinaus und durch den Garten. Kurz glaubte Pietro, dass sie ihn in die Küche bringen würden, wie damals, vor langer Zeit, als er das Haus zusammen mit dem Boten betreten hatte, damals, als die Nachricht von der Ankunft der Barbaren überbracht worden war. Aber nein.

Im Garten stand der große Feigenbaum. Sie pressten Pietro gegen den Baumstamm, zerrten seine Arme hinter den Stamm und fesselten ihn so, dass er sich nicht mehr bewegen konnte.

Gleich darauf kam Ennius, der Diener, der für die Prügelstrafen zuständig war. Aus seinem Gesicht war jede Spur von Freundlichkeit gewichen. Mit eisiger Miene zischte er: »Das hättest du nicht tun sollen, Junge.«

Pietro erwiderte nichts darauf.

»Wer soll denn jetzt zu deiner Mutter gehen und ihr sagen, dass du tot bist? Wer erzählt ihr, dass ich dich töten musste?«

AN EINEN BAUM
GEFESSELT ERWARTET ER
DEN SICHEREN TOD.

26

Die Worte von Ennius waren Prozess und Schuldspruch in einem. Aber Pietro wusste ohnehin, was ihn erwartete.

Er hatte das Undenkbare gewagt, er hatte die Hand gegen einen Menschen erhoben, der kein Mensch, sondern ein Vornehmer, ein Mächtiger war, ein Herr, direkt dem Kaiser unterstellt.

Pietro der Schweinehirte hatte dem ehrwürdigen Senator Gewalt angetan.

Er hatte es darauf angelegt. Er war selbst schuld.

Und sie würden ihm wehtun.

Das war der Gedanke, der ihn jetzt, wo er an den Feigenbaum gefesselt war, am stärksten beschäftigte. Sie würden ihm *sehr* wehtun.

Ihm fiel ein, wie er von den Hunnen gefangen genommen worden war und wie der Wächter angefangen hatte, ihn zu schlagen, und er, Pietro, ihm die Nase gebrochen hatte. Auch damals hatte er teuer bezahlen müssen.

Offenbar neigte Pietro dazu, sich mit Leuten anzulegen, die wesentlich stärker und mächtiger waren als er, und musste dann die Folgen über sich ergehen lassen. Nur, dass dieses Mal das letzte Mal sein würde.

Er zerrte an seinen Fesseln, er wollte nicht sterben. Er wollte seine Mutter wiedersehen. Galla. Justina. Er wollte Pinus reiten, wollte im Meer schwimmen, das er gerade erst kennengelernt hatte, er wollte seinen Vater finden. Es war viel zu früh, sich von allem verabschieden zu müssen, es war nicht gerecht. Auch die Ohrfeige, die der Senator Justina verpasst hatte, war nicht gerecht gewesen. Pietro hatte sie verteidigt. Verdiente er wirklich, deshalb zu sterben?

Ennius stand ihm regungslos gegenüber. Sein Körper war schweißbedeckt, den Stock hielt er bereits in der Hand.

»Ich muss es tun, Junge«, sagte er.

»Ich weiß«, erwiderte Pietro.

»Bereust du es?«

»Nein.«

Ennius nickte, so als hätte er sich das bereits gedacht.

»Darf ich dich um etwas bitten?«, sagte Pietro.

Der Diener schaute ihn fragend an.

»Kannst du … kannst du es so machen, dass es schnell geht?«

Ennius überlegte. »Das würde ich gerne tun«, antwortete er dann. »Du bist ein guter Junge, und deine Mutter ist eine hilfsbereite und gute Frau. Als meine Frau nicht mehr schlafen konnte, ging sie zu ihr und deine Mutter gab ihr einen Kräutertee. Seitdem schläft sie jede Nacht tief und fest. Glaub mir, ich würde es wirklich gerne tun.« Er seufzte.

»Aber ich darf es nicht. Wenn du schon beim ersten Schlag tot bist, entgeht dem Senator seine Rache und dann bin ich dran.«

»Ich verstehe«, sagte Pietro, dessen Herz nun immer schneller schlug.

»Ich tue, was ich kann«, versprach Ennius. »Ich werde es nicht allzu lange hinziehen.«

Das Herz des Jungen raste. Der Diener packte den Stock fester und ließ ihn mit einer geschickten Bewegung kreisen, einmal, zweimal, dreimal, um Schwung zu holen. Dann schlug er zu.

Er traf Pietro mitten auf der Brust. Knochen knirschten und der Stock prallte zurück, rotierte wieder, traf Pietro an der Schulter. Seine Kiefer schlugen gegeneinander, sein Mund füllte sich mit Blut, doch ihm blieb fast keine Zeit, um den Schmerz zu spüren, denn schon traf ihn der Stock ein drittes Mal. Pietro schrie auf, schloss die Augen, er glaubte, ohnmächtig zu werden.

Im Garten liefen kleine Legionärtrupps hin und her – oder vielmehr als Legionäre verkleidete Männer. Es waren Bauern, die ihre Hacken wie Lanzen schwangen, und mit großen Messern bewaffnete Metzger. Alles Leute, die nicht rechtzeitig geflüchtet oder mit Gewalt eingezogen worden waren, damit sie die Stadt verteidigten, beziehungsweise das, was von der Stadt noch übrig war. Jetzt versammelten sie sich vor dem Feigenbaum, um Pietro beim Sterben zuzusehen.

Sie beschimpften ihn nicht, sie freuten sich nicht darüber, dass er bestraft wurde. Dennoch war es ein Ereignis, eine Abwechslung.

Pietro weinte, spuckte Blut aus und irgendetwas Weißes, vielleicht ein paar Zähne. Und wieder ein Schlag.

Ennius hielt inne, und mit dem letzten Rest Klarheit, die Pietro verblieben war, dachte er, dass jetzt wohl der letzte Schlag kam, der Gnadenstoß, ein Schlag auf den Kopf, der alles beendete.

Es tut mir leid, Mama, dachte Pietro. Es tut mir leid, Justina. Verzeiht mir.

Er schloss die Augen, um sich auf den Tod vorzubereiten, der jedoch nicht eintrat.

Inmitten der Gruppe von Schaulustigen war Sergius aufgetaucht, der Zenturio. Er trug seinen Schuppenpanzer, der etliche Schuppen eingebüßt hatte, seinen Helm und hatte eine Lanze in der Hand. Er gab Ennius ein Zeichen, flüsterte ihm etwas zu, drehte sich um und ging mit langen Schritten davon.

Ungläubig schüttelte der Diener den Kopf. Dann trat er näher an den Feigenbaum heran und lief zur Rückseite des Stamms. Im nächsten Augenblick spürte Pietro, wie seine Fesseln sich lösten. Damit hatte er nicht gerechnet. Es ging ihm so schlecht, dass seine Beine ihn nicht mehr tragen konnten und er schlaff zu Boden fiel.

»Steh auf!«, befahl Ennius.

Pietro gehorchte.

»Geh.«

»Was?«

»Verlasse dieses Haus«, sagte der Diener. »Und zwar sofort, bevor die ihre Meinung ändern. Sie warten auf der Straße auf dich. Beeil dich!«

Pietro begriff immer noch nicht, war aber klug genug,

den Rat zu befolgen. Er wischte sich mit der Tunika Blut, Speichel und Tränen vom Gesicht. Sein ganzer Körper schmerzte, doch er war noch am Leben und seine Beine funktionierten wieder, er konnte sich bewegen und tat es.

So schnell wie möglich verließ er den Garten, durchquerte das Atrium und sah draußen Sergius auf seinem Pferd sitzen. Er war von Soldaten umgeben, die sich zum Abmarsch bereit machten. Einer von ihnen war Titus, der traurig den Kopf schüttelte.

Der Zenturio hob eine Hand und der Trupp setzte sich in Bewegung. Zuerst kamen die Reiter, dann die Legionäre zu Fuß, den Schluss bildeten Pietro und Titus.

»Du kannst dich auf mich stützen, wenn du willst«, bot er an.

»Nein, es geht schon.«

Das Sprechen tat ihm weh, mit der Zunge ertastete er die Stelle, an der er Zähne verloren hatte.

»Stimmt es, dass du den Senator geschlagen hast?«

Pietro seufzte.

»Na ja, das war wirklich unglaublich dämlich, mein Freund.«

»Stimmt«, gab Pietro zu. »Weißt du, warum sie mich freigelassen haben?«

Titus lief mit eingezogenem Kopf neben ihm her. »Sie haben dich nicht freigelassen.«

»Was soll das heißen?«

»Die Barbaren greifen an … und Sergius … der Zenturio hat dem Senator erklärt, dass es keinen Sinn macht, dich von seinem Diener umbringen zu lassen, wenn die Hunnen das auch auf dem Schlachtfeld erledigen können.«

Aha, dachte Pietro.

»Deshalb wurde unser Trupp der vordersten Front zugeteilt«, fuhr Titus fort. »Einfach nur deinetwegen.«

»Die anderen werden mich hassen«, erwiderte Pietro. »Wahrscheinlich töten sie mich mit einem Messerstich in den Rücken.«

Titus zuckte die Schultern. »Um ehrlich zu sein, haben sie darüber nachgedacht. Doch dann hat Rufus mit uns gesprochen. Er hat uns einen schönen Vortrag darüber gehalten, dass die Fußsoldaten entweder gemeinsam siegen oder gemeinsam verlieren, und wenn es in der Kette ein schwaches Glied gibt, dann sterben alle. Sagen wir also, dass sie dich nicht allzu sehr hassen.« Sein Mund verzog sich zu einem schwachen Grinsen. »Es gibt hier Leute, die schon ihr ganzes Leben davon träumen, dem Senator mal gehörig die Meinung zu sagen. Irgendwie hast du es ja auch für sie getan.«

Jetzt musste auch Pietro grinsen. »Und du, wie denkst du darüber? Du kommst wegen mir an die Front …«

»Du bist nicht derjenige, der mich in den Krieg geschickt hat, und vielleicht wären wir so oder so an die vorderste Front abkommandiert worden. Weißt du, was ich wirklich denke?«

Nein, Pietro wusste es nicht.

»Wenn ich mir jemanden aussuchen könnte, der an meiner Seite kämpft und mich mit seinem Schild mitschützt, dann würde ich dich auswählen.«

Pietro nickte. »Mir geht es genauso«, sagte er und fügte hinzu, »mein Freund.«

DER FEIND NAHT.
DIE VORBEREITUNGEN FÜR DIE SCHLACHT
SIND IN VOLLEM GANGE.

27

Die Truppen formierten sich unter einer blassen Sonne. Die Kavallerie an den Seiten, die Legionäre zu Fuß in der Mitte, aufgeteilt in fünf hintereinander aufgestellten Reihen.

Wenn diese fünf Reihen fielen, würde eine zweite Schar aufrücken, und wenn das geschah, dachte Pietro, dann würde er nicht mehr unter den Lebenden sein.

Genau wie Titus vorausgesagt hatte, standen sie in der vordersten Reihe. Vor ihnen war nur das offene Gelände, in dem die Feinde auf sie zustürmen würden. Rechts von ihm stand sein Freund, links der Bauer Emilius, dann kam ein Junge namens Pacuvius, von dem es hieß, dass er verrückt sei und sich mit den Vögeln unterhielt. Der nächste in der Reihe war Valdo.

Der Zufall hatte entschieden, dass Pietro und sein Stiefvater in derselben Reihe kämpften.

Niemals hätte Pietro erwartet, ihn auf diese Weise wiederzusehen. Valdos Bart war mit Grau gesprenkelt und man sah seinen Augen an, dass er schon seit Tagen nicht mehr geschlafen hatte.

»Du bist zurückgekommen«, sagte Valdo.

Das war offensichtlich der Fall, dennoch fühlte sich Pietro verpflichtet, darauf zu antworten. »Ja.« Nach einer Weile fragte er: »Und Mama?«

»Sie ist fort, mit den anderen Frauen.« Valdo schaute ihn an. »Stimmt es, dass du den Senator geschlagen hast?«

»Ja.«

Damit war das Gespräch auch schon beendet, als ob es zwischen ihnen keine weiteren Themen gab, und Pietro fragte sich, ob Valdo wusste, dass er nicht sein leiblicher Sohn war. Vielleicht ja. Vielleicht aber hatte das auch gar keine Bedeutung.

Als Rufus an ihrer Reihe entlangging, um die Waffen zu verteilen, erhielt Pietro eine Hacke und als Schild etwas, das zuvor als Tür eines Hühnerstalls gedient haben musste: mehrere zusammengenagelte Bretter mit einem Stück Seil als Griff. Titus hatte mehr Glück: Er bekam eine Mistgabel mit frisch geschliffenen Spitzen und dazu einen Fassdeckel.

»Weißt du was?«, flüsterte er. »Ich glaube, ich mache mir gleich in mein *Subligaculum*.«

»Ich auch.«

»Beim Üben war es anders, da war es ja noch nicht ernst, und in Altinum ging alles so schnell, dass ich fast keine Zeit hatte, Angst zu bekommen … Glaubst du, sie greifen hier an, wo wir stehen?«

»Sicher«, sagte der Mann, der hinter ihnen stand. Er hieß Fulvius und war Hirte. »Sie haben uns in die Mitte gestellt – dort, wo der Feind immer zuerst angreift.«

211

»Werden sie uns umbringen?«

Pietro wusste, dass sie ihn töten würden. Sie hatten ihn absichtlich hierhingestellt. Er hatte den Senator verprügelt und deshalb musste er sterben.

»Wir überleben das«, log er. »Außerdem hast du eine brauchbare Waffe«, sagte er zu Titus, »und ich werde dich mit meinem Schild beschützen.«

Rufus nickte anerkennend. »Sehr gut, richtig. Denkt immer daran: Entweder wir gehen hier gemeinsam wieder weg oder wir gehen niemals wieder irgendwohin. Wenn ihr eure Schilde nutzt, um die Kameraden abzuschirmen, dann werden sie dasselbe tun. Bleibt immer an eurem Platz, bewegt euch nur, wenn ich es euch befehle. Solange wir vereint sind, kann der Feind uns nichts anhaben. Wenn wir vereint bleiben, werden wir siegen!«

In dieser Art redete er weiter, während er vor den Legionärreihen hin und her ging, kontrollierte, ermutigte und scherzte. Pietro wurde bewusst, dass nicht wichtig war, was Rufus sagte, sondern dass es ihm nur darum ging, die Stille auszufüllen.

Sie befanden sich nahe dem nördlichen Stadtrand, wo die Ebene in die bewaldeten Hügel überging. Die Felder, die vor ihnen lagen, gehörten einem der Kurialen von Ateste, und als Kind war Pietro oft hergekommen, um Melonen zu stehlen. Dabei hatte er sich eine Entdeckung zunutze gemacht: Nicht weit von der Stelle, wo sie Aufstellung genommen hatten, gab es ein Loch, das so tief war, dass ein erwachsener Mann noch gerade so herausschauen konnte. Das Loch hatte drei steile Wände, die vierte dagegen war sanfter geneigt. Deshalb konnte es einem passieren, dass man auf dieser Seite in das Loch hineinlief und es erst merkte, wenn man unten angekommen war und von seinen Begleitern nur noch die Knöchel sah.

Im Sommer arbeiteten die Knechte des Kurialen auf den höher gelegenen Feldern und konnten die Kinder nicht sehen, die sich buchstäblich vor ihren Augen versteckt hielten.

Nach derartigen Expeditionen war Pietro stets nackt nach Hause zurückgekehrt, weil seine Tunika das Bündel bildete, in dem er zwei, drei oder vielleicht sogar vier reife Melonen versteckt hatte. Seine Mutter hatte dann stets mit ihm geschimpft und gesagt, dass diese Abenteuer früher oder später schlimm ausgehen würden. Doch auch sie hatte von den Melonen gegessen, die süß, saftig und einfach köstlich gewesen waren.

Eigenartig, sich in diesem Moment an jene vergangenen Tage zu erinnern, denn von den Feldern und Wiesen war nichts mehr übrig. Hier war nur noch nackter brauner Boden, den Hunderte von Füßen und Pferdehufen zertreten und durchwühlt hatten. Eine öde Fläche, die hinten vom Fluss und vorne von den Hügeln begrenzt wurde.

Keine Landschaft mehr, sondern ein Schlachtfeld.

Die Zeit verging nur langsam. Hin und wieder kamen Grüppchen von Hunnen aus dem Wald geritten, schossen ein paar Pfeile ab, die keinen Schaden anrichteten, und verschwanden wieder.

Vielleicht fanden sie, dass es zu viele Römer waren, und wollten deshalb nicht angreifen.

Ich könnte noch einen Sonnenaufgang erleben, dachte Pietro. Noch einmal schlafen, trinken, essen. Justina finden.

Diese Gedanken machten ihm Angst und erfüllten ihn gleichzeitig mit einem noch nie da gewesenen Glücksgefühl. Es war, als würden seine Augen zum ersten Mal sehen, als wäre sein Gehör noch nie so scharf gewesen. Er merkte, dass er zitterte.

»Achtung!«, rief Rufus.

»Was ist passiert?«, fragte Titus.

Fulvius, der Hirte, packte seinen Stock mit beiden Händen.

Es bedurfte keiner Erklärung mehr, jetzt konnten alle mit eigenen Augen sehen, was geschah.

Die Hunnen.

Sie waren da.

Sie tauchten zwischen den Bäumen und auf den Hügeln auf. Erst nur zwei oder drei auf einmal, dann zwanzig oder dreißig, zweihundert oder dreihundert, zweitausend oder dreitausend. Auch sie nahmen Aufstellung, mit ihren Pferden, den Bögen und Pfeilen, den Brustpanzern, die in der Abendsonne glänzten.

Sie sind wunderschön, dachte Pietro, wild und mutig, echte Krieger. Und sie würden gleich über sie hereinbrechen, zerstörerisch wie ein Orkan.

»Lasst euch nicht den Schneid abkaufen, Männer!«, rief Rufus. »Die sitzen auf Pferden, weil sie zu blöd sind, selbst zu laufen. Sie sind so dumm, dass sie manchmal den Bogen loslassen und den Pfeil in der Hand behalten.«

Hinter Pietro lachte jemand.

»Vor ein paar Monaten«, fuhr Rufus fort, »habe ich einen Hunnen gesehen, der einen Aprikosenbaum gefällt hat. Ich habe ihn gefragt, warum, und er hat geantwortet, dass an dem Baum nur faule Eier wachsen. Versteht ihr? Er dachte, dass Eier auf Bäumen wachsen!«

Dieses Mal erntete er mehr und lautere Lacher. Im Grunde war es eine lächerliche kleine Geschichte. Mit Sicherheit hatte sich Rufus noch nie mit einem Hunnen unterhalten, auch weil er deren Sprache nicht sprach, aber das spielte keine Rolle: Derartige Scherze hoben die Stimmung und der Feind machte ein bisschen weniger Angst.

Zumindest so lange, bis die Pfeile kamen. Weil sie aus großer Entfernung abgeschossen wurden, sah es aus, als würden sie vom Himmel regnen, ein pfeifender schwarzer Regen. Pietro kniete sich hin und duckte sich unter seine Hühnerstalltür, und Titus verkroch sich unter seinem Fassdeckel.

Pietro spannte die Armmuskeln an, um sich auf den Aufprall der Pfeile vorzubereiten, und bald kamen die Stöße, der Lärm, der Hagel. Schwarze Spitzen, die das Holz durchbohrten. Splitter, die durch die Luft flogen.

Ein Schrei: »Flavius ist getroffen!«, und Pietro fiel sofort ein, wer Flavius war: Er arbeitete in der Wäscherei und hatte dort eine furchtbare Aufgabe: In einer mit Asche und Urin gefüllten Wanne trampelte er mit nackten Füßen auf der schmutzigen Wäsche herum, um die Flecken herauszupressen. Seine Füße waren von der ätzenden Mischung ständig wund.

»Zieht ihn beiseite!«, rief Rufus. »Servilius, du nimmst seinen Platz ein.«

Sein Befehl wurde von anderen Schreien übertönt und Pietro hatte den Eindruck, dass sich in ihren Reihen allmählich Panik ausbreitete. Da kam ein Reiter herangaloppiert. Sergius.

»Männer!«, brüllte er. »Haltet die Stellung. Der Feind wird angreifen und wir drängen ihn zurück. Denn heute verteidigen wir unsere Häuser, unsere Familien. Wir müssen die Stadt verteidigen, um jeden Preis!«

Die Antwort war ein Schrei aus vielen Kehlen, der anders klang als die Schreie des Entsetzens kurz zuvor. Er war rau und stark, ein Kampfschrei.

Wieder regnete es Pfeile, Pacuvius wurde von einem langen Splitter getroffen und Pietro spürte, wie ihm dessen Blut über den Arm rann. Was genau passiert war, konnte er nicht sehen, denn Hände zerrten den Verletzten weg, und sofort war ein anderer Mann an seine Stelle getreten, Illo, ein Onkel von Galla. Valdo half ihm gelegentlich bei Erntearbeiten und bekam als Lohn dafür etwas Mehl.

»Was passiert da gerade?«, fragte Pietro, der unter seinem Schild nicht sehen konnte, was um ihn herum geschah.

»Es regnet Pfeile«, antwortete Titus.

Illo hatte eine richtige Legionärswaffe, eine eiserne *Spatha* mit scharfer zweischneidiger Klinge.

Von hinten rief Rufus: »Vorwärts!«

Die zweite Reihe drängte nach vorne. Pietro versuchte, sich ihnen entgegenzustemmen. Auf keinen Fall wollte er dem Feind entgegengehen, der sie wie der aufgesperrte Rachen eines Ungeheuers erwartete. Aber er hielt nicht lange durch, und so lief auch er vorwärts und ließ die Unterkante seiner Hühnerstalltür über den Boden schleifen.

Bis Rufus schrie: »Pfeile!«

Alle blieben stehen, duckten sich, hielten die Schilde über sich und ließen den Pfeilhagel über sich ergehen. Die

Hühnerstalltür bebte, doch dieses Mal bohrte sich kein einziger Pfeil in ihre Bretter.

Titus kreischte: »Hilfe!«, obwohl ihm nichts zugestoßen war. Andere in ihren Reihen dagegen wurden schwer verletzt oder getötet und sofort ersetzt. Dann hieß es wieder: »Weiter!«

Eine hohe, dunkle Staubwolke stieg auf und inmitten der Wolke sah Pietro sie herangaloppieren: die Hunnen mit ihren Brustpanzern und Helmen und ihren seltsamen Bögen.

»Halt!«, befahl Rufus. Und gleich darauf: »Schilde!« Und dann: »Auf Angriff vorbereiten!«

Es war genau wie in Patavium bei ihrer Ausbildung: Pietro hielt den Schild so, dass er seine Seite und die von Titus abschirmte, und streckte auf der anderen Seite seine Hacke vor, als sei sie eine Lanze.

»Titus, halt dich bereit«, sagte er.

Der Freund nickte. Auch er hatte die Schutzstellung eingenommen, den Schild aufgestellt, die Mistgabel herausgestreckt. Hinter seiner Hühnerstalltür sah Pietro nichts mehr, er roch nur den Staub und hörte den Hufschlag der heranstürmenden Pferde.

Rufus brüllte: »Jetzt!«

Pietro warf sich mit seinem ganzen Gewicht gegen seinen Schild und schob die Hacke vor, irgendetwas traf ihn an der Seite, die erste Linie bewegte sich wellenartig, manche schrien, manche gingen zu Boden, manche hielten stand. Er hielt stand.

Rufus brüllte: »Pfeile!«

Pietro verkroch sich unter seinem Schild, wieder flog

eine Ladung Pfeile, und während er da am Boden hockte, traf sein Blick den von Titus. Die Augen des Jungen waren weit aufgerissen und leer, wie von Rauch erfüllt, das Gesicht war so dreckverschmiert, dass Pietro es beinahe nicht mehr erkannte.

»Sie greifen an«, sagte Valdo. Es war seine Stimme, aber sie klang dumpf und angsterfüllt. »Sie greifen wieder an ...«

Pietro nahm erneut die Schutzstellung ein, Holzschild und Hacke – was für eine Waffe sollte so eine Hacke überhaupt sein? – und machte sich bereit.

Wieder ein heftiger Stoß, heftiger als die anderen.

Dann rief Rufus: »Pfeile!«

Er duckte sich noch tiefer unter seinen Schild.

»Jetzt!«

Und da kam schon der dritte Angriff, darauf ein vierter. Illo wurde von einem Pfeil getroffen und fiel leblos zu Boden. Pietro ließ seine Hacke los und schnappte sich die *Spatha*, weil sie ihm nützlich sein könnte. Dann bereitete er sich auf den nächsten Angriff vor. Den fünften.

Dieser erfolgte jedoch nicht, denn von irgendwo rechts erklang ein Kriegsschrei. Endlich kam Sergius mit seiner Kavallerie, um sie zu unterstützen.

Hunnen und Römer galoppierten aufeinander los und Rufus befahl: »Vorwärts! Langsam!«

Langsam, ganz langsam rückten sie vor und Pietro und Titus fanden sich in einer Art von Quadrat wieder. Hinter und neben ihnen hielten andere Männer Schilde und Holztüren und ehemalige Ladeflächen von Karren hoch, sodass um sie herum und über ihren Köpfen so etwas wie eine schützende Mauer, ein schützendes Dach entstand, und sie schlurften voran, ihre Schilde über den Boden schiebend.

»Halt!«

Sie blieben stehen. Titus bewegte seine Mistgabel auf und ab, ohne sehen zu können, worauf ihre Zinken trafen, und Pietro tat mit seinem Eisenschwert dasselbe. Sie verletzten Menschen, ohne zu wissen, ob es Freunde oder Feinde waren.

»Achtung!«, war plötzlich zu hören und die erste Reihe wurde hinweggefegt.

Die Hühnerstalltür prallte mit einer solchen Wucht gegen Pietro, dass er nach hinten wegkippte. Die Bretter trafen ihn an der Stirn. Er hatte Glück, dass der Schädelknochen an dieser Stelle hart war und er sich nichts brach. Seine Seite tat weh, sein Fuß, sein Arm, irgendetwas bewegte sich auf ihm, etwas Riesiges, Schweres, Sabberndes, mit Fell Bedecktes. Ein Pferd, begriff Pietro, ein Pferd war auf ihn gestürzt, ein römisches oder hunnisches, das konnte er nicht sehen.

Das Tier war aus vollem Galopp auf ihn gefallen und tödlich verletzt, es wieherte, schlug aus, versuchte sich aus dem Wirrwarr von Holz und Eisen zu befreien.

»Titus«, sagte Pietro. »Titus, mein Freund, hilf mir.«

Er drehte sich zur Seite, doch der Freund war nicht da. Das verletzte Pferd reckte den Hals und schnappte und hätte ihm beinahe ein Ohr abgebissen, das arme Tier war vollkommen panisch. Pietro packte sein Schwert fester, er konnte nicht richtig denken, in seinem Kopf wirbelten die Gedanken nur so herum. Er hob die Waffe und schnitt dem Pferd die Kehle durch.

Er hatte noch nie ein Pferd getötet. Schweine ja, eigentlich zu viele, und auch Kaninchen, Hühner und Gänse, aber niemals Pferde. Blut ergoss sich über ihn, beinahe wäre er darin ertrunken. Das Pferde wieherte und trat um sich, dann fiel es mit seinem ganzen Gewicht auf Pietro und drückte ihm die Luft ab.

»Hilfe!«, keuchte er.

Rings um ihn herum waren Geräusche und Lichter, doch niemand, der das tote Pferd wegzog. Ihm wurde klar, dass er sich selbst befreien musste. Er stemmte die Knie gegen die Hühnerstalltür. Das Pferd war so schwer, so entsetzlich schwer, dennoch gelang es Pietro, ein bisschen Abstand zu gewinnen, noch ein bisschen mehr, und er konnte sich darunter wegrollen. Das Pferd fiel in den Staub, die Hühnerstalltür hatte es unter sich begraben. Pietro stand auf. Jetzt hatte er seinen Schild nicht mehr, aber das Schwert hielt er noch fest in der Hand.

Um ihn herum tobte die Schlacht.

EIN PFEILHAGEL GEHT
AUF SIE NIEDER. SCHWERTHIEBE
FÜGEN TÖDLICHE WUNDEN ZU.

28

Es war ein Gemenge, in dem jeder jeden zu töten versuchte. Leichen lagen herum und zerstörte Karren, Blut färbte den Boden dunkel.

Ein Schatten flog Pietro entgegen, ein Hunne mit langen Haaren und von Narben zerfurchten Wangen. Pietro warf sich zu Boden und seine Beine stießen gegen etwas Hartes, gegen die Überreste eines Karrens. Es gelang ihm, eine Holzplanke herauszuziehen, mit der er sich verteidigte, als der Hunne ihn angriff. Pietro parierte mit dem Holzbrett und die Klinge des Angreifers brach entzwei, das Eisen kreischte.

Der Hunne schaute auf seine zerbrochene Waffe, dann auf Pietro, er wusste nicht, was er tun sollte, und lief davon, quer über das Schlachtfeld.

Titus, wo war Titus? Was war mit ihm geschehen?

Pietro machte sich auf die Suche nach ihm, inmitten des Schlachtgetümmels, er fand ihn nicht. Stattdessen entdeckte er Valdo, der sich einen Panzer aus Lederschuppen übergezogen hatte und sich verwirrt umsah. Pietro gab es einen Stich, ihn so zu sehen, denn Valdo war ein unbedeutender, unfreundlicher Mann, gleichzeitig aber auch ein Teil seines Lebens. Er hatte ihm beigebracht, die Tiere zu versorgen. Sie zu zählen.

»Valdo!«, rief er und dieser starrte ihn an, ohne ihn wiederzuerkennen, er hatte nicht einmal mehr eine Waffe, nur den Brustpanzer, und jetzt ritt ein Hunne im Galopp auf ihn zu und spannte einen Pfeil in seinen Bogen.

Der Reiter trug den Brustpanzer und einen dieser Hunnenhelme, doch was die Aufmerksamkeit von Pietro auf sich zog, war die Gürtelschnalle. Sie war so groß, dass man sie hinter den Hörnern des Sattels erkennen konnte. Sie hatte die Form eines Adlers mit ausgebreiteten Flügeln.

Also sah sich Pietro auf der einen Seite Valdo gegenüber, auf der anderen Seite Adler, und er dachte, das ist ein Kreis, der sich schließt, sein altes Leben und sein neues stießen hier aufeinander.

Was soll ich bloß tun?, fragte er sich. Er musste sich für eine Seite entscheiden. Entweder für die Römer, für Valdo, für die Menschen von Ateste, für Justina und die Bewohner des Hauses des Senators. Oder für die Barbaren, für ihre Pferde und Bögen und Pfeile, für Attila. Für die Leute seines Vaters.

Nein, widersprach er sich selbst. Nein. Sein Vater war *da mar*, er war ein Mann des Wassers, während die Hunnen sich vom Wasser fernhielten. Und so kompliziert die Entscheidung erschien, so einfach war sie andererseits. Da waren ein Schweinehirte, der dem Tod ins Auge sah, und ein Krieger, der töten wollte.

Pietro wusste nun, auf welcher Seite er stand. Er spannte den linken Arm, der das Holzbrett hielt, und warf es, als ob es ein Wurfspeer wäre. Es war ein guter Wurf, denn er traf Valdo genau in der Magengegend, schleuderte ihn rücklings und rettete dadurch sein Leben, weil Adlers Pfeil im selben Augenblick dort vorbeiflog, wo gerade eben noch Valdos Kopf gewesen war.

Der Mund des Hunnen verzog sich zu einem Grinsen. Das Pferd raste in ungezügeltem Galopp an Pietro vorbei und Adler zog einen weiteren Pfeil aus seinem Köcher, drehte sich im Sattel um, legte den Pfeil ein, spannte den Bogen und ließ die Sehne los.

Pietro warf sich hinter den kaputten Karren, und als er den Kopf wieder hob, hatte Adler sein Pferd bereits herumgerissen und einen neuen Pfeil eingelegt. Pietro begriff, dass keine Hoffnung bestand zu entkommen, dieser Pfeil oder der nächste würde ihn treffen.

Adler war ihm in jeder Hinsicht überlegen: Er war im Gegensatz zu Pietro ein erfahrener Krieger. Adler saß auf einem Pferd, Pietro nicht. Adler hatte Bogen und Pfeile, Pietro nicht.

Doch gab es da etwas, das für Pietro von Vorteil sein konnte: Er kannte das Gelände. Für Adler war es einfach nur eine Ebene, nackte Erde zwischen Wald und Fluss. Für Pietro dagegen war es ein Ort, an dem er als Kind gespielt hatte, ein Ort, an dem er einmal ein Wildschwein angetroffen und vor Schreck in die Hosen gemacht hatte, der Ort, an dem er Melonen gestohlen und sich bei

Gefahr in einem Loch im Boden versteckt hatte. Das Loch.

Pietro lief los und schlug dabei Haken wie ein Hase, um den von allen Seiten fliegenden Pfeilen auszuweichen. Er hörte den Wutschrei von Adler, der ihm hinterherritt (oder vielleicht bildete er sich diesen Schrei nur ein). Pietro war viel zu groß und zu schwer, um ein schneller Läufer zu sein, aber er gab alles, wich zwei miteinander kämpfenden Männern aus und schlug wieder einen Haken. Er wusste natürlich, dass ein Junge ein galoppierendes Pferd nicht abhängen konnte, dennoch hatte er nicht damit gerechnet, dass Adler ihn so schnell einholen würde. Mit einem langen Schwert in der Hand, das er soeben aus der Scheide gezogen haben musste.

Mit einem Schwerthieb hätte der Hunne ihn zweiteilen können. Allerdings lief Pietro jetzt rechts und Adler ritt links und merkte dabei nicht, dass er abwärts ritt, während Pietro immer auf derselben Höhe blieb, am Rand dieses unauffälligen Lochs, und bei jedem Schritt blieb er oben, während Adler bei jedem Galoppsprung seines Pferdes tiefer kam, bis der Hunne den Jungen einholte und Pietro über ihm war.

Es ist schwer, zu Fuß gegen einen berittenen Krieger zu kämpfen, weil das Pferd nicht nur sehr schnell ist, sondern vor allem hoch: Der Krieger kann sein Schwert von oben auf den zu Fuß Kämpfenden niedersausen lassen, während der sich von unten her verteidigen muss.

Jetzt aber waren die Rollen getauscht und Pietro hielt an, packte den Griff seines Schwerts, drehte sich um und holte so tief Luft, wie seine Lunge zu fassen mochte. Die

Zeit blieb stehen, ein Augenblick dehnte sich auf die Länge eines ganzen Lebens aus und Pietro dachte: Entweder es geht so, wie ich es mir ausgedacht habe, oder nicht. Ich siege oder nicht. Ich werde leben oder nicht.

Pietro ergriff das Heft des Schwerts mit beiden Händen, hob es über seinen Kopf und führte den Hieb von oben nach unten und gleichzeitig schräg von rechts nach links, mit all seiner Kraft, und erst jetzt merkte Adler, was da geschah, doch da war es schon zu spät.

Die Klinge des Schwerts traf ihn und er schrie.

Er fiel vom Pferd.

Zu Boden.

DOCH DER FEIND IST STARK.
MIT DEM SCHWERT IN DER HAND
HÄLT DER JUNGE SICH BEREIT.

29

Adlers Pferd ging durch und galoppierte weg, es schien mit dem Schrecken davongekommen zu sein.

Pietro war froh darüber, er hatte an dem Tag bereits ein Pferd töten müssen und wollte das auf keinen Fall ein zweites Mal tun.

Aber für solche Gedanken war im Moment keine Zeit, denn Adler war zwar an der Brust oder unter der Achsel verletzt – sein linker Arm war voller Blut –, doch er war noch am Leben, war aus dem Loch herausgestiegen und starrte seinen Gegner hasserfüllt an.

»Ich habe versucht, dich gut zu behandeln, Junge«, stieß er hervor. »Ich wusste, dass du aus einer vornehmen Familie kommst, das habe ich von Anfang an gesehen. Ich hätte dich töten, dich wie eine lästige Fliege erschlagen können, aber ich habe es nicht getan. Ich hatte gedacht, ich könnte von dir etwas Dankbarkeit erwarten.«

Pietro erwiderte nichts darauf.

»Willst du mein Feind sein? Meinetwegen. Der Fehler, dich am Leben gelassen zu haben, ist schnell behoben.«

Adler war ein Mann, den man ernst nehmen musste. Und genau das tat Pietro: Er drehte sich um und lief weg, so weit weg, wie er nur konnte, er wusste, dass er dem Hunnen im Duell unterliegen würde.

Doch etwas packte ihn am Fuß und riss ihn zu Boden. Pietro schlug mit dem Gesicht auf und hatte den Mund voller Staub. Er versuchte, schnell wieder aufzustehen, doch wieder wurde er zu Boden gerissen. Wie aus dem Nichts war ein Seil aufgetaucht und hatte sich um seinen Knöchel gewunden. Das andere Ende des Seils war in Adlers Hand.

Wie hatte der Hunne ihn auf diese Weise fangen können?

Pietro wollte das Seil mit seinem Schwert durchschneiden, doch Adler zog abermals daran. Wieder fiel Pietro um, setzte sich dann aber auf und sägte an dem Seil, zog die Klinge rasch vor und zurück, endlich hatte er es durchtrennt und konnte aufstehen. Das Herz schlug ihm bis zum Hals. Adler stand genau vor ihm.

In der rechten Hand hielt er sein Schwert, in der linken immer noch das Seilende.

»Wir Hunnen lernen schon als Kinder, mit dem Lasso umzugehen«, erklärte er. »Es ist einfach nur ein Seil, aber sehr nützlich, wenn man ein fliehendes Pferd einfangen will … oder einen Jungen, der sich für einen Krieger hält.«

Er ließ sein langes Schwert in der Hand kreisen, dann stieß er einen Schrei aus und rannte auf Pietro zu.

Dieser hob sein Schwert, um den Angriff abzuwehren.

Er konnte der Kraft des Mannes standhalten, nicht aber dessen Geschicklichkeit: Adlers Schwert schien sich in der Luft zu biegen, legte sich hinter das Schwert des Jungen, schob es mit einer Drehung zur Seite und schleuderte es in den Staub. Plötzlich stand Pietro mit leeren Händen da. In einem Wimpernschlag war alles vorbei.

»Dachtest du wirklich, du kannst gegen mich kämpfen?«, meinte Adler grinsend.

Anstatt darauf zu antworten, schnellte Pietro seitwärts, um sein Schwert aufzuheben, doch der Hunne war schneller und hinderte ihn daran, und weil Pietro jetzt unbewaffnet war und nicht weglaufen konnte, blieb ihm nur noch eine einzige Möglichkeit: Mit gesenktem Kopf rannte er auf Adler zu. Der hatte diese Reaktion nicht erwartet und hob sein Schwert, um den Jungen damit zu treffen, doch Pietro lief unter dem Schwert hindurch, stieß den Mann um und beide landeten in dem Loch.

Adler war sehr stark, doch Pietro war es ebenfalls. Sie rangen miteinander und Pietro merkte, dass er keine Angst mehr hatte. Stattdessen breitete sich in seinem Körper Energie aus, wie eine Explosion von Kraft. Er sah Adler in die Augen, während in seinem Kopf ständig neue Ideen entstanden, Kampftaktiken, Fluchtmöglichkeiten …

Bei ihrem Sturz in das Loch hatte Adler sein Schwert verloren. Wenn es ihm gelungen wäre, es zu behalten, hätte Pietro keine Chance gehabt. Nun versuchte der Junge, an das am Boden liegende Schwert des Hunnen zu kommen, doch der tat dasselbe. Es kam zu einem erneuten Zusammenstoß, bei dem Pietro dem Hunnen sein Knie in den Magen rammte. Der keuchte, ohne sich jedoch von seinem

Vorhaben abbringen zu lassen. Seine Hand erreichte den Schwertgriff zuerst.

Adler richtete sich auf und wich in dem engen Loch einen Schritt zurück. Er hatte seinen Helm verloren und war grau im Gesicht, aber er hatte nun wieder sein Schwert und hielt es sich vor die Brust, wie eine Schranke.

Pietro sah sich nach etwas um, mit dem er sich verteidigen konnte, doch da war nichts, nur Steine und Staub.

Staub.

Er stieß mit dem Fuß auf den Boden, sodass eine Staubwolke aufstieg – und Adler Staub in die Augen bekam. Mit zugekniffenen Augen stürzte sich der Hunne auf Pietro, doch der quetschte sich seitlich an ihm vorbei und schlug ihm mit beiden Händen ins Kreuz. Er hatte eine empfindliche Stelle getroffen, trotzdem blieb Adler aufrecht stehen.

Er spuckte auf den Boden und grinste. »Du bist stark. Aber du bist einfach nur ein Junge.«

Er griff wieder an, so schnell, dass Pietro keine Zeit hatte zu reagieren. Er blieb einfach nur stehen.

Die Klinge drang in seinen Bauch ein und es tat gar nicht weh, zumindest nicht im ersten Augenblick. Pietro schaute auf die lange Klinge, die in seinem Bauch verschwand, und beinahe so, als ob ihn das nichts anginge, sagte er: »Oh.«

Gleich darauf kam der Schmerz, ein tiefer, alles beherrschender Schmerz. Er und sein Feind standen sehr nah beieinander, das Schwert war bis zum Griff eingedrungen, deshalb berührte Adler Pietro beinahe, es war wie eine tödliche Umarmung, ein tödlicher Tanz.

Pietro sah den siegesgewissen Blick des anderen und dachte: So darf es nicht enden.

Es war ein klarer, kalter Gedanke und gleichzeitig heiß und bebend vor Wut. Pietro packte den Barbaren am Hals. Drückte zu. Der Mann riss die Augen auf und versuchte, sein Schwert noch tiefer in den Jungen hineinzustoßen, doch er hatte ihn bereits durchbohrt, er konnte ihn nicht noch stärker verletzen. Pietro dagegen schon, er drückte seine Finger noch fester in die Kehle seines Gegners, erhöhte weiter den Druck. Adler stieß einen erstickten Schrei aus, schwankte, fiel auf die Knie. Und lag schließlich reglos am Boden.

»Schau … wozu du … mich … gezwungen hast«, flüsterte Pietro.

Er hatte einen Menschen getötet und hätte sich eigentlich traurig fühlen müssen, schuldig. Ausonius hatte ihn gelehrt, dass Töten ein Verstoß gegen die zehn von Gott erlassenen Gebote war. Doch eigentlich hatte er nur versucht, sich zu verteidigen. Und er hatte Adlers Pferd nichts getan. Aus irgendwelchen Gründen war ihm das sehr wichtig. Er hatte den Reiter getötet, ohne das Pferd zu verletzen.

Er schaute an sich hinunter. Noch immer steckte das Schwert in seinem Bauch, nicht in der Mitte, sondern eher seitlich, links vom Nabel. Die Klinge war durch ihn hindurchgegangen, die Spitze ragte ihm aus der Seite.

Was sollte er jetzt tun? Das Schwert stecken lassen? Vielleicht wäre es besser, es herauszuziehen, aber er wusste nicht, ob er dafür genügend Kraft hatte.

»Ich glaube … ich sterbe gleich.«

Trotzdem probierte Pietro es. Er ergriff das Heft und versuchte, es von sich wegzuziehen, doch der Schmerz! Das, was er bisher gespürt hatte, war wie ein Streicheln, verglichen mit dem Schmerz, den er sich jetzt selbst zufügte. Seine Augen füllten sich mit Tränen und er konnte nichts mehr sehen. Dunkelheit kam über ihn und er hieß sie willkommen. Das Nichts war besser als dieser Schmerz, es wurde Zeit, sich zu verabschieden …

VOM SCHWERT DURCHBOHRT
STÜRZT DER KÖRPER DES JUNGEN
ZU BODEN. SEINE SEELE
FLIEGT DAVON.

Pietro war tot und das gefiel ihm gar nicht.

Vor allem, ausgerechnet in einem Loch liegen geblieben zu sein, neben der Leiche seines getöteten Feindes, auf Steinen, die ihn drückten, mit einem Schwert im Bauch, mit ausgetrockneter Kehle und den furchtbaren Schmerzen. Warum tat es immer noch so weh, wo er doch schon tot war? War es seine Seele, die so furchtbar litt?

Die schwarze Gestalt, die auf einem Thron saß und ihn anstarrte, war das vielleicht der Tod, der gekommen war, um über seine Sünden zu richten? Bei einer ihrer Versammlungen hatte Ausonius von der Hölle erzählt, einem Ort, der von Feuer erfüllt war und an den all jene kamen, die Jesus beleidigt hatten. Pietro hatte Jesus noch nie beleidigt, jedenfalls nicht absichtlich, aber mit Sicherheit war er jetzt in der Hölle gelandet, denn Ausonius hatte sie als einen entsetzlichen Ort beschrieben, und tatsächlich war er an einem Ort, der ihm überhaupt nicht gefiel.

Dabei hatte der Priester ihn gewarnt und ihm gesagt, er solle sich anständig verhalten und keine Sünden begehen. Und nun hatte Pietro einen Hunnen getötet und den Senator verprügelt. Wer weiß, welche der beiden Untaten Gott schlimmer fand. Vielleicht sogar letztere, denn ein Schweinehirte darf die Hand nicht gegen seinen Herrn erheben. Adler dagegen war ein Feind gewesen und es war kein Unrecht, Feinde zu töten. Oder doch?

Vielleicht war es auch eine Sünde gewesen, Justina zu küssen, denn Ausonius hatte gesagt, man dürfe nichts Unreines tun, aber als Pietro gefragt hatte, was denn unrein sei, war der Priester ziemlich vage geblieben.

Eigentlich war Pietro der Kuss mit Justina sehr schön und rein vorgekommen, aber was verstand er schon von Sünden?

»Verzeih mir, Tod«, sagte Pietro. »Ich wollte das eigentlich nicht tun. Wobei man in der Hölle wohl nicht lügen darf. Und wenn ich die Wahrheit sagen soll, muss ich zugeben, dass ich es doch wollte, so sehr wollte. Ich weiß gar nicht, ob ich in Justina verliebt bin oder in Galla oder in alle beide. Als ich Justina geküsst habe, wollte ich es jedenfalls tun. Und auch als sie sich ausgezogen hat und wir gemeinsam geschwommen sind, hatte ich nichts dagegen.«

Pietro holte tief Luft und fuhr fort: »Aber, Tod, abgesehen davon habe ich doch nichts Schlimmes getan, oder? Dir kommen sicherlich noch viel bösere Leute unter. Adler, zum Beispiel, müsste kurz vor mir hierhergekommen sein … Könntest du nicht … Ich weiß nicht … Könntest du für mich nicht ein Auge zudrücken?«

Er hatte in seinem ganzen Leben noch nicht so viel

geredet und er verstand nicht, warum die Gestalt auf dem Thron ihm nicht antwortete.

Jetzt erst merkte Pietro, dass er flog, durch die Luft flog, und dass unter ihm eine Ebene lag, die voller Schlangen war, ineinander verschlungenen Schlangen. Die Ebene erstreckte sich bis zum Horizont, in alle Richtungen, und als er über sie hinwegflog, züngelten die Schlangen, öffneten das Maul, zeigten ihre Giftzähne.

»Verschwindet!«, schrie Pietro. »Weg!«

»Du brauchst nicht zu schreien«, sagte eine Frau, die Wolle zu Garn spann. »Es ist sinnlos.«

»Die Schlangen sind taub«, sagte eine andere, die mit dem von der ersten Frau gesponnenen Garn stickte.

»Schlangen machen das, was sie wollen«, ergänzte eine dritte Frau, die ein scharfes Messer in der Hand hielt. Lachend schnitt sie damit das Garn durch.

Im nächsten Augenblick waren die drei Frauen verschwunden und zwischen den Schlangen tauchte ein graubärtiger Mann auf, der stehend ein Floß stakte. Er erinnerte Pietro ein bisschen an den alten Ranilo, der die Leute bei Ateste über den Fluss brachte.

»He, Fährmann!«, rief Pietro. »Ist das hier zufällig die Hölle?«

Der Mann antwortete nicht.

»Könntest du mir bitte das Schwert aus dem Bauch ziehen?«

Der Fährmann stand unterhalb von Pietro, inmitten der Schlangen, doch er streckte einen Arm nach oben, ergriff das Schwertheft und zog die Waffe aus dem Bauch heraus. Das Schwert wurde zu Licht, die ganze Welt wurde zu Licht, und Pietro sah, dass aus seiner Wunde Schwalben herausflogen. Sie waren so wunderschön, er hätte sie gerne berührt, aber er konnte nicht, sie waren einfach zu schnell, und immer wenn er sie zu berühren versuchte, entwischten sie ihm.

Auf einmal war der Fährmann verschwunden und Pietro erreichte das Meer, das schwarz und dickflüssig aussah und in dem runde Monde schwammen. Pietro wäre gerne geschwommen, doch da kehrte der Schmerz zurück und er schrie: »Hilfe!«

Aus der Tiefe kam ein Mädchen, das aus Licht zu bestehen schien, und Pietro erkannte in ihr seine Schwester Aurora.

»Hab keine Angst«, sagte sie. »Auf die andere Seite hinüberzugleiten tut ein bisschen weh. Aber dann hört es auf.«

Sie war es wirklich, es war ihre Stimme, aber sie sprach nicht wie ein Kind, das noch vor seinem dritten Geburtstag gestorben war.

»Ich wollte nicht sterben«, sagte Pietro.

»Ich wollte es auch nicht«, erwiderte sie. »Aber im Grunde ist es etwas völlig Normales. Früher oder später passiert es allen: den Schweinen, den Vögeln und den Menschen. Es ist auch mir passiert, dabei war ich noch so klein ...«

»Ich habe so sehr geweint, als du gegangen bist«, sagte Pietro, und Aurora schien noch heller zu strahlen. »Aber ich kann nicht ausgerechnet jetzt sterben, ich muss noch so viel erledigen.«

Das Mädchen lachte. »Wenn du wüsstest, wie viele Leute das sagen, wenn ihr Moment gekommen ist. Sie haben alle viel zu erledigen, aber dann ...«

»Was dann?«

»Dann begreifen sie, dass sie keine Wahl haben«, sagte Aurora. »Sie steigen zu den Mondfischen hinab und alles ist vorbei.«

Pietro schüttelte den Kopf. »Das will ich nicht.«

»Es gäbe noch eine Möglichkeit«, sagte das Mädchen und nahm ihn bei der Hand. »Öffne die Augen.«

»Ich kann nicht«, antwortete er.

»Warum?«

»Weil ich tot bin«, erklärte Pietro. »Zumindest ein bisschen.«

»Es könnte aber auch sein, dass du noch lebst«, meinte seine Schwester. »Vielleicht auch nur ein bisschen.«

»Was soll ich tun?«

»Öffne die Augen.«

Pietro versuchte es, doch da kehrte der Schmerz zurück und riss ihm die Seite auf, sodass er sich krümmte, Auroras Hand entglitt ihm und er stürzte hinunter, ins Meer. Das Wasser umschloss ihn von allen Seiten und er sank tiefer, immer tiefer …

»Pietro, mach die Augen auf!«

In Ordnung, dachte er. Er hatte Aurora sehr geliebt, sie war es wert, dass er es noch einmal versuchte.

»Öffne die Augen«, sagte sie. »Öffne die Augen, öffne die Augen …«

ÖFFNE DIE AUGEN!
ÖFFNE DIE AUGEN!
ÖFFNE DIE AUGEN!

Er war zu Hause, in der Hütte, in der er geboren und aufgewachsen war. Hier drinnen war es viel zu dunkel, um etwas zu erkennen, doch Pietro erkannte den Geruch wieder, diesen Duft, der ein bisschen nach seiner Mutter, ein bisschen nach Rauch und ein bisschen nach Schweinepferch roch.

Aber wenn es Nacht und er zu Hause war, warum hörte er dann nicht die Atemzüge seiner schlafenden Eltern? Vielleicht war er noch gar nicht aufgewacht, sondern schwamm immer noch in diesem dickflüssigen Meer und konnte deshalb nichts sehen, weil ihm die Hand seiner kleinen Schwester Aurora entglitten war, die ihn durch das Reich der Toten geführt hatte.

Was hatte das alles zu bedeuten? Pietro war sehr heiß und gleichzeitig furchtbar kalt. Und er war in Schweiß gebadet.

Ich habe Fieber, dachte er.

Dann fiel ihm das Schwert wieder ein, das ihn getötet hatte. Er hob eine Hand, um seinen Bauch zu berühren, und sofort wurde alles feuerrot, ein feuerroter Schmerz hüllte ihn ein und er verlor das Bewusstsein.

Als er die Augen wieder öffnete, lag er immer noch in der Hütte, aber jetzt war es hell, es war mitten am Tag und Justina hielt seine Hand. Das war doch gar nicht möglich, das musste ein Fiebertraum sein. Jedenfalls geschah gerade etwas Seltsames, etwas, das noch seltsamer war als die leuchtende Schwester und die Ebene voller Schlangen. Justina, die Tochter des Senators, in seiner Hütte? Das konnte nicht sein. Es war *unvorstellbar*.

»Du bist aufgewacht«, sagte das Mädchen.

»Ist er wach?«

Im nächsten Augenblick stand Titus vor Pietro, gleich neben ihm tauchte die rötliche Nase von Pinus auf. Pinus? In seiner Hütte?

»Ich bin wirklich gestorben«, sagte Pietro.

Justina musste lachen, aber gleichzeitig weinte sie und Pietro fragte sich, wie das möglich war.

»Nein, du bist nicht gestorben«, widersprach Titus. »Jedenfalls bis jetzt noch nicht. Ich habe dir das Leben gerettet.«

»Eigentlich hat Pinus es dir gerettet«, stellte Justina fest.

War er also tatsächlich noch am Leben?, überlegte Pietro. Aber was war mit der Wunde? Behutsam berührte er sie und wieder explodierte das Fieber, das immer noch in ihm war. Alles wurde rot und er fiel ihn Ohnmacht.

»Du darfst das nie mehr tun, hast du verstanden?«, schimpfte Justina mit ihm, als er das nächste Mal die Augen öffnete. »Die Wunde ist noch nicht verheilt.«

»Wird sie denn heilen?«

Weil sie ihn daraufhin erschrocken ansah, begriff Pietro, dass sie es nicht wusste.

»Du hattest sehr hohes Fieber.«

»Meinst du damit, dass ich es jetzt nicht mehr habe?«

»Du hast immer noch Fieber, aber nicht mehr so schlimm. Die ganze Zeit hast du gewimmert und von Schlangen gesprochen und auch nach deiner Schwester gerufen ... Wir haben gedacht, dass du es nicht schaffst. Dann aber, nachdem ich dich wieder zusammengenäht habe ...«

Pietro versuchte sich aufzusetzen, was ihm nicht gelang.

»Du musstest mich zusammennähen?«

»Zuerst habe ich dich mit einer der Salben deiner Mutter behandelt«, erklärte Justina. »Sie hat hier in der Hütte mehrere Tiegel zurückgelassen. Vielleicht für deinen Stiefvater oder aber weil sie wusste, dass du wieder hierherkommst ... Die Leute sagen, dass deine Mutter bestimmte Dinge vorausahnt.«

Sie seufzte und Pietro fiel wieder ein, dass sie ihre eigene Mutter nie gekannt hatte.

»Woher weißt du, dass sie ... was sie macht?«

»Dass sie eine Heilerin ist? Das weiß doch ganz Ateste! Mein Bruder Constantinus ist mal vom Feigenbaum heruntergefallen und hatte eine riesige Platzwunde am Kopf. Deine Mutter hat ihn mit einer ihrer Salben behandelt und er ist wieder gesund geworden. Das Zeug stank ganz fürchterlich, und als ich gemerkt habe, dass einer der Tiegel hier genauso stank, habe ich gedacht, dass es die Wundsalbe sein muss. Doch die Wunde schloss sich nicht richtig und da ist mir wieder eingefallen, dass deine Mutter damals die Platzwunde meines Bruders zuerst zusammengenäht hat, bevor sie die Salbe drauf tat. Und dann habe ich es auch so gemacht.« Ihre Stimme zitterte, so als würde der Gedanke daran ihr auch jetzt noch Angst machen. »Es war nicht leicht, ganz und gar nicht. Du hast im Schlaf geweint, Titus hat versucht, dich festzuhalten, und du hast nach ihm geschlagen und nur knapp sein Gesicht verfehlt.«

»Konntest du die Wunde zunähen?«, fragte Pietro.

»Ich wusste nicht, was ich sonst tun sollte«, antwortete Justina. »Du hattest viel Blut verloren. Jetzt blutest du nicht mehr so stark.«

»Ich will es sehen«, sagte Pietro.

»Ich glaube, das ist keine gute Idee.«

»Ich muss aber.«

Justina schob seine Tunika so weit hoch, dass ein blutgetränktes Stoffstück zum Vorschein kam.

Sie wollte es berühren, doch Pietro sagte: »Danke, das mache ich selbst.«

Allein schon seine Fingerspitzen in die Nähe des Verbands zu bringen, führte zu einem Schweißausbruch. Dennoch verschob Pietro den Stoff behutsam. Er wusste, dass ein schneller Ruck weniger schmerzen würde, doch er wollte nicht, dass die Wunde aufriss.

Der Anblick des Schnitts löste Brechreiz bei ihm aus. Er sah wirklich schlimm aus, war so lang wie seine Hand und rot und noch ziemlich frisch. Ein weißer Faden verlief im Zickzack hindurch. Alles in allem sah die Wunde sauber aus und roch nicht schlecht. Seine Mutter hatte ihm beigebracht, dass Wunden niemals stinken durften, denn der unangenehme Geruch bedeutete, dass das Fleisch faulte, und das führte gewöhnlich zum Tod.

Er wollte den Stoff wieder darüberlegen, doch Justina sagte: »Warte, ich streiche erst noch mehr Salbe darauf.«

Sie nahm einen Tiegel mit einer grünlichen Paste, die Pietro sehr gut kannte. Seine Mutter hatte sie als hochwirksames Mittel bezeichnet, obwohl die Salbe penetrant nach Hühnermist, saurer Milch und Minze roch. Justina tauchte zwei Finger in den Tiegel und bestrich die Wunde vorsichtig mit der Salbe. Der durchdringende, furchtbare Schmerz kehrte sofort zurück und erneut verlor Pietro das Bewusstsein.

Als er wieder zu sich kam, war es Nacht und Justina und Titus unterhielten sich leise.

»Was, glaubst du, geschieht mit ihm?«, fragte Titus gerade.

»Ich weiß es nicht«, antwortete Justina. »Hast du schon jemals gehört, dass ein Mensch von einem Schwert durchbohrt wurde und es überlebt hat?«

Pietro dachte: Nein, so etwas habe ich noch nie gehört.

»Also wird er sterben?«

»Es kann immer noch ein Wunder geschehen.«

»Und wie lange wird es dauern, bis es geschieht?«

»Das weiß ich nicht.«

»Mit jedem Tag, der vergeht, wächst die Gefahr, dass sie uns hier entdecken, und dann …«

»Er kann nicht reisen«, unterbrach ihn Justina. »Dafür ist er viel zu schwach.«

»Aber vielleicht haben wir keine andere Wahl«, entgegnete Titus.

Pietro hätte ihnen gerne gesagt, dass sie sich um ihn keine Sorgen machen mussten, doch ihm fehlte die Kraft dazu und er schlief wieder ein.

Er träumte, dass seine Schwester Aurora zu ihm sagte: »Du hast es geschafft. Du brauchst keine Angst zu haben, jetzt wird alles gut.«

Er würde es ihr so gerne glauben.

Als Titus ihn am nächsten Morgen weckte, bat Pietro ihn: »Erzählst du mir, was passiert ist und wie ich hierhergekommen bin?«

Die Geschichte war nicht besonders lang: Nachdem Adlers Pferd durchgegangen war und die Linien durchbrochen hatte, war Titus mitten ins Kampfgeschehen geraten. Eine Weile hatte er gekämpft, dann hatte er sich in einem Wäldchen in Sicherheit bringen können, was zwar nicht besonders ehrenhaft gewesen war, ihm aber das Leben gerettet hatte.

Die Schlacht endete in der Nacht mit der Niederlage der Römer. Die wenigen Überlebenden flohen in Richtung Fluss oder auf die Hügel, während die Hunnen über Ateste hereinbrachen … Da fiel Titus eine kleine Stute auf, die auf dem Schlachtfeld herumirrte.

»Ihre Nase und die Füße waren blutrot, der übrige Körper war weiß und ich habe sie sofort wiedererkannt. Constantinus, nein: Justina war auf ihr geritten, als ihr zurückgekehrt seid. Ich bin zu der kleinen Stute gegangen, aber sie ist weggelaufen. Ich bin hinterher und sie hat mich geradewegs zu dir geführt. Ich weiß, dass es verrückt klingt, aber es war, als wollte sie Hilfe holen, als ob sie dich retten wollte … Kannst du dir das vorstellen? Und es war ein großes Glück, denn so habe ich dich in diesem Loch gefunden, wo ich niemals nachgesehen hätte.«

Titus hatte den bewusstlosen Pietro auf den Rücken der Stute gelegt, und weil er keinen anderen Ort wusste, war er mit dem Pferd zum Schweinepferch gegangen, quer durch die Wälder, um nicht entdeckt zu werden. Er hoffte, dass die Hunnen diese abgelegene Stelle nicht aufsuchen würden.

Doch in der Hütte war schon jemand: Justina.

»Aber diesen Teil der Geschichte muss sie dir selbst erzählen. Ihr Vater hatte kurz vor der Schlacht noch versucht, sie auf ein Boot zu bringen, doch sie ist weggelaufen und hat mir später erzählt, dass sie ungefähr wusste, wo du wohnst, und gehofft hat, dich dort anzutreffen.«

Titus und Justina waren mit ihm in der Hütte geblieben und hatten ihn gepflegt. In der Zwischenzeit war die Stadt von den Hunnen zerstört worden, ebenso wie das Haus des Senators. Die Welt, in der Pietro gelebt hatte und die ihm bis vor Kurzem so unveränderbar vorgekommen war wie der Wechsel der Jahreszeiten, war für immer untergegangen.

Doch Pietro lebte – zumindest jetzt noch – und war bei seinen Freunden. Es hätte auch viel schlimmer kommen können.

Die Tage vergingen und das Fieber sank.

Pietro verbrachte viel Zeit alleine, weil Titus und Justina auf der Suche nach Nahrung durch die Gegend streiften.

Eines Tages beschloss Pietro, dass es Zeit war, sich auf die Probe zu stellen. Mit zusammengebissenen Zähnen setzte er sich das erste Mal auf. Sein Bauch tat ihm so weh, dass er ihn sich am liebsten herausgerissen hätte, doch es gelang ihm, aufrecht sitzen zu bleiben, obwohl ihm furchtbar schwindelig war. Dann drehte er sich auf die Seite und ließ sich auf alle viere nieder.

Als er versuchte, sein Gewicht auf die Arme zu verlagern, gaben diese nach. Er schlug mit dem Gesicht auf dem Fußboden auf und die Haut um die Wunde spannte. Fast wäre er in Ohnmacht gefallen, doch er schaffte es, bei Bewusstsein zu bleiben.

Er versuchte es von Neuem. Setzte sich auf. Wartete. Drehte sich auf die Seite. Stützte die Hände am Boden auf. Dieses Mal blieben seine Arme gestreckt und er verharrte eine Weile auf allen vieren. Mit den Zehen stemmte er sich gegen den Boden, versuchte dann, die Beinmuskeln anzuspannen, um sich aufzurichten …

»Pietro!«

Justina kam in die Hütte gelaufen. Sie hatte den vorderen Saum ihrer Tunika angehoben und den Stoff als Tasche eingesetzt. Als sie den Saum losließ, rollten Dutzende reifer Feigen durch die Hütte.

»Was machst du da? Du darfst noch nicht aufstehen. Die Wunde könnte wieder aufreißen … Es war nicht einfach, sie zuzunähen, das kannst du mir glauben.«

Pietro dachte an das Hunnenlager zurück, als sie und Ausonius versucht hatten, den Verletzten zu helfen, und Justina vor dem Blut der Hunnenkrieger zurückgewichen war. Für ihn dagegen hatte sie Nadel und Faden in die Hand genommen und ihn wieder zusammengenäht. Das hatte sicherlich viel Mut erfordert.

»Ich muss aufstehen«, sagte er.

»Nein.«

»Doch. Ich muss laufen üben, damit wir aufbrechen können.«

Justina schaute ihn lange an. »Wo willst du hin?«

»Zum Meer.«

Wenn Ateste gefallen war und die Barbaren alles erobert hatten, konnten sie unmöglich hier bleiben. Sie mussten weg. Die Frage war allerdings, in welche Himmelsrichtung sie fliehen sollten.

Im Norden gab es nichts als Hügel und dahinter Patavium, von dem jetzt wohl nur noch ein Haufen rauchender Trümmer übrig war.

Im Süden lag Ravenna, die Hauptstadt des Weströmischen Reichs. Vielleicht ein geeigneter Zufluchtsort, doch sehr weit entfernt und Pietro wusste nicht, ob seine Kräfte für diese lange Reise reichten.

Dann war da noch der Westen. Das würde bedeuten, den Athesis stromaufwärts zu fahren, was ziemlich mühselig war. Hinzu kam, dass dies die Richtung von Mediolanum war und er, Pietro, mit eigenen Ohren gehört hatte, dass Attila die Eroberung dieser Stadt plante.

Blieb also nur noch eine Möglichkeit: Osten. Auf dem Athesis stromabwärts fahren bis zum Meer. Eine einfache, schnelle Reise. Und die Barbaren liebten das Wasser nicht. Mit Ausnahme von Altinum, das an der Römerstraße lag, hatten sie die Küstenstädte gemieden und alle Sümpfe.

»Mein Vater ist dorthin«, sagte Justina.

Sie verzog das Gesicht und Pietro dachte, dass möglicherweise genau das das Problem war. Er wollte zum

Meer, um seine Mutter zu finden und sich mit den anderen Geflüchteten zusammenzutun. Doch Justina war vor dem Senator geflohen und hatte vielleicht jetzt Angst davor, ihn wiederzusehen.

»Ich weiß«, sagte Pietro nur, und dann: »Hilfst du mir?«

»Was soll ich tun?«

»Komm her, ganz nah zu mir.«

Justina hockte sich neben ihn und ließ es zu, dass er sich mit den Händen an ihrem Rücken abstützte. Ihre Haut unter dem Kleid strahlte Wärme aus, er hielt sich an ihren mageren Schultern fest und hatte Angst, sie zu zerbrechen.

»Und jetzt?«, fragte sie. Ihr Atem roch frisch und nach Sonne.

»Steh auf«, sagte Pietro. »Ich versuche, zusammen mit dir aufzustehen.«

Justina richtete sich ganz langsam auf und Pietro nutzte die Bewegung, um sich an ihr hochzuziehen.

Er spürte, wie sie zögerte. »Du bist schwer«, erklärte sie, und er versuchte, sich leichter zu machen, indem er seine Beine stärker belastete.

Als seine Kraft ihn verließ und er abrutschte, umfing Justina seine Taille, damit er nicht stürzte. Dabei berührte sie seine Wunde und Pietro schrie vor Schmerz auf. Wieder kamen Schweißausbruch und Schmerz, er klammerte sich an sie wie ein Ertrinkender an einen schwimmenden Baumstamm.

Keuchend verharrten sie eine Weile in dieser Position, bis Justina fragte: »Soll ich dich runterlassen?«

»Nein, ich schaffe das schon.«

Es war eine Frage der Geduld. Sie wiederholten den

gesamten Ablauf, eine Bewegung nach der anderen und endlich stand Pietro aufrecht auf eigenen Beinen.

Als ihm das gelungen war, stellte er fest, dass sie dicht an dicht standen, ihre Körper aneinandergeschmiegt.

»Oh, Pietro, ich hatte solche Angst, dich zu verlieren!«, sagte Justina.

Und er antwortete: »Ich auch. Ich hatte mich verloren. Aber zum Glück hast du mich wiedergefunden.«

ZEIT, ABSCHIED ZU NEHMEN
UND SICH IN DER HEIMAT
EIN LETZTES MAL UMZUSEHEN.

32

Sie brachen in der Nacht auf und folgten einem schmalen Pfad, der vom Schweinepferch in den Wald führte. Ringsherum war es still und sie konnten in der Dunkelheit kaum etwas sehen. Weil der Pfad schon lange nicht mehr genutzt worden war, war er stark zugewachsen.

Pietro zwang sich, nicht an die Strapazen zu denken, die ihn auf dieser Reise erwarteten, und konzentrierte sich auf das, was zu tun war: einen Schritt zu setzen, dann den Stock. Schritt, Stock, Schritt, Stock.

Titus und Justina gingen vor ihm und führten Pinus, die wiederum ein kleines Boot zog, das sie auf eine Schubkarre montiert hatten.

Auf dem Waldpfad blieb dieses Gefährt ständig an Wurzeln und Ästen hängen und Pietro nutzte die erzwungenen Pausen, um sich auszuruhen. Gleichzeitig hatte er ein schlechtes Gewissen, weil er den anderen lieber geholfen hätte, als sich hinzusetzen.

Immer, wenn er an die Stute dachte, war sein Herz von Dankbarkeit erfüllt. Pinus hatte ihm das Leben gerettet, indem sie ihn in dem Loch aufgespürt hatte, und als er wieder laufen konnte und das erste Mal die Hütte verlassen hatte, hatte sie ihm die Nase entgegengestreckt, ohne ihn aber zu berühren, wie um ihm nicht wehzutun.

»Ich danke dir«, hatte Pietro gesagt und sie lange hinter den Ohren gekrault.

Stock, Schritt, Stock.

Erst an diesem Nachmittag hatten sie beschlossen, ihre Reise anzutreten. Zuvor war Titus mit Pinus in der Stadt gewesen und hatte bei seiner Rückkehr im Regen auf der Römerstraße eine lange Kolonne Hunnen gesehen. Sie hatten Ochsengespanne dabeigehabt, die Karren und Kriegsmaschinen zogen. Titus hatte einige Goten und Sarmaten angesprochen, die diese Karawane begleiteten, und von ihnen erfahren, dass Patavium gefallen und die vollständige Armee losmarschiert war, um weitere Städte und Gebiete zu erobern.

Deshalb mussten sie jetzt los, denn wenn so viele Hunnen in Ateste waren, würden sie früher oder später die Umgebung der Stadt erkunden, nach Essbarem suchen und dann …

Stock, Schritt, Stock.

Die Straße konnten sie nicht nehmen, dort waren die Hunnen unterwegs. Also blieben ihnen nur die Waldpfade. Bis zu der Stelle, wo die Römerstraße vom Fluss abbog, waren es zwei römische Meilen. Dort konnten sie in ihrem Boot, das Titus in der Nähe von einem verlassenen Bauernhof gefunden hatte, auf dem Athesis weiterfahren, stromabwärts dem Meer entgegen, ohne Angst vor den Hunnen haben zu müssen.

Zwei römische Meilen? Pietro wusste, wie lang diese Strecke war, und doch kam sie ihm in dieser Nacht endlos vor. Jede einzelne Bewegung war reine Folter und nach jedem Schritt war ihm, als ob seine Kraft für den nächsten nicht mehr reichen würde.

»Wie geht es dir?«, fragte Justina.

»Geht so.«

»Soll ich mir deine Wunde anschauen?«

Wozu? Gleichgültig, ob sie wieder blutete oder nicht: Sie mussten in jedem Fall weiter.

Pietro dachte an seine Schwester. Ihm war, als sähe er Aurora wie ein Glühwürmchen zwischen den Ästen der Bäume schweben, als lächle sie ihn an. Dann hörte er auf zu denken, er war nur noch ein Körper, der sich langsam vorwärtsbewegte, eine Schildkröte, die sich den Weg entlangschleppte.

Auf einmal sah er jenseits der Bäume Licht, flackernden Feuerschein. Unsicher schwankte er weiter. Justina folgte ihm mit Titus.

Sie hatten das Ende des Pfads erreicht, die Stelle, wo er in die Straße zum Fluss mündete. Allerdings gab es da zwei Probleme, die sie nicht bedacht hatten. Erstens mussten sie die Straße überqueren, um ans Wasser zu kommen. Und zweitens bedeutete dies, sich irgendwie zwischen den Reihen der Feinde hindurchschleichen zu müssen.

Als Pietro merkte, dass sie in eine Falle geraten waren, begann sein Herz zu rasen. Jenseits der letzten Bäume, hinter denen sie kauerten, sah er Attilas riesige Armee, allerdings nicht in Kampf- sondern in Marschformation. Die Männer waren vermutlich den ganzen Tag geritten und hatten bei Anbruch der Dunkelheit unmittelbar an der Straße haltgemacht. Sie hatten sich auf den umliegenden Wiesen ausgebreitet und vielleicht auch im Wald, durch den sie selbst gerade noch sorglos und leichtsinnig gezogen waren.

Pietro bemerkte einen Barbaren, der nur einen Steinwurf von ihm entfernt unter einem Strauch lag, einen anderen sah er etwas weiter vorne und dahinter den Schein der allmählich herunterbrennenden Lagerfeuer.

Allmächtiger Gott, hilf mir, dachte er. Oder hilf lieber Titus und Justina und lass mich hier zurückbleiben, damit ich nicht mehr leiden muss.

»Verdammt«, flüsterte Titus. »Was machen wir jetzt?«

»Pst! Lass ihn nachdenken«, sagte Justina leise. »Sicherlich hat Pietro schon einen Plan, oder?«

Nein, es gab keinen Plan. Nur eine letzte Tat, eine Verzweiflungstat.

»Ich gehe als Erster rüber«, entschied er.

»Was? Wie denn?«

»Von hier aus. Zu Fuß. Langsam. Mit meinen beiden Stöcken«, antwortete er. »Ich versuche, die Straße zu überqueren und auf die andere Seite zu kommen. Sie schlafen alle, vielleicht wachen sie nicht auf. Es ist am besten, wenn ich als Erster gehe, denn ich bin langsam, und falls sie etwas bemerken, kann ich nicht weglaufen und mich verstecken. Ich bin der Lockvogel. Wenn alles gut geht, bedeutet es, dass ihr mit Pinus und dem Boot folgen könnt.«

»Das ist doch Unsinn«, widersprach Justina. »Du kannst die Straße nicht hier überqueren, wo so viele Hunnen sind.

Aber wenn wir am Waldrand entlanggehen, vielleicht noch zwei oder drei weitere Meilen …«

Allein schon der Gedanke daran bereitete Pietro Schmerzen und er stöhnte.

»Ich kann nicht mehr so weit laufen«, sagte er. »Außerdem ist diese Karawane womöglich länger als zwei Meilen. Abgesehen davon ist der Wald voller schlafender Hunnen, sie könnten uns trotzdem entdecken. Also versuchen wir es lieber hier.«

»Aber was ist mit den Wachen? Sie stellen doch immer Wachen auf.«

»Lasst uns hoffen, dass die ebenfalls schlafen.«

»Und wenn nicht?«

»Dann bin ich tot und ihr rennt los, ohne euch umzudrehen.«

Justina und Titus wechselten einen Blick und Pietro beschloss, ihnen keine Zeit zum Nachdenken mehr zu lassen. Er tat, als spüre er die Angst nicht, die ihm die Kehle zusammenpresste, und lief los.

»Bleib stehen!«, zischte Justina, doch er trat unter den Bäumen hervor und schleppte sich über die von hohen Gräsern bewachsene Wiese.

Als er einen Fuß auf den ersten Pflasterstein stellte, durchfuhr ihn augenblicklich ein starker Schmerz an der verletzten Seite. Ein kalter Wind erfasste ihn und er wusste nicht, ob es ein echter Wind war oder nur seine eigene Angst. Denn er tat es jetzt wirklich: Verletzt und auf zwei Stöcke gestützt hinkte er durch ein Lager, in dem tausend Hunnen schliefen. Einer von ihnen lag so nahe, dass er ihn riechen konnte.

Er wird aufwachen, dachte Pietro, er wird mich sehen und alles ist zu Ende.

Ihn überkam das Bedürfnis zu rennen, doch das konnte er nicht. Also atmete er einmal, zweimal tief durch, um sich zu beruhigen. Und hinkte weiter.

Er hatte schon beinahe die Straßenmitte erreicht, als er rechts von sich, hinter der Kurve, Stimmen hörte. Zwei oder drei singende Hunnen, sie mussten betrunken sein.

Pietro stellte sich vor, dass sie im nächsten Moment um die Kurve biegen würden. Sie würden ihn sehen und er konnte nichts tun, um ihnen zu entkommen.

Er begann zu zittern, und ohne dass er wusste, warum, musste er plötzlich an eine Wildente denken, die er vor zwei oder drei Jahren mal im Wald gesehen hatte. Die Ente war einen Pfad entlanggewatschelt, als hinter einem Strauch ein Fuchs auftauchte. Weil es sogar zum Auffliegen zu spät war, hatte sich die Ente zu Boden fallen lassen und war reglos liegen geblieben, wie vom Blitz getroffen. Der Fuchs war zu ihr gesprungen, hatte an ihr geschnuppert und sie mit dem Maul gepackt, und auch da rührte die Ente sich nicht. Der Fuchs, der sich über die leichte Beute sicherlich gefreut hatte, hatte sie in den Wald hineingezerrt. Doch als er die Ente absetzte, um zu verschnaufen, wurde sie schlagartig wieder lebendig, breitete die Flügel aus und flog davon.

Pietro hatte oft über dieses Erlebnis nachgedacht und jetzt … mitten in der Nacht, verletzt und kraftlos und mit den immer näher kommenden Hunnen, beschloss er, dass seine einzige Chance darin bestand, sich wie jene Ente zu verhalten.

Er sank vorsichtig zu Boden und blieb auf den feuchten Pflastersteinen liegen. Bemüht, sich möglichst wenig zu bewegen, tat er, als sei er einfach nur ein weiterer Hunne, der sich schlafen gelegt hatte. Sein Herz schlug immer schneller, die Stimmen wurden lauter, sie lachten. Pietro bewegte ein wenig den Kopf: Vier schwankende Barbaren, die sich aneinander festhielten, kamen ihm entgegen.

Ungefähr fünf Schritte vor ihm blieben sie am Straßenrand stehen, zogen ihre Tuniken hoch und pinkelten gemeinsam. Vier Urinstrahlen rieselten durch die Dunkelheit und ein Mann, der in der Nähe schlief, sprang auf, weil sie ihm fast auf den Kopf pinkelten, und begann zu schreien. Die anderen antworteten unfreundlich, die Stimmen wurden lauter und der, der kurz zuvor noch geschlafen hatte, zog ein Messer.

Währenddessen lag Pietro immer noch auf der Straße, in unmittelbarer Nähe des Geschehens. Er dachte, dass es gleich zum Kampf kommen würde, doch die vier waren dafür viel zu betrunken. Sie hoben entschuldigend die Hände, gingen weiter, fünf oder sechs Schritte, legten sich mitten auf die Straße und begannen sofort zu schnarchen.

Auch der Mann, den sie geweckt hatten, legte sich wieder hin. Pietro hörte, wie er leise fluchte und sich eine Weile noch am Straßenrand hin und her wälzte. Schließlich stand er auf und ging zu den Bäumen, wo der Boden weicher war.

Pietro wartete ab, betrachtete die Sterne und spürte die Kälte der Nacht. Nach einer Weile beschloss er weiterzugehen.

Doch er konnte nicht aufstehen. Es war, als ob sein Körper beim Totstellen beschlossen hätte, lieber tot zu bleiben. Pietro kam nicht mehr hoch. Er hatte keine Kraft mehr.

Also kroch er. Er streckte einen Arm vor, dann den anderen. Die Steine zerkratzten ihm das Gesicht, er hielt die Augen geschlossen. Wie breit die Straße doch war. Um sie zu überqueren brauchte er länger als zuvor durch den Wald. Dabei war er so müde, so entsetzlich müde, er konnte nicht mehr. Schluss.

Auf einmal merkte er, dass seine Hände keine Steine mehr berührten, sondern Gras, also war er angekommen. Vielleicht. Auf der anderen Seite.

Er lächelte, aber es wurde ein schwaches Lächeln, das bald erstarb.

Er ließ sich einfach ins Dunkel gleiten.

DIE REISE GEHT WEITER,
ZUM HAUS DER FRAU,
DIE IHRE VERBÜNDETE IST.

33

»Du bist ein kräftiger Kerl, aber du bist nicht unbesiegbar. Das war wirklich knapp!«

Eine Stimme. Eine Stimme, die Pietro kannte. Aber es war nicht die von Justina.

»Ich habe schon schlimme Wunden gesehen, mein Ursus hat sich oft verletzt, aber das hier … Deine Mutter muss eine hervorragende Heilerin sein und deine Freundin hat wirklich gute Arbeit geleistet. Trotzdem begreife ich nicht, wie du das überleben konntest.«

Es gelang ihm nicht, die Augen zu öffnen. Sie hatten ihm etwas auf das Gesicht gelegt. Etwas Frisches, Duftendes. Angenehmes.

»Oder vielleicht weiß ich es doch. Unser Herr im Himmel hat seine Hand schützend über dich gehalten. Eine andere Erklärung gibt es nicht. Das Schwert hat deine Seite durchbohrt, aber nicht die Eingeweide zerschnitten, denn sonst … Ach, das wäre kein schöner Tod gewesen.«

Finger berührten seine Wunde, doch es waren nicht Justinas Finger. Aber sie waren behutsam. Und schnell. Sie bestrichen die Wunde mit etwas, gingen dabei jedoch so zart vor, dass es nicht wehtat.

»Diese Salbe ist nicht so wirksam wie die deiner Mutter, aber etwas Besseres habe ich leider nicht. Also, mein Junge, ganz offensichtlich braucht Gott, der Herr, dich für seine heiligen Zwecke, sonst hätte er dich nicht am Leben gelassen. Glaub mir, es ist so. Wunder geschehen niemals zufällig.«

Noch etwas wurde auf seine Wunde gelegt, ein Verband, der zuerst gespannt und dann mit einem Knoten fixiert wurde. Pietro streckte eine Hand aus, um die Stelle zu betasten.

Die Stimme lachte. »Du bist ja wach. Das hatte ich gar nicht bemerkt.«

Die Finger nahmen das Tuch von seinen Augen und Pietro erblickte ein schmales Gesicht, eingerahmt von grauen Locken. Maria. Die Frau, die am Fluss wohnte und ihm einige Tage zuvor zu essen gegeben hatte, als Lohn für seine Arbeit bei der Traubenlese.

»Erinnerst du dich an mich?«

Pietro nickte.

»Kannst du sprechen?«

»Ja.«

»Aber du tust es nicht so gerne, nicht wahr?« Die Frau lachte. »Jedenfalls bin ich zufrieden: Als deine Freunde zu mir gekommen sind, warst du mehr tot als lebendig, das kannst du mir glauben. Jemand muss sehr eifrig für dich gebetet haben.«

Das Letzte, woran sich Pietro erinnerte, war, dass er die Straße überquert hatte, an der die Hunnen gelagert hatten, und dann ohnmächtig geworden war.

Wie viel Zeit war seither vergangen?

»Heute sind es acht Tage«, sagte Maria, als hätte er seine Frage laut ausgesprochen. »Du hattest sehr hohes Fieber. Es ist wirklich ein Wunder.«

Pietro hatte von Wundern allmählich genug. Er versuchte sich aufzusetzen, doch die Hände der Frau hielten ihn zurück.

»Nein. Du wirst erst aufstehen, wenn du dazu bereit bist.«

»Aber ich kann nicht hierbleiben«, erwiderte Pietro.

»Doch, das kannst du. Das musst du. Schlaf jetzt.«

Und Pietro gehorchte. Als er wieder aufwachte, waren Titus und Justina bei ihm. Sie erzählten ihm, wie sie den Hunnen entkommen waren, wie sie das Boot über die Straße gebracht und es zu Wasser gelassen hatten und wie sie ihn, den Bewusstlosen, Sterbenskranken, zu Marias Haus transportiert hatten. Pietro begriff, dass er den beiden mehr verdankte als nur sein Leben.

»Du brauchst dir jetzt keine Sorgen mehr zu machen«, sagten sie zu ihm, und Pietro beschloss, sie beim Wort zu nehmen, die Tage einfach vorbeiziehen zu lassen, einen nach dem anderen.

Dennoch gelang es ihm nicht, entspannt abzuwarten, bis er wieder gesund war. Der Herbst wurde kälter und ging in den Winter über und der Krieg hatte die Bauern daran gehindert, wie gewohnt ihrer Arbeit nachzugehen, die Ernten waren mager ausgefallen. Pietro, der sein ganzes bisheriges Leben auf dem Land verbracht hatte, ahnte bereits den drohenden Hunger. Außerdem waren sie dort, wo sie sich befanden, nicht wirklich sicher: Überall streunten Hunnen herum, kleine Gruppen, die sich von der großen Armee getrennt hatten, um zu plündern. Ebenfalls überall unterwegs waren Banden von desertierten Legionären, Dieben und Mördern.

Wenn Maria, Titus und Justina von den Feldern zurückkehrten, erzählten sie oft schreckliche Geschichten. Ein in Brand gesteckter Bauernhof, eine im Schlaf ermordete Familie. Pietro hätte gerne etwas getan, doch es ging nicht.

Er lag auf seinem Bett aus Stroh und zählte die Spinnweben an den Deckenbalken. Er dachte nach. Über die Schweine, über die Armee, über Justina, über die Schlachten, über das zerstörte Ateste, über das Schwert, das in seinem Bauch gesteckt hatte. Er dachte an Adler, den er getötet hatte. An den Senator.

Pietro hatte noch eine Rechnung mit ihm offen. Der Senator hatte ihn prügeln lassen und ihn gezwungen, Soldat zu werden, und ihn dann an die vorderste Front geschickt.

Ohne den Senator wäre alles anders gekommen.

Jetzt aber hatte er es satt herumzuliegen. Weil er merkte, dass seine Muskeln nachließen, begann er heimlich, Übungen zu machen. Mit den Füßen fing er an, streckte sie zehnmal aufwärts und abwärts, danach beugte und streckte er die Waden, wieder zehnmal und immer so weiter. Er spannte und entspannte die Muskeln der Oberschenkel, des Hinterns, des Bauchs, des Rückens, der Schultern, der Arme.

Nach und nach kehrte etwas von seiner Kraft zurück

und er konnte endlich aufstehen und bald auch ein paar Schritte gehen.

Als sie eines Abends in der Hütte Gerstenbrei aßen, sagte Maria zu Titus: »Hol mir Wasser.«

Pietro stand anstelle des Freundes auf, holte den Wasserkrug und stellte ihn vor die Frau.

Alle starrten ihn verwundert an, Justina sprang auf und umarmte ihn, bis Pietro grinsend sagte: »Nicht so fest, es ist noch nicht ganz verheilt.«

»Genau«, meinte Maria tadelnd, »wenn deine Wunde jetzt aufgerissen ist, dann lasse ich dich einfach sterben. Das meine ich ernst.«

Am nächsten Morgen begleitete Pietro sie auf die Felder. Er konnte nicht viel arbeiten, zur Frühstückszeit war er bereits erschöpft und Maria befahl ihm, zur Hütte zurückzukehren. Doch am folgenden Tag ging es schon ein bisschen besser und nach einer Woche arbeitete er bis zum Sonnenuntergang.

Die Wunde musste kaum noch versorgt werden, sie war zusammengewachsen, wenn auch sehr unregelmäßig, mit hässlich ausgefransten Rändern.

»Du wirst eine Narbe zurückbehalten«, sagte Maria.

Das war Pietros geringste Sorge. Was ihn vor allem beunruhigte, war, dass ihre Vorräte nicht über den Winter reichen würden. Außerdem konnten jederzeit Plünderer auftauchen und ihnen das wenige wegnehmen, das sie hatten.

Beim Abendessen, als sie alle am Feuer saßen, sprach er mit den anderen darüber.

»Wir müssen weg von hier. Wir nehmen so viel mit, wie

wir können, und gehen zum Meer, wo unsere Familien sind.« Er schaute Maria an. »Bitte komm mit uns mit.«

»Nein«, protestierte sie. »Mein Zuhause ist hier.«

»Hier gibt es nichts mehr, außer Gefahr und Hunger.«

»Ich habe einen Mann und vier Söhne. Wenn sie zurückkommen und ich nicht da bin, was sollen sie dann tun?«

Pietro nahm an, dass alle fünf bereits tot waren, sprach es aber nicht aus.

»Wir lassen ihnen eine Nachricht da«, schlug er stattdessen vor. »Wir basteln aus einer Nussschale ein kleines Boot und stellen es auf den Tisch, sie werden verstehen und nachkommen. Und wenn du willst, kannst du nächsten Sommer wieder hier sein, du brauchst nur den Athesis hinaufzufahren. Aber jetzt musst du mit uns mitkommen.«

»Es ist mein Zuhause«, wiederholte Maria.

»Auch ich hatte ein Zuhause und habe es verlassen. Ebenso Justina und Titus. Man kann an einen anderen Ort weiterziehen. Wichtig ist nur, dass man die Menschen mitnimmt, die man liebt.«

»Ich habe Nein gesagt.«

Justina beugte sich vor und nahm Marias Hände. »Ich habe gehört, dass sich die überlebenden Legionäre ans Meer geflüchtet haben … Vielleicht sind dein Mann und deine Söhne ja schon dort.«

Sie schwiegen.

Nach einer Weile stand Maria auf, um Holz nachzulegen. »Überlegt doch mal«, sagte sie. »Ja, hier ist es gefährlich und wir haben wenig zu essen, das stimmt. Aber woher wollt ihr wissen, dass es am Meer besser ist? So viele Menschen sind in die Sümpfe geflohen, wo es nur Schlamm und Unkraut gibt und keine Felder, auf denen man etwas anbauen kann. Was finden sie dort zu essen? Nichts, aber auch gar nichts, lasst euch das von mir gesagt sein.«

»Wir haben ein Boot«, erwiderte Titus. »Wir können Fische fangen. Ich kann das ziemlich gut.«

»Wichtig ist nur, dass wir von hier weggehen«, sagte Pietro. »Hier gibt es nur noch Trümmer. Glaubt mir, am Meer werden wir es leichter haben.«

»Wie kannst du dir da so sicher sein?«, wollte Maria wissen.

Justina lächelte. »Pietro hat den Kopf voller Ideen. Ich kann sie beinahe hören, sie summen so laut wie Bienen. Aber er wird uns nichts verraten, weil es eine Überraschung sein soll.« Sie nahm seine Hand. »Stimmt doch, oder?«

AUF DEN FELDERN
ERNTEN SIE DEN PROVIANT
FÜR DIE NÄCHSTE ETAPPE
DER REISE.

In der Nacht vor ihrem Aufbruch konnte Maria nicht schlafen. Pietro hörte sie laut atmen. Vielleicht weinte sie.

Er stand von seinem Nachtlager auf und ging zu ihr. »Schau mich an, ich war tot und jetzt bin ich wieder bei euch. Am Ende wird alles gut.«

Maria sagte nichts darauf, doch sie hörte auf zu weinen.

Am Morgen wachten sie kurz vor Sonnenaufgang auf und gingen zusammen zum Fluss. Sie hatten beschlossen, dass Pietro, Justina und Maria im Boot fahren würden, während Titus ihnen mit Pinus auf einem grob gezimmerten Floß aus Baumstämmen folgte.

Eigentlich wäre Pietro gerne selbst mit Pinus auf dem Floß gefahren – ihm war, als schulde er es der treuen kleinen Stute –, doch das Floß war schwer und er war noch nicht kräftig genug, um es zu lenken. Das Boot dagegen war leicht und Justina und Maria konnten sich mit ihm am Ruder abwechseln.

»Wäre es nicht besser, Boot und Floß mit einem Seil zu verbinden?«, fragte Titus.

Doch Pietro war anderer Meinung, denn wenn eines ihrer Fahrzeuge in Schwierigkeiten geriet, dann würde wahrscheinlich auch das zweite kentern. Sie hatten sich lange Ruder gemacht, die sie sowohl zum Lenken als auch zum Staken einsetzen konnten.

Schließlich legten sie ab. Maria, die ihr ganzes bisheriges Leben am Fluss verbracht hatte, war noch nie auf ihm gefahren. Ängstlich kauerte sie in der Bootsmitte und stieß bei jeder Welle ein »Uuuh!« hervor. Dazwischen betete sie so inbrünstig, dass sich Justina und Pietro ein Grinsen nicht verkneifen konnten.

Dabei war der Athesis alles andere als ein gefährlicher Fluss, und weil auch das Floß stabil war und ihnen keine Probleme bereitete, wurde es eine bequeme und sorglose Flussfahrt. Gelegentlich begegneten sie anderen Booten, die ebenfalls stromabwärts, jedoch schneller als sie unterwegs waren. An Bord waren vor allem Flüchtlinge, Leute aus der Ebene, die versucht hatten, gegen die Hunnen Widerstand zu leisten, und sich jetzt am Meer in Sicherheit bringen wollten.

Sie riefen einander von Boot zu Boot Fragen und Informationen zu.

»Die Dörfer stromaufwärts sind vollständig zerstört.«

»In meinem Dorf hausen jetzt Banditen.«

»Am Meer haben sich schon Tausende von Menschen versammelt.«

»Die Hunnen sind hinter uns her.«

»Nein, das ist nicht wahr, die Hunnen sind umgekehrt.«

Es war nicht einfach zu entscheiden, ob die Informationen stimmten, aber bald würden sie sich selbst eine Meinung bilden können.

Am Spätnachmittag legten sie am Ufer einer Flussschlaufe eine Pause ein. Hier wuchsen hohe Gräser, die ihnen bis zum Nabel reichten, und ein Esskastanienbaum. Sie brauchten nur mit einem Stock gegen den Stamm zu schlagen und reife Früchte fielen zu Boden.

Sie befreiten die Esskastanien aus ihrer stacheligen Hülle, schnitten die braunen, glänzenden Schalen ein und legten die Kastanien ins Feuer. Nach einer Weile schoben sie sie vorsichtig mit dem Stock aus der Glut und konnten sie schälen und essen.

Anschließend sammelten sie weitere Esskastanien, als Vorrat für die kommenden Tage, und schlugen ihr Nachtlager auf, weil es mittlerweile schon früh dunkel wurde.

Am folgenden Morgen fuhren sie weiter. Lange Nebelschwaden zogen sich durch die Felder und Wälder, an denen sie vorbeikamen. Die Ebene verwandelte sich allmählich in einen Sumpf. Vom Fluss gingen zunehmend mehr Kanäle ab, hier und da bildete er kleinere und größere Teiche. Die Strömung war zu schwach geworden, um sie weiterzutreiben, und so stakten Titus und Pietro Floß und Boot im Stehen.

Als die Abenddämmerung einsetzte, bemerkte Justina eine schwarze Rauchsäule, die sich schnurgerade in den Himmel erhob. Sie hielten im Labyrinth der Kanäle, Teiche und kleinen Inseln darauf zu, bis sie an einem Ufer Zelte und Schilfhütten entdeckten. Ein großes Feuer brannte, und im Vertrauen darauf, dass es nicht von Barbaren entzündet worden war, stakten die beiden Jungen darauf zu.

»Sprecht ihr Latein?«, rief Titus zum Ufer hinüber. »Versteht ihr mich?«

Sie ließen Floß und Boot näher herangleiten.

»Versteht hier jemand meine Sprache?«, wiederholte Titus seine Frage.

Dieses Mal bekamen sie eine Antwort.

Aber nicht die, mit der sie gerechnet hatten.

DER AM UFER ABGESCHOSSENE PFEIL
BLEIBT IN DER BOOTSWAND STECKEN.
FAHRT WEITER, BEDEUTET DER PFEIL,
WIR WOLLEN EUCH HIER NICHT.

35

Ein Pfeil.

Sie hatten eine lange Reise unternommen, waren nun dort angelangt, wo Land und Wasser ineinander übergingen, waren endlich auf Flüchtlinge gestoßen, die ebenso wie sie Römer waren.

Doch anstatt willkommen geheißen zu werden, wurden sie mit Waffen bedroht.

Als der Pfeil durch die Luft flog, durchlebte Pietro nochmals die Schlacht, sah die Hühnerstalltür vor sich, die ihm als Schild gedient hatte, den glasigen Blick seines Freundes, den Staub, das Pferd, dem er die Kehle durchgeschnitten hatte. Er sah Adler und das Schwert, das dieser in seinen Bauch gerammt hatte, Adler, dem er mit eigenen Händen das Leben genommen hatte.

Es war nicht Angst, was er empfand, sondern etwas viel Schlimmeres, eher die Gewissheit, dass ihm gleich der Himmel auf den Kopf fallen und ihn erdrücken würde.

»Weg!«, sagte er mit erstickter Stimme. »Wir müssen weg von hier, bitte, sofort!«

Titus hatte bereits begonnen, das Floß zu wenden, er war bleich im Gesicht.

So schnell sie konnten, kehrten sie um und stakten auf die offene Lagune zu.

»Warum haben sie uns verjagt?«, fragte Justina.

»Sie hatten Angst«, antwortete Maria.

»Vor zwei Jungen, zwei Frauen und einem kleinen Pferd?«

»Angst kann man nicht erklären, sie ist einfach da.«

Sie fuhren in ein Schilffeld hinein. Die Sonne ging schon unter und Pietro spürte, wie das Wasser immer seichter wurde. Sie mussten aufpassen, um nicht im Schlamm stecken zu bleiben.

»Schaut nur«, sagte Justina nach einer Weile verwundert, »das Wasser steigt. Ich bin mir ganz sicher. Vorhin war da vorne eine mit Gras bewachsene kleine Insel, jetzt sieht man sie gar nicht mehr.«

»Die Flut kommt«, erwiderte Maria.

Pietro und Justina wussten nicht, was »Flut« bedeutete, und so erklärte Maria ihnen, dass das Meer niemals stillstand, es schwappte vor und zurück wie das Wasser in einem Eimer, den man vom Brunnen nach Hause trug. Zweimal am Tag wich es zurück und wurde an den Ufern immer seichter und zweimal stieg es wieder an.

»Du hast gesagt, du bist noch nie in einem Boot gefahren«, erinnerte Pietro sie.

»Aber ich habe viele Seeleute gekannt«, entgegnete Maria. »Und genau deshalb mag ich das Wasser nicht: Ich weiß, wie gefährlich es sein kann.«

Die Flut ermöglichte ihnen weiterzufahren und so gelangten sie in eine für sie vollkommen neue Welt. Sie konnten nicht mehr erkennen, wo das Wasser aufhörte und der Himmel begann.

Die Lagune war wie eine Eisplatte, eine schier unendliche, spiegelglatte Fläche, aus der hier und da Landzungen, Schilffelder und kleine sumpfige Inseln ragten, und jedes Mal, wenn Pietro das Ruder auf den Boden der Lagune stieß, hörte er das Schmatzen des Schlamms. Er sah Wildenten auffliegen.

»So einen Ort habe ich noch nie gesehen«, sagte Justina.

Pietro fand diese Landschaft seltsam und schön. Er verspürte ein Glücksgefühl, das immer stärker wurde. Wenn das hier seine neue Heimat werden sollte, würde er nach und nach die Positionen der Inseln ebenso kennen, wie er die Waldwege gekannt hatte. Dann würde der Rhythmus von Ebbe und Flut sein Leben bestimmen, so wie es früher von seiner Arbeit mit den Schweinen bestimmt worden war.

»Pinus ist müde«, rief Titus vom Floß herüber. »Sie muss sich mal ein bisschen bewegen, wir sollten an Land gehen.«

Tatsächlich wurde es allmählich dunkel und Pietro lenkte das Boot auf das Ufer – oder vielleicht eine Insel – zu, das konnte er nicht so genau erkennen. Jedenfalls waren dort Zelte und ein Zaun aus zugespitzten Pfählen, der so etwas wie eine kleine Festung bildete.

»Lasst uns lieber weiterfahren«, meinte Justina, »nicht, dass sie wieder mit Pfeilen auf uns schießen.«

Pietro nickte.

Schließlich fanden sie eine mit Schilf bewachsene Insel,

die wie ein Hügel aus dem Wasser ragte. Sie beschlossen, hier anzulegen, da die hohe Kuppe auch bei Flut trocken bleiben würde. Justina sprang als Erste aus dem Boot und prüfte den Boden, der ihr einigermaßen fest erschien.

Nun legte auch das Floß an. Pinus schaute sich verwundert um, während ihre Hufe im Schlamm versanken. Pietro streichelte sie und versuchte sie zu beruhigen. Er flüsterte ihr zu, dass die Insel ihr neues Zuhause werden würde. Pinus schien ihn verstanden zu haben, denn sie schnaubte laut und begann sogleich, junge Schilfblätter zu fressen.

Sie knickten Schilfstängel ab, um eine feste Unterlage für ihr Nachtlager zu schaffen, und sammelten altes Schilf für das Feuer.

»Heute Nacht wird es kalt«, sagte Maria. »In meiner Hütte hatten wir es gemütlicher.« Doch sie lächelte dabei, denn auch ihr gefiel diese neue Welt.

Es stellte sich heraus, dass Titus an seinem Floß eine Schnur mit einem Haken befestigt und damit mehrere Meeräschen geangelt hatte.

Sie nahmen die Fische aus, schabten die Schuppen ab und brieten sie über dem Feuer. Während sie noch garten, erklärte Justina, dass sie die Insel erkunden wolle, und Pietro begleitete sie. Als sie ein Stück an der Uferlinie entlanggelaufen waren, setzten sie sich und sahen zu, wie die Sonne hinter dem Horizont verschwand. Justina streckte eine Hand aus und Pietro nahm sie. Sie küssten sich und Pietro war plötzlich nicht mehr kalt. Ganz im Gegenteil, auf einmal wurde alles glühend heiß, ihre Haut unter seinen Händen.

Justina lachte. »Erdrück mich nicht, ich bekomme keine Luft mehr«, sagte sie. Und dann: »Oh, schau mal!«

Sein Blick folgte ihrem ausgestreckten Finger und er sah ein Floß, das von einem alten Mann gestakt wurde. Bei ihm waren mehrere kauernde Gestalten, vielleicht eine Frau und drei oder vier Kinder. Sie wirkten nicht besonders bedrohlich, doch Pietro wollte lieber kein Risiko eingehen und lief, um einen Stock und sein Messer zu holen. Dann stellte er sich so ans Ufer, dass beides gut sichtbar war. Er hoffte darauf, dass er aus der Entfernung wie ein Erwachsener aussah und nicht wie ein Junge.

Der alte Mann hörte auf zu staken und rief auf Lateinisch: »He, ihr am Ufer, ich bitte um Erlaubnis, hier anzulegen. Wir suchen ein Lager für die Nacht.«

»Es tut mir leid«, rief Pietro zurück. »Hier gibt es keine Hütten, hier ist nichts.«

»Uns genügen ein Stück fester Boden und etwas trockenes Schilf, um ein Feuer anzuzünden.«

Pietro und Justina wechselten einen Blick.

»Sie haben Kinder dabei, er ist schon alt. Sie sehen wie anständige Leute aus.«

»Und wenn der Schein trügt?«

»Dann hast du immer noch dein Messer.«

Pietro seufzte. Er war unentschlossen. Inzwischen hatte sich das Floß weiter genähert. Der Mann war wesentlich älter, als sie zuerst gedacht hatten, er war barfuß und trug eine stark verschlissene Tunika. Auch die Frau und die Kinder waren für die Jahreszeit allzu leicht gekleidet und Pietro sah, dass sie keinerlei Gepäck dabeihatten. Und somit auch keinen Proviant.

»Darf ich?«, fragte der Alte, als das Floß beinahe das Ufer erreicht hatte.

Pietro nickte und der Mann sagte leise, dass »die anderen da drüben« sie mit Waffen bedroht hatten.

Justina und Pietro führten die Neuankömmlinge zu ihrem Lagerfeuer, damit sie sich aufwärmen konnten, und Maria fragte sie, woher sie kamen.

»Aus Verona«, antwortete der Mann.

Die Frau war seine Tochter, die Kinder seine Enkel. Sie waren bereits vor einem Monat in der Lagune angelangt und fuhren seither von einer Flüchtlingsgruppe zur anderen, auf der Suche nach dem Ehemann der Tochter, der Remigius hieß und ebenfalls irgendwo in der Lagune gelandet sein müsste.

»Auch ich suche meinen Mann«, sagte Maria. »Er heißt Ursus. Außerdem habe ich vier Söhne, von denen ich seit vielen Monaten nichts mehr gehört habe.«

Das sei inzwischen normal, meinte der Alte. In der Lagune versammelten sich all die Menschen, die vor den Hunnen geflohen waren, inzwischen mussten es Tausende sein. Die meisten von ihnen hatten sich im Norden niedergelassen, auf den Inseln um Rivus Altus. Einige Gruppen hatten Palisaden und Festungen errichtet und ließen niemanden mehr in ihre Nähe. Andere waren friedlicher, aber von denen gab es immer weniger, erzählte er weiter, denn der Winter stand vor der Tür und die meisten Flüchtlinge waren arm und besaßen weder Feuerholz noch Lebensmittel. Dafür gab es inzwischen überall Banditen, die zu allem bereit waren, um Nahrung zu ergattern.

Und genau das war dem alten Mann und seiner Familie

passiert: Sie hatten ihr Lager bei einer Flüchtlingsgruppe aufgeschlagen, die um die hundert Köpfe stark war, hatten mit den anderen gefeiert und auch ein wenig Wein getrunken. Mitten in der Nacht waren sie dann überfallen worden. Die Verbrecher hatten sie verprügelt und ihnen alles weggenommen.

»Wenn ihr wollt«, schlug Pietro vor, »könnt ihr bei uns mitessen.«

Leise flüsterte Titus ihm zu, dass er ein Schwachkopf sei, doch Pietro tat, als habe er es nicht gehört. Seine Mutter hatte ihm beigebracht, dass man sein Brot mit denen teilt, die Hunger leiden. Er hatte keine Ahnung, ob die Geschichte des alten Mannes wahr war, doch dass er und seine Familie Hunger litten, stimmte, das sah man ihnen deutlich an.

Also teilten sie die Meeräschen auf. Das, was eigentlich ein Schlemmermahl hätte werden können, war jetzt nur noch ein kleiner Imbiss.

Justina stand auf, um Kastanien aus ihrem Vorrat zu holen, doch Pietro hielt sie zurück. »Wenn dir kalt ist, dann setz dich doch näher an das Feuer.«

Sie verstand und blieb.

Pietro teilte gerne mit Bedürftigen, doch er musste auch das Wohl seiner Freunde im Auge behalten. Es würden noch härtere Zeiten kommen und wer weiß, wie lange ihr Proviant reichen musste.

Nach dem Essen unterhielten sie sich mit ihren Gästen und fragten sie, ob sie unterwegs Flüchtlinge aus Patavium oder gar aus Ateste getroffen hätten. Der alte Mann und seine Tochter verneinten, meinten aber, dass man diese Leute wohl im Norden finden könne.

»Ihr müsst aufpassen«, warnte die Frau. Sie zeigte auf Justina. »Und gut auf sie achtgeben. Man sieht sofort, dass sie keine von uns ist, und jemand könnte versuchen, sich das zunutze zu machen.«

Nach einer Weile legten sich alle schlafen, außer Pietro, der Wache hielt. Stock und Messer lagen in Reichweite. Erst als er merkte, dass er die Augen nicht mehr offen halten konnte, weckte er Titus, damit der ihn ablöste.

Pietro legte sich in den feuchten Sand, wollte noch dem Plätschern der Wellen zuhören, schlief aber fast sofort ein. Es war das erste Mal, dass er an einem Ort einschlief, der von allen Seiten von Wasser umgeben war. Er fand das Wasser nicht bedrohlich, im Gegenteil, er fand es schön und beruhigend.

Es war, als flüsterten die Wellen ihm zu: »Willkommen, Pietro da Mar, Sohn des Meers. Wir haben auf dich gewartet. Willkommen zu Hause.«

ZWISCHEN INSELN
HINDURCHRUDERN, WEITER UND WEITER,
OHNE JEMALS ANZUHALTEN.

36

Sie fuhren weiter nach Norden, immer an der Küste der Lagune entlang.

Wenn sie sich einem Lager näherten, schwenkten sie ein großes weißes Stück Stoff. Oft waren Pfeile die Antwort, gelegentlich aber kam es auch vor, dass niemand sie daran hinderte, anzulegen.

Ohne dass sie darüber abgestimmt hätten, war Titus zu ihrem Sprecher geworden. Er erzählte den Leuten, dass sie aus Ateste stammten, wie durch ein Wunder den Hunnen entkommen waren und nach Verwandten und Bekannten suchten. Er führte einige Namen auf: Rita, die Mutter von Pietro. Olcinus, der Schreiner, bei dem Titus einige Zeit gearbeitet hatte. Der Senator.

Die meisten hatten diese Namen noch nie gehört und gaben ihnen eher allgemeine Hinweise. »Sucht in der Gegend von Rivus Altus.« Sie bedankten sich und fuhren weiter.

Pietro achtete auf alles, was er sah. Es gab viele Kinder, die wie Regenwürmer im Schlamm herumkrochen. Obdachlos gewordene Familien. Zahnlose Greise, die schon seit Tagen nichts mehr gegessen hatten. Ihre schiefen Schilfhütten würden beim ersten Windstoß umfallen, ihre Zelte hatten riesige Risse und Löcher.

Etwas besser ging es den Legionären: Sie bauten sich kleine Festungen und ließen sich von den Geflüchteten für den Schutz bezahlen, den sie ihnen boten. Pietro fragte sich, woher sie die Unverfrorenheit nahmen, dafür Geld zu verlangen. Schließlich hatten sie alle nur deshalb fliehen müssen, weil die Legionäre die wichtigste Schlacht verloren hatten. Doch die Soldaten waren diejenigen, die Rüstungen und Waffen besaßen, deshalb war es besser, sie nicht zu verärgern.

»Wir müssen achtgeben«, sagte Titus eines Abends, als sie an ihrem Lagerfeuer saßen.

»Warum?«, wollte Justina wissen.

»Heute habe ich Leute über unser Boot und unser Floß reden hören, über die Säcke, in denen unsere Sachen sind, und über Pinus. Genauer gesagt waren es zwei Jungen. Sie überlegten, wie viel die Stute wert sein könnte.«

Pietro nickte. Auf ihrer Flucht über Land waren sie arm gewesen. Hier dagegen galten sie beinahe schon als wohlhabend und der wenige Proviant und die anderen Dinge, die sie besaßen, erregten Neid. Er fragte sich, ob diese Situation für sie auch irgendwelche Vorteile bieten könnte, und erinnerte sich wieder an eine Idee, die er vor vielen Tagen gehabt hatte, damals, als sie beschlossen hatten aufzubrechen.

Sie hatten ihr Lager auf einer Landzunge aufgeschlagen,

auf der sich ungefähr zwanzig weitere Flüchtlinge bereits seit einiger Zeit aufhielten. Um seine Idee umzusetzen, dachte Pietro, musste er seine Abneigung gegen das Reden ablegen und erst einmal Informationen sammeln.

Er ging zu dem Feuer einer Familie, beobachtete sie eine Weile und fragte dann: »Was esst ihr da?«

»Herzmuscheln«, antwortete ein magerer, zahnloser Mann. »Der Sandstrand hier in der Gegend ist voll davon.«

Im Licht der letzten Sonnenstrahlen zeigte der Mann ihm, wie man sie findet. Man musste sich dort hinstellen, wo einem das Wasser nur knapp bis zum Knie reichte, sich dann bücken und im Sand herumwühlen. Ab und zu ertastete man dabei etwas Hartes, das sich wie ein Stein anfühlte, aber eine Herzmuschel war oder eine andere essbare Muschel. Wenn man sie ins Wasser legte, öffneten sich die Schalenhälften und ein weißes Röhrchen kam zum Vorschein. Außerhalb des Wassers dagegen verschloss sich die Muschel und man bekam sie nicht mehr auf.

»Wenn du sie ins Feuer legst, springen sie auf«, erklärte der Mann weiter. »Aber davor muss man sie reinigen.«

»Reinigen?«

»Man gibt sie mindestens einen Tag lang in eine Amphore voller Salzwasser, damit sie durch ihr Röhrchen sämtlichen Sand ausspucken, den sie in sich haben. Denn sonst knirscht dir beim Essen der Sand zwischen den Zähnen … Falls du noch Zähne hast.«

Der Mann ließ Pietro von den Herzmuscheln kosten und Pietro revanchierte sich, indem er der Familie etwas Hirsebrei brachte.

»Ach, Hirsebrei!«, freute sich der Mann. »Den habe ich

schon lange nicht mehr gegessen. Wenn du nach Rivus Altus und Metamucus gehst, werden sie dir dein Hirsemehl mit Gold aufwiegen ... Dort oben haben auch die Reichen Hunger und Geld kann man bekanntlich nicht essen.«

Pietro bedankte sich. Der Mann hatte ihm genau das erzählt, was er hatte wissen wollen.

Nachts lagen sie im Schlamm und schliefen schlecht. Der Muschelkenner hatte Pietro gesagt, dass viele Geflüchtete an Fieber und Durchfall litten, und Pietro musste an den kleinwüchsigen Zerkon denken, der einen Mann mit Bauchschmerzen nachgemacht hatte. Verständlich, dass Attila sie nicht bis in die Sümpfe verfolgt hatte: Was hätte die Hunnen hier schon erwartet, außer schlimmen Krankheiten?

Am nächsten Morgen fuhren sie weiter. Immer noch saß Pietro mit Justina und Maria im Boot und Titus folgte mit Pinus auf dem Floß.

Mittlerweile waren sie weniger allein. Hier fuhren viele Menschen auf dem Wasser, auf primitiven Flößen, auf Booten, aber auch auf richtigen Schiffen: römische Galeeren oder aber Dromonen, wie sie im Hafen von Altinum vor Anker gelegen hatten.

Sie erreichten Rivus Altus am frühen Nachmittag: Der Name gehörte zu einer Gruppe nahe beieinander liegender Inseln. Mitten durch die Inselgruppe verlief eine breite Meeresströmung.

Zwischen den Inseln, auf denen Holzhütten, Zelte und Palisaden standen und viele Menschen herumliefen, waren zahlreiche Boote und Schiffe unterwegs.

»Pass auf, dass sie nicht auf uns schießen«, rief Titus

vom Floß herüber und Pietro bat Justina, ihr großes weißes Stoffstück an einen Stock zu binden und diesen zu schwenken, um ihre friedlichen Absichten zu zeigen.

Doch die Leute auf den Inseln schienen sie gar nicht zu beachten, dazu waren sie viel zu beschäftigt.

Sie legten an einem der hohen Pfosten an, die im seichten Wasser für das Anbinden der Boote in den Boden der Lagune gerammt worden waren. Sie sahen kleine Kinder, die mit einem aus Lumpen zusammengefügten Ball spielten, Frauen, die überreifes Obst zu verkaufen versuchten, das sie vor sich auf Laken ausgebreitet hatten, und junge Männer, die offenbar nichts anderes zu tun hatten, als aufs Wasser zu starren.

»Wir sollten uns hier mal umschauen«, schlug Justina vor. »Vielleicht finden wir meinen Vater, Pietros Mutter oder Marias Familie.«

»Ich weiß nicht«, meinte Maria. »Sieh dir nur die Gesichter der Leute an. Wenn wir unsere beiden beladenen Boote zurücklassen, sind sie schnell weg, und die Ladung auch.«

»Jemand muss hier bleiben und sie bewachen«, sagte Titus.

»Ich mache das«, bot Pietro sich an.

»Was ist los?«, fragte Justina. »Ich kenne diesen Blick. Du hast etwas vor und willst es uns noch nicht verraten.«

Manchmal machte ihm dieses Mädchen regelrecht Angst. Es war, als könne sie in seinem Herzen lesen, als würde sie ihn besser verstehen als er sich selbst. Pietro war einen Augenblick lang versucht, ihr seine Idee zu verraten. Doch dann beschloss er, es lieber nicht zu tun. Erst einmal nicht.

Die anderen halfen Pinus, vom Floß herunterzukommen.

Die Stute schien sich zu freuen, dass sie endlich wieder festen Boden unter den Hufen hatte, und machte sich sofort daran, das ausgeblichene Gras abzuweiden.

»Noch nicht, Pinus«, vertröstete Titus sie und führte sie vom Ufer weg, auf eine Gasse zwischen den Hütten.

Justina und Maria folgten ihnen und bald waren sie in der Menge verschwunden.

Pietro blieb alleine zurück.

Er setzte sich hin und begann zu warten.

Auf die passende Gelegenheit.

IHR WOLLT ESSEN?
ICH VERKAUFE EUCH OBST UND
GEMÜSE, GETREIDE UND ÖL
ZU EINEM GUTEN PREIS.

37

»Was … hast … du … getan?« Justina sprach es ganz langsam und leise aus, aber jedes Wort war so scharf wie eine Pfeilspitze.

»Ich habe unsere Vorräte verkauft«, erwiderte Pietro.

»Alle?«

»Fast.«

Handeln. Kaufen und verkaufen. Feilschen.

Seit Titus ihm das erste Mal davon erzählt hatte, auf ihrem Marsch mit der römischen Armee, hatte er nicht aufgehört, darüber nachzudenken.

Kannst du zählen?, hatte er ihn gefragt und Pietro hatte mit Ja geantwortet, weil Valdo es ihm beigebracht hatte, und zum ersten Mal war ihm klar geworden, dass ihm diese Fähigkeit nutzen konnte. Sie würde ihm dabei helfen, etwas gegen etwas anderes einzutauschen.

Waren gegen Geld.

Er hatte nicht gewusst, ob er dazu wirklich in der Lage

wäre: Die meisten Kaufleute, die er in Ateste kennengelernt hatte, waren redegewandte Männer gewesen, die nicht davor zurückschreckten, ihre Kunden einzuwickeln, mit Worten betrunken zu machen. Nein, das konnte er ganz bestimmt nicht.

Doch er hatte es auf seine Weise versucht, lächelnd, schweigend und hatte die Angebote der Kunden angenommen oder abgelehnt. Ein Nicken, ein Kopfschütteln hatten genügt.

Es hatte funktioniert, es war beinahe zu leicht gewesen.

Natürlich hatte er nicht bedacht, wie seine Gefährten seine Entscheidung aufnehmen würden.

»Mir wird schlecht«, stöhnte Maria und wurde ohnmächtig. Zum Glück fing Titus sie auf, bevor sie zu Boden stürzte.

»*Was ... hast ... du ... getan?*«, wiederholte Justina.

Da Pietro ihr bereits darauf geantwortet hatte, kam es ihm sinnlos vor, seine Antwort zu wiederholen. Doch sie rannte auf ihn zu und gab ihm eine schallende Ohrfeige.

Ihre Hand klatschte so laut auf seine Wange, dass es einen kleinen Knall gab, der etliche Passanten dazu veranlasste, sich umzudrehen. Justina hatte vor Wut einen hochroten Kopf, Pietro war reglos stehen geblieben.

Die Ohrfeige hatte wehgetan, aber wesentlich weniger als das Schwert, das in seinem Bauch gesteckt hatte. Außerdem war ihm klar, dass Justina allen Grund hatte, wütend auf ihn zu sein. Er hätte die anderen in seinen Plan einweihen sollen. Er hatte die Ohrfeige verdient.

Aber er konnte nicht anders. Man kann das eigene

Wesen nicht ändern und Pietro beherrschte das mit dem Reden einfach nicht so gut.

»Oh«, stöhnte Justina. »Du bist unerträglich, wenn du dich so verhältst. Ich hasse dich!«, rief sie und lief davon.

Titus, der sich über die bewusstlose Maria gebeugt hatte, richtete sich auf und sagte: »Stimmt, du bist wirklich ein Idiot.«

Vielleicht hatte er ebenfalls recht.

»Warum läufst du ihr nicht wenigstens hinterher?«

»Ich muss das Boot bewachen.«

»Wieso, da ist doch nichts mehr drin … Außerdem bin ich ja jetzt hier. Komm, mach schon.«

Pietro lief los und bahnte sich einen Weg durch die Menge. Auf der Insel waren sehr viele Menschen, es war, als warteten sie auf etwas. Pietro nahm eine Spannung wahr, die er sich nicht erklären konnte.

Er fand Justina auf einem schmalen Pfad, der über eine Wiese führte. Rechts standen ein paar runde Lehmhütten mit löchrigen Strohdächern. Die Wiese war voller Unkraut und dahinter floss ein sehr breiter Kanal, dessen Wasser so tiefblau wie das Meer war.

Justina saß am Rand des Kanals und ließ ihre Füße ins Wasser hängen.

Pietro erinnerte sich an ein anderes Mal, als sie nebeneinander an einem Kanal gesessen waren. Damals waren sie Gefangene der Hunnen gewesen. Es war eine schöne Erinnerung, sie waren beide glücklich gewesen. Jetzt aber war Justina unglücklich, sie hielt sich die Hände vor das Gesicht und weinte.

Er setzte sich neben sie.

»Geh weg.«

Pietro blieb sitzen.

»Ich hasse dich«, sagte Justina.

Er antwortete nicht.

»Ich hasse dich und du bist ein Schwachkopf und ich verstehe dich nicht.«

Pietro schwieg immer noch.

»Ich verstehe überhaupt nicht mehr, was los ist. Ich weiß nicht, wo mein Vater und mein Bruder sind, und ich habe kein Zuhause mehr. Ich bin müde, müde, müde. Früher hatte ich ein Leben und einen Lebensweg. Für mich war schon alles entschieden und ich wusste, wer ich war und wo ich sein sollte. Aber jetzt gibt es nichts mehr und ich weiß nicht mehr, wer ich bin. Früher war ich Justina, die Tochter des Senators, aber wenn es den Senator nicht mehr gibt, was soll dann aus mir werden? Und du bist da und ich habe versucht, dir zu vertrauen, aber du sagst nie etwas. Du bist wie eine dieser Muscheln, du hast so eine harte Schale und ich versuche immer wieder anzu-klopfen, aber nie, nie machst du auf. Und deshalb hasse ich dich.«

»Entschuldige«, sagte Pietro.

Justina hob den Kopf, wandte ihm ihr Gesicht zu. In ihren Augen schimmerten Tränen.

»Ist das alles, was du zu sagen hast?«

»Es tut mir leid«, fügte Pietro nach einer Weile hinzu und anscheinend fand Justina das komisch und musste lachen. Zuerst kicherte sie nur ganz leise, dann lauter, schließlich bog sie den Kopf zurück und lachte so heftig und laut, dass ihr ganzer Körper bebte.

»Ach«, sagte sie schließlich, »wenn es dir leidtut, dann ist ja alles in Ordnung. Dann werden wir den Winter über deine Entschuldigungen essen.«

»Wie meinst du das?«

»Ich meine damit, dass du unsere Vorräte verkauft hast, du Hohlkopf, und wir deshalb nichts mehr zu essen haben. Wir werden den Winter über hungern.«

»Nein«, widersprach Pietro.

»Wie, nein?«

»Wir werden nicht hungern.«

»Hast du deswegen unsere Vorräte verkauft? Damit wir was zu beißen haben?«

»Ja, klar«, antwortete Pietro, weil ihm diese Schlussfolgerung selbstverständlich erschien.

Justina schaute ihn an und seufzte. »Manchmal hasse ich dich wirklich. Weil es so unglaublich anstrengend ist, irgendetwas aus dir herauszubekommen. Oh großer Pietro da Mar, könntest du dich dazu herablassen zu verraten, warum in aller Welt du unser Essen weggegeben hast und auf welche Weise uns dein genialer Einfall dazu verhelfen kann, in diesem Winter nicht zu verhungern?«

Pietro versuchte, es ihr zu erklären.

Er hatte darüber nachgedacht, erzählte er, dass auf den Inseln der Lagune viele hungernde Menschen lebten. Menschen, die vor gar nicht allzu langer Zeit reich gewesen waren. Unter ihnen waren viele Vornehme wie der Senator, die aus Ateste oder Patavium oder Verona geflohen waren und ihre kostbarsten Besitztümer mitgenommen hatten. Schmuck und Gold und Münzen. Allerdings kann man, wie der Muschelesser richtig gesagt hatte, Geld nicht essen.

Jetzt aber waren sie hier, auf diesen Inseln, und dazu bereit, Lebensmittel mit Gold aufzuwiegen.

Deshalb hatte Pietro es getan. Er hatte ihre Vorräte gegen Gold verkauft.

Er zog die Schnur mit dem kleinen Stoffbeutel, die er immer um den Hals trug, unter seiner Tunika hervor. Jetzt hing an ihr ein zweiter Stoffbeutel, der größer als der andere und prall gefüllt war. Pietro löst ihn von der Schnur, vergewisserte sich, dass niemand sie beobachtete, und öffnete den Beutel ein wenig, damit Justina hineinschauen konnte.

»Nein!«, zischte sie. »Sind das … sind das echte Münzen?«

»Pst!«, machte Pietro. »Sprich nicht so laut.«

»Das … das ist ja ein Vermögen!«, flüsterte Justina aufgeregt. Doch plötzlich war ihre Begeisterung wie weggewischt. »Ich fürchte allerdings, dass uns dieses Vermögen hier nichts nutzen wird. Wir werden alles wieder ausgeben müssen, um uns etwas zu essen zu kaufen, und dann …«

Pietro schüttelte den Kopf.

»Willst du damit sagen, dass wir uns nichts zu essen kaufen müssen?«

»Natürlich müssen wir das. Aber es wird uns nicht so viel kosten.«

Justina knirschte vor neu aufgekommener Wut mit den Zähnen. »Ich schwöre, wenn du mir nicht sofort alles erklärst …«

Pietro hob die Hände, wie um sie zu beruhigen. »Titus hat mir vor langer Zeit etwas erzählt, als wir Legionäre waren. Und zwar kaufen die Händler ihre Waren dort, wo sie wenig kosten, und verkaufen sie dort, wo sie viel kosten. Auf diese Weise werden sie reich.«

»Pfff«, machte Justina. »Ich weiß, wie Handel funktioniert. Aber ...«

»Wir haben ein Boot«, fuhr Pietro fort. »Deshalb können wir uns bewegen, anders als viele andere hier. Ich will in Richtung Süden fahren, bis zur Mündung des Athesis und vielleicht auch noch weiter. Dort gibt es Städte, in die die Hunnen niemals kommen werden, weil sie auf der Römerstraße nach Mediolanum unterwegs sind. Deshalb sind die Preise dort im Süden bestimmt wesentlich niedriger als hier. Mit den Goldmünzen in meinem Beutel könnte ich eine große Menge an Waren kaufen und dann hier nach Rivus Altus zurückkehren und alles verkaufen. Und das würde ich mehrmals tun.«

Bei dem Gedanken an diese Reisen lächelte Pietro. Er konnte es kaum erwarten, wieder auf dem Wasser zu sein, inmitten der friedlichen Weiten der Lagune.

»Ich glaube, das könnte funktionieren«, sagte er. »Wir könnten sogar ziemlich reich werden.«

»Wenn du das so erzählst, glaube ich beinahe daran«, meinte Justina. »Aber wäre es nicht besser, unsere Familien wiederzufinden, bevor wir uns in dieses Vorhaben stürzen?«

»Um meine Mutter mache ich mir keine Sorgen«, erwiderte Pietro. »Sie kommt gut alleine zurecht. Und sie würde sich sicher freuen, wenn ich bei unserem Wiedersehen ein erfolgreicher Kaufmann und nicht mehr auf sie angewiesen bin.«

Justina fiel nichts ein, was sie darauf hätte entgegnen

können. Sie schaute ihn einfach nur an, während der Wind mit ihren Haaren spielte. Dann rückte sie näher an Pietro heran, legte ihre Lippen auf seine und lächelte.

»Gut«, sagte sie nach einer Weile. »Probieren wir es aus. Widmen wir uns dem Handel.«

Pietro stand auf, um den Beutel mit den Goldmünzen wieder an der Schnur zu befestigen. Dabei löste sich der kleinere Beutel, die halbe Münze fiel heraus und rollte am Ufer entlang.

Pietro rannte hinterher und hob sie schnell auf, bevor sie im Wasser landete. Sie war schließlich das Kostbarste, was er besaß. Er schloss die Finger fest um die Münze. Dabei verletzte er sich an deren scharfer Schnittkante und etwas Blut tropfte zu Boden.

Pietro blieb stehen und schaute auf den kleinen Fleck im Gras. In diesem Augenblick kam ihm eine weitere Idee, ein weiterer Plan.

Doch auch dieses Mal sagte er nichts, verriet er nichts.

DAS BOOT IST BEREIT
FÜR EINE NEUE FAHRT.
FÜR EIN
NEUES ABENTEUER.

38

Pietro würde alleine fahren müssen.

Maria weigerte sich, eine weitere anstrengende Reise mit unvorhersehbarem Ausgang zu unternehmen. Justina andererseits hätte Pietro liebend gerne begleitet, doch Maria protestierte heftig: Ein anständiges Mädchen konnte unmöglich mit einem Jungen auf die Reise gehen.

»Pietro und ich sind bereits alleine gereist«, hatte Justina widersprochen.

»Genau, das war nicht richtig. Und glaube ja nicht, dass ich nicht mitbekommen habe, was ihr nachts tut, wenn ihr glaubt, dass Titus und ich schlafen. Ständig habt ihr euch geküsst. Schämt euch!«

Insgeheim war Pietro froh, dass Maria das Mädchen nicht mit ihm fahren lassen wollte. Zwar hatte sie ihm schon mehr als einmal das Leben gerettet, auf dieser Reise aber würde sie zum Problem werden, weil man ihr schon von Weitem ihre vornehme Herkunft ansah. Verbrecher könnten sich für sie interessieren … Hier bei den anderen war sie sicherer.

Und dann war da noch Titus. Eben weil Justina stets Aufmerksamkeit erregte, konnten sie und Maria nicht allein in Rivus Altus zurückbleiben, denn auch hier gab es Verbrecher. Die beiden brauchten einen Beschützer.

»Macht euch wegen mir keine Sorgen«, sagte Pietro, nachdem er in das Boot eingestiegen war. »Ich komme allein zurecht. Außerdem werde ich nur ein paar Tage fortbleiben, allerhöchstens eine Woche.«

Er reichte den anderen die übrig gebliebenen Vorräte und ein paar Münzen. Danach ergriff er beide Ruder, seines und das von Titus, und legte ab.

Er besaß keine Karte und keinerlei andere Hilfsmittel für die Navigation, doch er wusste, wie man den Stand der Sonne abliest, hatte einen guten Orientierungssinn und würde immer in Sichtweite der Küste bleiben.

Bald hatte er die Inseln von Rivus Altus hinter sich gelassen, die anderen Boote, die Hütten und die Geflüchteten, und fand sich in der geheimnisvollen Welt der Lagune wieder: Inseln, die am Horizont zu schweben schienen, Schilffelder, Sandbänke, Sümpfe und weiße Reiher, die wie weiße Pfeile in den Himmel hinaufschossen.

Rudern machte ihm Spaß, doch durfte er sich dabei nicht allzu sehr anstrengen, weil sonst seine Wunde schmerzte und er dann immer an Marias Warnung denken musste: »Pass auf, denn wenn sie noch einmal aufreißt, ist es um dich geschehen.«

Er hatte ihr versprochen, vorsichtig zu sein.

So fuhr er den ganzen Tag weiter. Ab und zu machte er

eine Pause, streckte sich auf dem Boden des Boots aus und schaute zum grauen Himmel hinauf.

Als es Nachmittag war und er wusste, dass es bald dunkel wurde, suchte er sich eine Sandbank, die vom Festland und den anderen Booten weit genug entfernt war. Er zog sein Boot aufs Trockene und baute aus einem umgedrehten Kochtopf, einem Stöckchen und etwas Hirse als Köder eine Vogelfalle. Dann schnitt er trockene Schilfhalme in kleine Stücke, um sie als Brennstoff zu verwenden, und errichtete aus langen Schilfhalmen und einer Decke ein Zelt, denn die Nacht würde sehr feucht und kalt werden.

Als er sein Lager fertig aufgeschlagen hatte, schaute er nach der Falle und stellte fest, dass unter dem umgedrehten Kochtopf ein Teichhuhn gefangen war. Justina hätte es wohl gerne gestreichelt, aber ihm ging es nur darum, seinen Hunger zu stillen. Er drehte dem Teichhuhn mit einer schnellen, präzisen Bewegung den Hals um, damit es starb, ohne Angst und Schmerzen haben zu müssen.

Er sah auf den toten Vogel in seinen Händen und einen Augenblick lang ekelte er sich vor sich selbst, denn er musste daran denken, dass er Adler auf ähnliche Weise getötet hatte. Doch er verbot sich, diesen Gedanken weiterzudenken. Er fühlte sich schuldig, aber es war notwendig gewesen: Adler hatte versucht, ihn zu töten, er hätte es auch beinahe geschafft, und wenn er, Pietro, sich nicht gewehrt hätte, dann stünde er jetzt nicht hier.

Er rupfte den Vogel, warf die Federn jedoch nicht weg, vielleicht konnte er sie noch für irgendetwas brauchen. Auch die Innereien behielt er, als Köder zum Angeln. Den Vogel selbst briet er auf einem Spieß über dem Feuer und verzehrte ihn, während sich die Nacht wie ein Mantel über die Lagune legte.

Er war allein und hatte den ganzen Tag über mit niemandem gesprochen. Die Kälte war unangenehm und eigentlich hätte er sich einsam und ängstlich fühlen müssen, doch er war entspannt und ruhig. Fast so, als wäre er hier zu Hause.

Nach dem Essen legte er sich in das provisorische Zelt. Von der Anstrengung der vergangenen Stunden und der feuchten Kälte pochte seine Wunde, dennoch schlief er sofort ein.

Am nächsten Morgen brach er sein Lager ab, packte alles ein und ruderte weiter Richtung Süden.

Ab und zu kam es ihm vor, als hätte er inmitten der Weite des Wassers und all den Inseln die Orientierung verloren, dann half es ihm, nach dem Stand der Sonne zu schauen und sich bei den Leuten auf den anderen Booten zu erkundigen, die alle nach Norden unterwegs waren.

Viele dieser Boote waren Ruderboote, doch es gab auch schnelle Segelboote, die der Wind mit so hoher Geschwindigkeit antrieb, dass es aussah, als würden sie fliegen.

Ihm kam eine Idee: Er verband eines der Ruder mit der mittigen Ruderbank und baute aus Schilfrohren und Seilen ein Gestell, an dem er seine Decke befestigte, die dadurch zu einem Segel wurde. Doch der Wind blies nie aus der richtigen Richtung und das Gestell war zu wacklig geraten. Als Pietro einem Segelboot begegnete, winkte er heftig, damit es anhielt, und bat um Rat. Das half, und gegen Abend hatte Pietro den Bogen raus: Wenn der Wind in die richtige Richtung blies, fuhr er mit dem Segel und ruhte sich aus.

Sobald der Wind drehte, ruderte er mit dem einen ihm verbliebenen Ruder, so kam er gut voran.

Die dritte Nacht seiner Reise verbrachte Pietro gemeinsam mit einer Gruppe von Flüchtlingen, die zu den Inseln von Rivus Altus und Metamucus unterwegs waren. Sie fragten ihn, was sie an ihrem Ziel erwarten würde, und im Gegenzug wollte er wissen, welche Städte es im Süden gab.

Sie erzählten ihm von einer Stadt, die Clodia hieß und nur wenige Stunden Fahrzeit entfernt war. Sie war leicht zu verfehlen, da sie zwar an der Küste, aber nicht zu seiner Rechten, sondern zu seiner Linken lag, nämlich auf einer Halbinsel, die sich weit ins Wasser hinein erstreckte und die Lagune schützend abschloss.

»Waren die Hunnen denn schon in Clodia?«, wollte Pietro wissen.

Ein zahnloser Junge mit wenig Haaren verneinte, fügte aber hinzu, dass die Lage in Clodia trotzdem nicht allzu rosig wäre, da viele Geflüchtete dorthin gekommen waren und Hunger und Krankheiten mitgebracht hatten.

»Wenn du Handel treiben willst«, riet er Pietro, »solltest du bis Ravenna fahren. Dort gibt es viel zu kaufen und zu verkaufen. Früher war es nur ein Dorf inmitten von Sümpfen, doch mit der Zeit hat es sich zu einer großen Stadt entwickelt und inzwischen ist Ravenna sogar die Hauptstadt des Weströmischen Reichs. Es heißt, dass sie noch schöner und größer als Rom werden wird.«

»Ist Ravenna weit von hier?«

Der Junge lachte. »In der warmen Jahreszeit wären es zwei oder drei Tagesreisen auf dem Wasser. Mit so einem kleinen Boot wie deinem vier.«

»Sogar mit dem Segel?«

»Sogar mit dem Segel.«

Am folgenden Tag nahm Pietro Kurs auf das offene Meer, in die Richtung, in der Clodia liegen sollte. Er fragte sich, ob der zahnlose Junge sich über ihn lustig gemacht hatte und er jetzt vielleicht geradewegs in sein Verderben fuhr, in ein Meer, dessen Wellen sein kleines Boot in kürzester Zeit verschlingen würden. Möglicherweise fuhr er auch auf den Rand der Welt zu, wo alles Wasser in einen endlos tiefen Abgrund hinunterstürzte.

Trotzdem verspürte er auch jetzt keine Angst, sondern war glücklich, so als ob das, was er gerade tat, sein wahres Leben, sein Schicksal wäre und in seinen Adern Meerwasser fließen würde, anstelle von Blut.

Bald sah er, dass der Junge ihn nicht angelogen hatte: Clodia lag genau dort, wo er gesagt hatte. Wie hingezaubert ragte die Stadt aus dem Meer. Auch mit dem, was dort los war, hatte der Junge recht gehabt: Eine große Menge von Geflüchteten hatte sich in der Stadt versammelt und wusste nicht, wohin sie nun ziehen sollte.

Auf dem Markt gab es kaum Lebensmittel zu kaufen und die wenigen vorhandenen waren unglaublich teuer. Dafür aber kostete Salz nur wenig. Pietro wusste, dass Salz eine wertvolle Ware war, und beschloss, die Hälfte seines Kapitals zu opfern, um davon zwei große Säcke Salz zu kaufen.

Er lud sie auf das Boot und hisste wieder sein Segel, fuhr durch die Hafeneinfahrt, verließ die Lagune und nahm Kurs auf Ravenna. Die Hauptstadt des Reichs.

Denn wenn er schon ein Kaufmann werden sollte, dachte Pietro, dann konnte er gleich im großen Stil anfangen.

MIT SEGELN UND RUDERN
TROTZT ER DEM MEER.
DELFINE BEGLEITEN
SEINE REISE.

39

Im Winter reist man nicht auf dem Wasser, das hatten ihm
alle gesagt. Viel zu gefährlich, sich auf die offene See hi-
nauszuwagen, vor allem mit solch einem kleinen Boot.
Der Regen, die Wellen, die Kälte – Gefahren, die schon so
vielen Seeleuten das Leben gekostet hatten, die wesentlich
erfahrener gewesen waren als er.

»Es ist unmöglich«, hatten sie ihm gesagt.

Doch wenn man keine andere Wahl hat, dann wagt
man eben Unmögliches: Man lässt sich von einem Schwert
durchbohren und kehrt trotzdem in die Welt der Lebenden
zurück. Und wenn Pietro vorsichtig war, wenn er stets in
Küstennähe blieb und seine Reise bei schlechtem Wetter
unterbrach, dann könnte er es vielleicht, vielleicht sogar
schaffen.

Also fuhr er, nachdem er Clodia verlassen hatte, nach
Süden und war nun nicht mehr in der Lagune, sondern
in einer ganz anderen Welt. Der Wind rieb ihm die Haut

wund, die Wellen schleuderten das Boot empor und dann wieder hinunter, als wollten sie ihm sagen: »Unterschätze uns nicht, Junge, wir sind wesentlich stärker als du.«

»Ich weiß, dass ihr stärker seid«, sagte Pietro leise, »aber meine Reise darf einfach nicht hier enden.«

Allein zu sein gefiel ihm. Abends konnte er zwischen zwei Möglichkeiten wählen: entweder sein Lager in einem Sumpf aufschlagen, wo nur der Wind ihm Gesellschaft leistete, oder Ausschau nach einem Fischer halten, mit dem er gemeinsam am Lagerfeuer sitzen, Geschichten erzählen oder schweigen konnte. Er hatte das Gefühl, dass er bei jeder Begegnung ein anderer, neuer Mensch sein konnte.

Am sechsten Tag seiner Reise erblickte er eine Mauer, die unglaublich hoch aus dem Meer ragte, so als sei sie von Riesen erbaut. Sie lief in einen lange Kai aus, an dessen Ende ein Turm stand.

Etwas später bemerkte er einen zweiten Turm und zwischen den Türmen einen breiten Kanal. Dahinter sah er große Gebäude mit glänzenden Dächern, Lagerschuppen und Schiffe. Die Schiffe hatten gereffte Segel und hochgebundene Ruder, sie schienen im Hafen auf den Frühling zu warten.

Pietro fuhr in den Kanal hinein, und weil dieser so breit war, kam er sich entsetzlich klein und verloren vor. Die Leute an Land bemerkten ihn und winkten ihm zu – jetzt, im Winter, hatte niemand mit der Ankunft eines Boots im Hafen gerechnet.

Als er anlegte, warf ihm ein spindeldürrer Seemann ein Tau zu.

»Ist das hier Ravenna?«, fragte Pietro. Was sollte es auch sonst sein, dachte er, mit diesen Mauern und Türmen.

Der Seemann musste lachen. »Das hier ist Classis«, sagte er und wickelte sich in seinen weiten Mantel. »Ravenna liegt drei oder vier Meilen weiter im Hinterland. Wenn du dorthin willst, musst du den Kanal Fossa Augusta hinauffahren.«

Pietro seufzte. Er hatte gehofft, am Ziel zu sein, doch nun hatte er immer noch ein Stück Weg vor sich, auch wenn dieser nicht allzu lang war. Oder log der Mann ihn an? Er hatte ein Verbrechergesicht und wirkte schlau und skrupellos.

»Wo finde ich diesen Kanal?«

Wieder lachte der Seemann. »Du hast ihn bereits gefunden, Fossa Augusta ist der Name des Kanals, den du dort drüben siehst. Aber warum willst du überhaupt nach Ravenna?«

»Um Handel zu treiben.«

»Hast du denn Geld dabei?«

Weil der Mann Pietro wenig vertrauenswürdig vorkam, beantwortete er seine Frage nicht.

»Normalerweise«, fuhr der Seemann fort, »bleiben die Kaufleute hier in Classis, um ihre Waren feilzubieten. Dann kommen andere Leute, die alles in die Stadt bringen …«

Pietro dachte nach. »Ich nehme an, dass diese Dienstleistung etwas kostet.«

»Ja, natürlich.«

»Dann mache ich das lieber selbst, ich muss sparen. Außerdem habe ich Ravenna noch nie gesehen, ich bin neugierig auf die Stadt.«

Er legte wieder ab und ruderte weiter.

Bald verbreiterte sich der Kanal und wurde zu einem Becken, das so groß wie eine kleine Lagune war. Eingerahmt wurde es von gemauerten Gebäuden, Säulengängen und Arkaden, Schuppen und Schiffen, von denen einige so seltsam aussahen, dass sie aus fernen Weltgegenden kommen mussten.

Auf der gegenüberliegenden Seite des Beckens begann ein weiterer, schmalerer Kanal, zu dessen Seiten Felder lagen, und dahinter erhob sich eine Stadtmauer, die wesentlich imposanter aussah als die des Hafens von Classis. Pietro musste an die Zeit zurückdenken, als er gedacht hatte, das Haus des Senators wäre das größte der Welt. Tatsächlich aber übertraf die Welt ständig seine Vorstellungen und immer wenn er etwas Neues entdeckte, sah er kurz darauf etwas noch viel Aufregenderes.

Das also war Ravenna, die Hauptstadt des Weströmischen Reichs. Altinum, ja sogar Patavium erschienen ihm im Vergleich lächerlich klein.

Als er die Kais erreichte, legte Pietro an, zahlte eine Münze an die Hafenaufseher, damit sie auf sein Boot aufpassten, lud sich die Salzsäcke auf den Rücken und erkundigte sich nach dem Weg zum Markt.

Die Straßen waren voller Menschen in ungewöhnlicher Kleidung. Er sah Sänften, in denen vornehme Damen spazieren getragen wurden, Reiter in schimmernden Rüstungen und Verkaufsstände mit exotischen Früchten.

Pietro saugte alle Eindrücke förmlich in sich auf. Zu gerne hätte er die fremdländischen Früchte gekostet, doch er ermahnte sich zur Vorsicht. Den Rest des Tages verbrachte er damit, zwischen den Marktständen herumzubummeln, Verkaufsverhandlungen zu belauschen und sich die Preise und die hier üblichen Geschäftspraktiken einzuprägen.

Niemand achtete auf ihn, schließlich war er nur ein Junge, und als es Abend wurde, kehrte Pietro zu seinem Boot zurück, legte auf dessen Boden die Salzsäcke aus und nutzte sie als Matratze.

Am folgenden Tag begann sein Leben als Kaufmann.

Er hatte herausgefunden, dass das Salz aus Clodia in Ravenna ein Vermögen wert war, und konnte es zu einem hohen Preis verkaufen. Mit dem dafür erhaltenen Geld würde er sehr viele Lebensmittel erwerben, um sie dann in der Lagune an die hungernden Menschen zu verkaufen. Allerdings gab es da ein Problem: Das Salz hatte in dem Boot wenig Platz eingenommen, doch wenn er Mehl, Amphoren mit Wein und andere Vorräte kaufte, würden sie gar nicht auf sein Boot passen.

Deshalb ruderte er zum Hafen Classis zurück, wo er wieder den spindeldürren Seemann antraf, den er am vergangenen Tag kennengelernt hatte.

»Ich muss mein Boot verkaufen und mir ein größeres zulegen«, sagte Pietro zu ihm. »Hilfst du mir dabei?«

»Wenn du ein größeres Boot hast, dann brauchst du auch jemanden, der dir beim Segeln hilft.«

»Und das könntest du sein?«

Der Mann verzog sein Gesicht zu einem schiefen Grinsen. »Vielleicht.«

Pietro betrachtete ihn von Kopf bis Fuß. Er sah wirklich nicht besonders vertrauenserweckend aus, aber gleichzeitig doch auch wie jemand, der wusste, was er tat.

»Früher bin ich mit der Flotte des Kaisers von Ostrom gefahren«, prahlte der Mann. »Ich war schon überall auf der Welt.«

»Dann lass uns Folgendes vereinbaren«, sagte Pietro. »Du besorgst mir ein Boot zu einem guten Preis und ich nehme dich mit.«

Der Mann zog davon und kam ein paar Stunden später zusammen mit einem alten Fischer wieder. Sie verhandelten lange, bis sie sich endlich einig wurden.

»Und jetzt?«, fragte der Seemann.

»Jetzt kehren wir nach Ravenna zurück«, antwortete Pietro. »Also komm an Bord. Aber als Erstes musst du deinen Mantel ablegen und auch die Tunika. Du musst das Boot nackt wie ein Wurm betreten.«

»Warum?«

Pietro antwortete nicht.

Der Mann lachte und protestierte, doch Pietro schaute ihn nur schweigend an, bis der Seefahrer sich fluchend auszog und nackt aufs Boot hinübersprang.

Pietro gab ihm seine Sachen zurück, aber erst nachdem er aus einer Innentasche des Mantels ein langes Messer herausgezogen und an sich genommen hatte. Er hatte geahnt, dass der andere eine verborgene Waffe bei sich trug, und hatte nicht die Absicht, sich von seinem Matrosen nachts die Kehle durchschneiden zu lassen.

Sie kehrten in die Stadt zurück und Pietro machte seine Geschäfte. Er kaufte Olivenöl und Wein, Beutel mit Gewürzen, Trockenfrüchte, Honig, Kichererbsen und Linsen sowie Mehl.

Als er alles besorgt hatte, war sein neues Boot so schwer

beladen, dass es beinahe bis zum Rand der Reling einsank. Es wurde Zeit für die Rückfahrt.

»Welchen Kurs nehmen wir?«, fragte der Seemann.

Pietro verstand nicht, was er meinte.

»Wo wollen wir hin?«

»In die Lagune, zu den Inseln von Rivus Altus.«

»Ach, nach Venetia«, erwiderte der Mann.

»Was bedeutet das?«

»Dass da die Veneter leben. Aber dort oben ist nichts los, da sind nur Flüchtlinge. Hungrige Flüchtlinge.«

»Bis jetzt«, erwiderte Pietro und dachte daran, wie ihm seine halbe Münze auf den Boden gefallen war und er daraufhin den Einfall gehabt hatte.

Sie legten ab und ruderten los.

»Du hast mich noch gar nicht nach meinem Namen gefragt«, meinte der Seemann.

Das stimmte.

»Alewar. Das ist ein gotischer Name, mein Vater war Gote.«

Pietro nickte.

»Jetzt solltest du mir deinen Namen sagen, Junge. Auch du siehst wie ein Barbar aus. Verrätst du mir dein Alter? Bist du sechzehn? Siebzehn?«

»Neunzehn«, log Pietro.

Der Seemann grinste. »Aber deinen Namen hältst du geheim?«

»Ich heiße Pietro. Pietro da Mar.«

»Ein schöner Name«, meinte Alewar. »Ein Seemannsname. Du bist noch keiner, aber du wirst bestimmt einer werden.«

Pietro zuckte die Schultern. »Vielleicht. Aber kümmere du dich erst mal um das Segel.«

Alewar löste die Taue und spannte den weißen Stoff. Der Wind blies hinein und das Boot nahm Fahrt auf.

SCHWER MIT WAREN BELADEN
KEHRT DAS SCHIFF IN DIE
NEUE HEIMAT ZURÜCK.

Und wieder waren sie auf hoher See.

Wieder Wellen mit Schaumkronen, wieder Wind und Regen. Wieder die Küstenlinie in der Ferne, wie mit Kohle auf den Himmel aufgezeichnet. Wieder Salz und Mühen. Und nachgezogene Angelschnüre und gebratener Fisch und ein provisorisches Nachtlager.

Und wieder die Lagune.

Das Boot, das Pietro gekauft hatte, war stabiler, aber auch schwerer und weniger wendig als das kleine Ruderboot. Ungünstige Winde zwangen sie, beinahe die ganze Strecke rudernd zurückzulegen, und das in der Kälte und oft genug bei strömendem Regen.

Pietro und Alewar unterhielten sich fast gar nicht, sie verständigten sich durch Gesten und Rufe. Alles in allem war der Seemann kein übler Kerl, auch wenn Pietro immer noch davon überzeugt war, es mit einem skrupellosen Verbrecher zu tun zu haben.

Am Abend stießen sie auf eine Gruppe von Flüchtlingen und setzten sich mit ihnen an ein gemeinsames Lagerfeuer. Alewar beteiligte sich am Würfelspiel und trank Wein.

Am nächsten Morgen war er ohne Mantel, weil er den verspielt hatte, und so betrunken, dass er nicht mehr aufrecht stehen konnte.

»Wenn du erfrierst, werfe ich dich ins Wasser, damit dich die Fische fressen«, sagte Pietro. »Und wenn es ein weiteres Mal passiert, schneide ich dir höchstpersönlich die Kehle durch.«

Alewar grummelte etwas und Pietro verstand es als Zustimmung. Als es Alewar wieder besser ging, lud er ihm die doppelte Arbeit auf.

Pietro versuchte, von ihm zu lernen, wie sich ein echter Seemann an Bord bewegte, wie man ein Segel befestigte, damit es dem Wind standhielt, wie man ein Ruder ins Wasser tauchte. Er dachte viel nach. Über Justina und Titus und Maria, und ob sie ihre Familien wiedergefunden hatten. Ob er selbst in Rivus Altus auf seine Mutter stoßen würde oder erst nach ihr suchen musste.

Er hatte jetzt eine Arbeit für sich gefunden und diese Reise würde ihm einiges einbringen. Dadurch würde es einfacher werden, seine Mutter zu finden.

An einem eisigen Morgen erreichten sie endlich Rivus Altus. Seit er von dort abgelegt hatte, waren zwei Wochen vergangen.

Sie machten ihr Boot an einem Pfosten fest und Pietro befahl Alewar: »Geh an Land und suche meine Freunde, sie sind Flüchtlinge aus Ateste. Justina ist ein junges, schönes Mädchen mit dunklem Haar und Titus ein Junge mit einer langen Narbe im Gesicht. Sie werden von einem Pferd mit fuchsrotem und weißem Fell begleitet und einer Frau, Maria. Man kann sie gar nicht verwechseln. Das Pferd heißt Pinus. Sag ihnen, dass sie schnell herkommen sollen, Pietro da Mar ist zurück.«

Alewar grinste. »Warum gehst du nicht selbst?«

Weil ich nicht die Absicht habe, mir hier gleich die Ladung stehlen zu lassen, dachte Pietro, sprach es aber nicht aus. Stattdessen deutete er mit dem Zeigefinger auf den Kai. Das hieß: »Geh!«

»Zuerst will ich aber das Messer wiederhaben, das du mir in Ravenna weggenommen hast. Und meinen Lohn.«

»Du bekommst beides, wenn du wieder zurück bist«, entgegnete Pietro.

Alewar wollte diskutieren, doch Pietro tat, als höre er nichts, und schließlich zog sein Matrose von dannen. Pietro blieb im Bug auf einem Sack Linsen sitzen, ohne auf den Regen zu achten, der an ihm herabfloss.

Zwei Wochen waren vergangen, in denen in Rivus Altus viel geschehen sein musste: Es waren wesentlich mehr Menschen unterwegs als damals, als er die Inseln verlassen hatte. Plötzlich näherte sich eine Menschenmenge, die Pietro bedrohlich erschien, sodass er aufstand und das Messer in die Hand nahm, um notfalls das Tau zu durchtrennen, das sein Boot am Pfosten hielt, und schnell davonzurudern.

»Junge«, sprach ein älterer Man ihn an, dessen lange graue Haare ihm bis zu den Schultern reichten. »Hab keine Angst. Wir tun dir nichts. Dein Herr muss wohl ein Kaufmann sein. Wann wird er wiederkommen?«

Pietro erriet, dass sie Alewar für den Eigentümer von Boot und Fracht hielten, weil er älter war.

»Ich bin hier der Herr«, erwiderte er. »Der Mann, den ihr habt weggehen sehen, arbeitet für mich.«

»Tatsächlich?« Der Grauhaarige wirkte überrascht. »Dann bist du bereit zu verkaufen? Was hast du da in deinem Boot?«

»Vielerlei«, antwortete Pietro. »Aber ich kann meine Waren erst morgen verkaufen, weil ich die Preise hier noch nicht kenne.«

»Wo kommst du her?«, fragte der Mann weiter.

»Aus Ravenna«, erklärte Pietro.

Der Name der Hauptstadt sorgte für Aufregung und die Leute in der Menge begannen miteinander zu flüstern, zu reden.

»Ist das, worauf du da sitzt, vielleicht ein Sack Linsen?«, fragte ein weiterer alter Mann, der die Toga eines Vornehmen trug.

»Ja, mein Herr, große Linsen.«

»Gut. Wenn du mir den Sack jetzt gleich verkaufst und nicht erst morgen, gebe ich dir dafür das hier.«

Der Mann holte einen Beutel hervor und öffnete ihn. Es waren so viele Münzen darin, dass sie als Bezahlung für die gesamte Ladung ausgereicht hätten und für noch einiges mehr.

Pietro musste schlucken. Dennoch schüttelte er den Kopf.

»Ich verkaufe noch nicht«, sagte er. »Morgen schon, aber heute nicht.«

Eine vornehme Frau, die ihr Gesicht verschleiert hatte,

mischte sich ein. »Warte mal, ich kann dir für diesen Sack Linsen das Doppelte geben!«

»Ich gebe dir auch das Doppelte!«, erklang eine weitere Stimme.

Die Gemüter erhitzten sich, die Leute wurden immer unruhiger. Sie zogen unter ihrer Kleidung Beutel voller Münzen hervor, die Frauen hielten ihm Schmuckstücke aus Gold und Edelsteinen entgegen, die sie vor den Hunnen hatten verstecken können und nun für einen Sack Linsen hergeben wollten.

Pietro löste das Tau und schob sein Boot mit einem Ruder vom Kai weg, weil er wusste, dass aufgebrachte Leute schnell die Beherrschung verlieren. Er hatte im Krieg gesehen, wozu Menschen fähig waren, und wollte keinerlei Risiko eingehen.

Auch brauchte er Zeit, um zu überlegen. Es stimmte, er kannte die Preise in Rivus Altus nicht, aber diese Männer und Frauen schienen bereit zu sein, jeden Preis zu zahlen. Wenn er noch länger wartete, konnte es passieren, dass jemand die Soldaten rief, und die beschlagnahmten womöglich seine Ladung, um sie unter sich aufzuteilen, also ...

Er stellte sich vorne in den Bug, damit ihn alle sehen konnten, und rief: »In Ordnung. Ich verkaufe doch schon jetzt.«

Die Menschen auf dem Kai drängelten und schrien.

»Ich fange mit diesem Sack Linsen an. Wir waren bei einem Preis von zwei Beuteln voller Goldmünzen stehen geblieben. Wer bietet drei?«

»Ich!«, rief ein junger Mann.

»Aber du hast doch gar keine drei Beutel Münzen«, meinte ein anderer lachend.

»Doch, die habe ich. Ich muss sie nur von zu Hause holen. Wenn du auf mich wartest, bin ich gleich wieder da.«

»Geh ruhig und hol sie«, erwiderte Pietro. »Aber wenn du nicht bald wieder zurück bist, verkaufe ich die Linsen jemand anderem.«

Er hob einen weiteren Sack in die Höhe. »Wer will getrocknete Feigen? Oder Datteln?«

Auf dem Kai brach ein Tumult aus. Die Leute rissen einander die Kleider vom Leib und schrien einander an. Pietro hörte sich die Angebote an, und wenn ihm eines interessant genug erschien, ruderte er näher an den Kai heran, warf dem Käufer die Ware zu und nahm die Bezahlung in Empfang. Gleich danach zog er sich wieder aufs Wasser zurück, um sich und seine Ladung in Sicherheit zu bringen.

So machte er immer weiter, bis er keine Waren mehr hatte und in seinem Boot viele mit Münzen gefüllte Beutel lagen.

Er ruderte ein Stück ins Hafenbecken hinaus, um in Ruhe sein Geld zu zählen. Titus würde ihm noch viel beibringen müssen, denn es waren furchtbar viele Münzen und er kannte nicht einmal die Namen der hohen Zahlen.

Er.

Der Schweinehirte.

Der dann Soldat geworden war.

Und danach Geisel.

Und jetzt, mit nicht einmal fünfzehn Jahren, war er ein reicher Kaufmann.

Ein Sohn des Meeres.

»He!«, hörte er vom Kai her rufen. »He, Pietro! Pietro!«

Er hob den Kopf und sah, dass Alewar zu dem Pfahl zurückgekehrt war, an dem sie das Boot festgemacht hatten. Bei ihm waren ein Junge mit einem lockigen Wuschelkopf, eine Stute und zwei Frauen. Die erste Frau war Maria und die andere kannte Pietro gut, sehr gut sogar. Obwohl sie anders aussah als bei ihrer letzten Begegnung, kamen ihm keine Zweifel. Überhaupt keine.

Seine Lippen formten ein Wort: »Mama.«

AM ANLEGESTEG
IM HAFEN WARTET DIE MUTTER
UND BREITET IHRE ARME AUS.

41

Sie war dünner geworden.

Gebeugter.

Ihre Haare waren weißer.

Sie hatte mehr Falten um die Augen herum bekommen, aber sie war es.

Ihre Arme, wie sie Pietro umschlossen, so als wäre er noch ein Kind. Dabei fühlte er sich inzwischen wie ein erwachsener Mann.

»Pietro.«

»Mama. Jetzt bin ich wieder bei dir.«

»Ja.«

»Wie geht es dir?«

Sie trat einen Schritt zurück, um ihn von Kopf bis Fuß zu betrachten, und ihre Augen füllten sich mit Tränen. »Ich dachte, ich hätte dich verloren. Immer wieder habe ich das gedacht. Als ich erfahren habe, dass die Armee bei Altinum in die Flucht geschlagen worden ist ... Als sie mir erzählten, dass du den Senator verprügelt hast ... Als deine Freunde mich hier in Rivus Altus gefunden haben und mir erklärt haben, dass du schon wieder weggefahren bist und in zwei oder drei Tagen zurück sein wolltest, und dabei ...«

»Entschuldige bitte, es tut mir leid. Unterwegs hatte ich beschlossen, bis Ravenna zu fahren.«

Seine Mutter bekam einen Weinkrampf, umarmte ihn wieder und drückte ihn noch fester an sich als zuvor.

Pietro lächelte verlegen. »Mama«, sagte er. »Die Leute sehen uns ...«

»Das ist mir egal«, erwiderte sie.

Es gibt Momente, dachte Pietro, in denen eine Mutter einfach nur Mutter ist und ein Sohn einfach nur ein Sohn. Im Grunde war es richtig so, wie es war.

Als sie sich endlich dazu durchringen konnte, ihn loszulassen, wischte seine Mutter sich die Tränen ab. »Deine Freunde haben mir erzählt, dass du schwer verletzt worden bist. Geht's dir inzwischen besser?«

Einen Augenblick lang befürchtete Pietro, dass seine Mutter ihn hier vor allen Leuten ausziehen würde. Er wich vorsichtshalber einen Schritt zurück.

»Ja. Deine Salben haben mir sehr geholfen. Danke, dass du sie in der Hütte zurückgelassen hast.«

»Ich weiß gar nicht so genau, warum ich das getan habe. Irgendwie habe ich gefühlt, dass es wichtig ist.«

»Du hast mich gerettet«, sagte er, weil es die Wahrheit war und weil er wusste, dass sie sich darüber freuen würde. »Entschuldige bitte, dass ich mir mit der Rückkehr so viel Zeit gelassen habe.«

Jetzt trat Titus vor, sodass Pietro auch ihn begrüßen konnte, und dann Maria und schließlich Pinus, die ihre Nase an seiner Brust rieb.

Pietro streichelte sein Pferd zärtlich, er freute sich, es wiederzusehen. »Wie geht es dir, alte Freundin?«

»Bist du wirklich in Ravenna gewesen?«, fragte Titus.

»Ja.«

»Und das große Boot?«

»Das habe ich gekauft.«

»Mit welchem Geld?«

»Mit dem, das ich verdient habe.«

»Und welche Waren hast du uns mitgebracht?«

»Keine«, erwiderte Pietro. »Ich habe alles verkauft, während ich auf euch gewartet habe.«

Die anderen wollten es ihm kaum glauben. Daraufhin zeigte Pietro ihnen das Boot und die vielen Beutel voller Münzen, die darin lagen.

Den Blick begierig auf die Beutel voller Geld gerichtet, machte Alewar Anstalten, ins Boot zu springen.

Doch Pietro stellte sich ihm in den Weg, zog das Messer und sagte: »Nein. Du bekommst deinen Anteil wie vereinbart und sogar etwas mehr. Aber nicht so.«

»Sondern?«

»Ich will, dass du weiterhin für mich arbeitest. Ich brauche einen erfahrenen Seemann. Jemand, der schnell wieder nach Ravenna fährt und neue Ware kauft. Die nächste Ladung. Was meinst du?«

Alewar grinste und Titus verdrehte die Augen, wie um zu sagen: Traust du dem Kerl wirklich? Tatsächlich war es so, dass Pietro lieber einen Mann wie Alewar beschäftigte, bei dem er von vorneherein wusste, dass man sich vor ihm in Acht nehmen sollte. Zunächst aber musste er ein anderes, dringenderes Problem lösen: Im Boot lag ein kleines Vermögen, auf das gut aufgepasst werden musste, damit Soldaten oder Räuber es sich nicht holten.

»Darum kümmere ich mich«, sagte Titus, als hätte er seine Gedanken erraten. Er ritt auf Pinus davon und kam kurz darauf mit einem kräftig aussehenden Mann zurück.

Der Fremde hatte einen struppigen Bart und trug über einem Auge einen Verband. Es war Sergius, der Zenturio der Legionäre von Ateste.

»Wen sehe ich denn da? Pietro! Du hast meinen Befehl nicht befolgt: Du bist nicht in der Schlacht gestorben.«

»Doch, ich bin gestorben«, antwortete Pietro. »Nur, dass es mir auf der anderen Seite nicht gefiel, deshalb hat meine Schwester mich zurückkehren lassen.«

Sergius musste lachen, obwohl er die Bemerkung nicht verstanden hatte, und umarmte Pietro. Eine schnelle, grobe Männerumarmung.

»Titus hat gesagt, dass du mir einen Vorschlag machen willst.«

»Du arbeitest nicht mehr für den Senator?«, fragte Pietro und erst in diesem Moment wurde ihm bewusst, dass Justina fehlte. Sie war nicht gekommen, um ihn zu begrüßen.

Sergius schüttelte den Kopf. »Der Senator hat keine Arbeit mehr zu vergeben. Und niemand nennt ihn mehr Senator.«

Pietro erwiderte nichts darauf, weil ihm der letzte Satz vollkommen unverständlich war. Wie konnte der Senator nicht mehr Senator sein? Was war geschehen?

»Also«, hakte der Zenturio nach. »Sag mir, wie ich dir helfen kann.«

»Hast du noch dein Schwert?«, erkundigte Pietro sich. »Kannst du immer noch Männer befehligen und dir Respekt verschaffen?«

Sergius nickte und Pietro zeigte auf sein Boot. »Ich bin gerade aus Ravenna zurückgekehrt und habe meine Ladung Waren hier sofort verkaufen können. Jetzt ist das Boot voller Beutel mit Münzen und Schmuck und ich suche jemanden Vertrauenswürdigen, der diesen Schatz mit seinem Leben verteidigt. Ich plane eine weitere Fahrt nach Ravenna und ich brauche einen Mann, dem ich das Kommando über das Schiff übertragen kann.«

»Ich verstehe nichts von der Seefahrt.«

»Alewar wird mit dir kommen, er ist ein ausgezeichneter Seemann, auch wenn er ein Gauner ist.«

»Das ist kein Problem.«

Es ging alles sehr schnell, viel zu schnell, fand Pietro. Er kam kaum noch mit. Wollte Sergius, der Zenturio Sergius, wirklich für ihn arbeiten?

Das Atmen fiel ihm schwer, er spürte eine Last, die er bisher noch nicht gekannt hatte. *Verantwortung.* War er wirklich in der Lage, ein Geschäftsmann zu sein, die richtigen Entscheidungen zu treffen, mit den Launen des Schicksals fertigzuwerden? Er stammte nicht von einer mächtigen Familie ab, niemand hatte ihm beigebracht, wie er sich als Kaufmann zu verhalten hatte. Und jetzt?

Ihm wurde klar, dass er in den vergangenen Tagen und Wochen sehr viel erlebt, sehr viel überstanden und stets die richtigen Entscheidungen getroffen hatte. Er hatte aus allem das Beste gemacht, er hatte das Schiff seines Lebens auf den richtigen Kurs gebracht, meistens war es gut gegangen, manchmal auch weniger gut.

Ich kann nicht bestimmen, aus welcher Richtung der Wind weht, dachte er. Aber bei Flaute muss ich mich eben an die Ruder setzen. Und alles andere ist Schicksal.

»Bist du einverstanden? Machst du mit?«, fragte er Sergius.

Der Zenturio räusperte sich. »Wer hätte gedacht … Wer hätte das jemals gedacht?« Und gleich darauf: »Ja, ich mache mit. Ich stelle mein Schwert in deinen Dienst. Dein Boot und dein Geld sind bei mir sicher.«

»Perfekt. Dann geh jetzt bitte an Bord, befehle Alewar abzulegen und fahr mit ihm ins Hafenbecken, aber nicht zu weit, damit ihr meine Signale seht und wisst, wann ihr herkommen sollt.«

Sein Handel hatte Aufmerksamkeit erregt, sagte Pietro sich und er befürchtete, dass früher oder später jemand kommen und ihm sein Geld abnehmen oder es beschlagnahmen würde.

Wenn man nichts besitzt, gibt es auch nichts, worum man sich Sorgen machen muss, dachte er. Wenn man viel hat, muss man viel Zeit und Arbeit aufwenden, um es zu schützen. Das war nicht leicht und schaffte viele Probleme.

Sergius schlug sich mit der Faust gegen die Brust. Das war der Gruß der Legionäre, die Ehrenbezeugung, die er bisher immer dem Senator erwiesen hatte. Und jetzt hatte er Pietro auf diese Weise gegrüßt.

Das erinnerte Pietro an das nächste Problem, das er schnellstens lösen musste. Justina. Gerade wollte er Titus bitten, ihn zu Justina zu führen, doch seine Mutter kam ihm zuvor.

Sie legte ihm eine Hand auf den Rücken und sagte: »Komm, mein Junge, du musst müde sein nach der langen Reise, du musst dich ausruhen. Außerdem gibt es da jemanden, der es kaum erwarten kann, dich wiederzusehen.«

IN DER LAGUNE
IST EINE NEUE STADT
ENTSTANDEN.

42

Willig folgte Pietro seiner Mutter und Titus, und schaute sich unterwegs immer wieder erstaunt um. Auf den Inseln waren Brücken, Zelte und Häuser errichtet worden. Er sah Menschen, die Holzpalisaden bauten und eingezäunte Grundstücke mit der Hacke bearbeiteten, um sie auf die Aussaat im kommenden Frühling vorzubereiten. Und obwohl Pietro viele traurige oder verwirrte Gesichter erblickte und Augen, in denen sich noch die Schrecken des Krieges zu spiegeln schienen, spürte er die Energie, die Kraft, die er schon bei seinem ersten Besuch bemerkt hatte. Sie kam ihm dieses Mal noch stärker vor.

Der Wille, von vorne anzufangen.

Es war Winter und die Hunnen würden die Bewohner hier vermutlich bis zum nächsten Jahr in Ruhe lassen, denn seit Menschengedenken hatte sich noch keine Armee bei Frost in Marsch gesetzt. Auf diesen in der Lagune verstreuten Inseln waren sie in Sicherheit. Und konnten in Ruhe an die Zukunft denken. Pietro erschien die Zukunft als etwas, das er an seinem Körper trug, wie Kleidung. Und er brannte darauf, noch mehr Zukunft anzusammeln.

»Wir aus Ateste haben uns hier alle getroffen«, berichtete seine Mutter unterwegs. »Mit einigen bin ich zusammen gereist, andere hatte ich aus den Augen verloren und habe sie hier wiedergesehen. Wir kennen uns ja schon seit jeher und es ist schön, vertraute Gesichter um sich zu haben.«

»Ist Valdo auch hergekommen?«, fragte Pietro.

Seine Mutter schüttelte den Kopf. »Seit der Schlacht hat ihn niemand mehr gesehen, er ist verschollen …«

Pietro dachte an die letzte Begegnung mit seinem Stiefvater zurück. Valdo hatte mitten im Gemetzel gestanden, ohne Waffen und mit weit aufgerissenen Augen …

Er überlegte, es seiner Mutter zu erzählen, beschloss dann aber, es lieber nicht zu tun. Sie und Valdo waren miteinander verbunden gewesen, wenn auch auf keine wirklich gute Art. Er wollte nicht, dass sie so an Valdo dachte: an einen einsamen, vor Kummer wahnsinnig gewordenen Menschen.

»Jedenfalls hat deine Mutter recht«, meinte Titus. »Wir haben beschlossen zusammenzubleiben, auch weil man hier sehr aufpassen muss. Du wirst sehen, dass es eine gute Idee war, Sergius einzustellen, er ist tüchtig, viele Soldaten halten ihm die Treue. Sie haben alle noch ihre Rüstungen und Waffen. Aber die Räuber haben die auch, deshalb ist es besser, nachts nicht durch die Straßen zu laufen, hinter jeder Ecke kann einer lauern, der einen verprügelt und ausraubt.«

Pietro, der in seinem Leben schon oft genug verprügelt worden war, nickte.

Sie folgten einem Pfad, der sie durch eine kleine Ansammlung von Hütten zum Meeresufer führte. Vor ihnen lag eine große, auf drei Seiten von Wasser umgebene Wiese, die vorne durch eine Palisade aus zugespitzten Pfählen abgegrenzt war. Hinter der Palisade standen an die dreißig Zelte, deren graue Bahnen wie Segel im Wind knatterten.

»Wir sind da«, sagte die Mutter.

Wartet Justina hier auf mich?, fragte sich Pietro. Er verstand nicht, warum sie nicht mit den anderen zur Anlegestelle gekommen war. Hatte der Senator es ihr vielleicht verboten? Und was hatte Sergius mit dem gemeint, was er über den Senator gesagt hatte? Was war in den letzten Tagen geschehen?

Sie betraten die eingegrenzte Fläche und sofort versammelte sich um sie herum eine kleine Menschenmenge. Die Frauen umarmten Pietro und hießen ihn lächelnd willkommen. Sie fragten ihn, wie es ihm gehe, ob er wirklich Attila begegnet war, ob es stimme, dass ein Hunne ihn mit seinem Schwert durchbohrt hatte.

Es waren alles bekannte Gesichter, der Hirte Fulvius war unter ihnen und Servilius, mit dem Pietro gemeinsam gekämpft hatte, der Bauer Emilius, die Köchin des Senators und Ausonius. Der Priester trug eine grobe Arbeitstunika, seine Haut war von der Sonne gebräunt. Lächelnd ging er auf Pietro zu und umarmte ihn.

»Mein Sohn«, sagte er, »du ahnst nicht, wie sehr ich mich darüber freue, dass du hier bei uns bist. Ich habe sehr oft für dich gebetet …«

Auch Pietro freute sich, ihn wiederzusehen.

»Aber was ist mit den Hunnen?«, fragte Pietro. »Wie konntet Ihr entkommen?«

»Eine lange Geschichte, die ich dir mal in Ruhe erzählen werde. Erinnerst du dich an den griechischen Arzt, den wir kennengelernt haben? Wir haben uns angefreundet und er hat mir bei meiner Flucht geholfen. Da hatten die Hunnen sowieso andere Sorgen, die Flucht eines armen Priesters interessierte sie nicht mehr.«

Er lachte und Pietro hätte gerne mehr erfahren, doch seine Mutter legte ihm eine Hand auf die Schulter. »Schau mal«, sagte sie, »wer da so ungeduldig auf dich gewartet hat.«

Pietros Herz machte einen Sprung. Justina!, dachte er.

Er drehte sich um und sah sie vor sich.

Aber es war nicht Justina.

Es war Galla.

Als er sie das letzte Mal gesehen hatte, war sie am Straßenrand gestanden, während er und die anderen Soldaten vorbeimarschierten. Sie hatte ihn gefragt: »Musst du auch mitgehen?«, und er hatte geantwortet: »Ja, aber ich komme wieder.« Darauf hatte sie gesagt: »Ich verlasse mich darauf.«

Diese Worte waren ihm immer wieder im Kopf herumgegangen, bis er Justina begegnet war und all das andere geschehen war. Es war jedoch keineswegs so, dass er Galla vergessen hatte. Die meisten Menschen hier waren von ihren Kriegserlebnissen schwer gezeichnet, ihre Gesichter bleich, müde und eingefallen. Galla dagegen war regelrecht aufgeblüht. Sie sah nicht abgezehrt aus, sondern schlank, und ihr Gesicht hatte mehr Ausdruck bekommen. Ihre Brust und ihre Hüften aber waren üppig geblieben.

Pietro konnte nicht anders, er musste sie anschauen, die strahlenden Augen betrachten, die vollen Lippen, den schlanken Hals, der durch die aufgesteckten Haare gut zur Geltung kam, die Schultern, ihre feinen Hände und Füße.

Monatelang hatte er von ihr geträumt, nein, jahrelang, während er die Schweine hütete, während er zum Brunnen ging, um Wasser zu holen, und jetzt waren all diese Träume plötzlich verflogen, von ihrer Anwesenheit vertrieben.

»Salve, Pietro«, sagte sie und er hatte plötzlich einen Kloß im Hals und bekam kaum noch Luft.

»Sa… Salve«, stotterte er.

Sie blieben einfach stehen und starrten einander an. Pietro wusste, dass er etwas sagen sollte, irgendetwas, aber er schaffte es einfach nicht.

Da trat seine Mutter lachend zu ihnen, sah Galla an und legte ihr eine Hand auf die Schulter, eine Geste, die sehr vertraut, ja beinahe intim wirkte, und meinte: »Na, was soll denn diese Schüchternheit, nachdem du seit Tagen nichts anderes gemacht hast, als mich nach ihm zu fragen? Nachdem wir beide vor Sorge um ihn die Nächte durchwacht haben, weil wir Angst hatten, dass er nicht mehr zurückkommt? Und schau, jetzt ist er hier, ich habe ihn dir hergebracht, jetzt steht er vor dir.«

Ihre Stimme zitterte ein bisschen, während sie sprach, vielleicht vor Erleichterung, dass ihr Sohn noch lebte.

Galla schien sich zu entspannen, sie sah Pietro in die Augen und sagte: »Es stimmt schon, ich habe mir große Sorgen gemacht. Wir alle. Wo warst du?«

»In Ravenna.«

»In der Hauptstadt! Ist sie schön?«

Pietro überlegte. »Ja«, antwortete er dann, und weil er selbst fand, dass das nicht genug war, fügte er noch hinzu: »Sehr.«

»Ich würde gerne auch einmal über das Meer fahren«, sagte Galla. »Ich habe gehört, dass darin viele Fische leben. Ich könnte sie zubereiten. Inzwischen kann ich sehr gut Fisch zubereiten, weißt du? Auch Muscheln und Enten, wenn wir welche bekommen ...« Sie holte tief Luft und bat dann: »Vielleicht kannst du mich nächstes Mal mitnehmen.«

Pietro riss erstaunt die Augen auf. Er hatte nicht damit gerechnet, dass Galla so direkt sein konnte.

»Eines Tages ...«, rutschte es ihm heraus. »Wenn du möchtest ...«

»Würdest du mich wirklich mit auf dein Boot nehmen?«, fragte sie. »Und mit mir Muscheln sammeln?«

Pietro lächelte. »Ja, das macht Spaß.«

Er stellte sich Galla vor, wie sie barfuß im warmen Wasser der Lagune herumlief, mit hochgeraffter Tunika, sodass man ihre Beine sah, die runden Waden und die blassen Oberschenkel. Pietro errötete. Er fühlte sich wie eine Biene, die von einer Blüte angezogen wurde, einer Blüte, die sich plötzlich öffnete, eine duftende, bezaubernde Blüte ...

»Pietro!« Titus war von hinten gekommen und zerrte an seiner Tunika. »Was hältst du davon, etwas zu essen?«

Pietro bedachte ihn mit einem eisigen Blick. Das war jetzt wirklich der falsche Moment, dachte er, doch Galla musste lachen und meinte: »Ich habe auch Hunger. Ich fürchte allerdings, dass ich euch nicht viel anbieten kann.

Wie ihr sicher wisst, gibt es in Rivus Altus zu wenig Lebensmittel und was da ist, ist unverschämt teuer.«

Pietro zuckte mit den Schultern. Dann nahm er das Bündel, das er die ganze Zeit über der Schulter getragen hatte,
und knüpfte es auf. Darin waren getrocknete dicke Bohnen, Speck, getrocknete Würste, hartes Brot, Trockenfeigen
und Nüsse.

»Ich habe nicht alles verkauft …«, sagte er leise.

Der Anblick der Lebensmittel löste einen kleinen Tumult
aus. Die Leute wollten alles mit eigenen Augen sehen und
auf einmal war Pietro der Freund von allen, sie klopften
ihm auf die Schultern, lächelten, beglückwünschten ihn
und seine Mutter, so als ob sich ihr Schicksal ganz plötzlich zum Besseren gewendet hätte.

Wie durch Zauberei brannte plötzlich ein Feuer. Töpfe
und Messer waren zur Hand und Galla machte sich zusammen mit anderen Frauen an die Arbeit. Bald duftete es
nach wunderbaren Speisen.

Galla richtete es so ein, dass sie Pietro mit Essen versorg-
te, ihm die besten Häppchen zuteilte und ihn immer wieder fragte, ob es ihm denn schmecke.

Er lächelte und bejahte. Tatsächlich war alles ausgezeichnet, gleichzeitig vermisste er jedoch das einfache Essen, das
er sich in der Lagune am Lagerfeuer zubereitet hatte.

Auf einmal sehnte er sich nach dieser stillen Einsamkeit
zurück, so stark, dass es beinahe wehtat, aber er wusste, dass
er das Galla nicht erklären konnte, ohne sie zu verletzen.

Der einzige Mensch, den Pietro jetzt gerne bei sich gehabt hätte, war Justina. Was war mit ihr geschehen, warum
sprach niemand von ihr?

Nach der Mahlzeit fielen ihm Sergius und Alewar wieder ein, die immer noch das Boot bewachten. Ein kleiner Junge, den Pietro noch nie zuvor gesehen hatte, bot an, ihnen etwas zu essen zu bringen. Pietro schenkte ihm eine Münze. Dann war da noch eine Frau, die Pietro Wein eingoss. Er schmeckte ihm überhaupt nicht, er war furchtbar sauer und verätzte ihm den Magen, und er bekam Kopfschmerzen.

»Vielleicht sollte ich etwas schlafen«, sagte er und seine Mutter erhob sich, um ihm ein Lager zu bereiten.

Sie stellte vor einer Ecke des großen Zelts, in dem sie saßen, Wandschirme auf. Dahinter fand Pietro keinen Strohsack, sondern ein richtiges Bett vor, ein Gestell aus Holz, in das Lederstreifen eingeflochten waren, mit einer Matratze, die das Liegen bequemer machte.

»Kann ich nicht einfach ein bisschen Stroh haben und auf dem Boden schlafen, wie früher zu Hause?«

Seine Mutter lachte. »Ausonius hat gesagt, dass du eine wichtige Persönlichkeit geworden bist, und wichtige Persönlichkeiten schlafen in Betten.«

Sie verschwand hinter den Wandschirmen und Pietro legte sich hin, mit dem Kopf auf den verschränkten Armen. Das Bett war wirklich sehr bequem, dennoch fühlte er sich unbehaglich. Sämtliche Flüchtlinge aus Ateste hatten sich in einem Zelt versammelt und behandelten ihn wie einen Kaiser. Warum nur? Weil er nach Ravenna gefahren und dort einige Waren verkauft hatte? Er begriff die Welt nicht mehr.

Er mochte weder das Bett noch das Zelt noch die Leute, die sich darin versammelt hatten. Ihm war, als würden sie etwas von ihm erwarten. Er war in einer Art von Käfig gelandet und musste aufpassen, dass sie ihn nicht für immer darin einsperrten und er die Kontrolle über sein Leben verlor. Er hatte so etwas schon einmal erlebt und hatte es gehasst. Deshalb durfte es ihm kein zweites Mal passieren.

Dieser Gedanke zog einen anderen nach sich. Justina.

Warum war sie nicht gekommen, um ihn zu begrüßen?

Er wollte sie sehen.

Mit ihr reden.

Verstehen.

Er beschloss, diesen Gedanken sofort in die Tat umzusetzen. Schnell rollte er sich auf die Seite und erinnerte sich daran, wie oft ihm diese an sich so einfache Bewegung entsetzliche Schmerzen bereitet hatte, wegen der Wunde, und wie Justina dann immer bei ihm gewesen war.

Er landete auf allen vieren auf dem Boden. Die Zeltplane bewegte sich leicht im Wind, draußen war es dunkel geworden. Pietro merkte, dass auf der anderen Seite der Plane etwas war, eine Art Schatten. Ein zusammengekauerter Schatten, der ihn zu beobachten schien.

Wie ein Spiegelbild.

Wer war das und warum war er da?

Pietro kroch darauf zu …

EIN SCHATTEN SCHLEICHT
AM ZELT VORBEI. UND DANN
ERKENNT ER SIE: JUSTINA.
SIE KÜSSEN SICH.

43

Es war, wie auf den Mond zu fliegen.

Wie in einen Abgrund hinunterzuspringen.

Wie zu Wind und Wasser, zu Erde und Feuer zu werden.

Und als ihre Lippen sich voneinander lösten, sah Pietro sie an und begriff, wie sehr sie ihm gefehlt hatte.

»Justina.«

»Pietro.«

»Ich habe nach dir gesucht«, sagte er.

»Ich habe auf dich gewartet«, sagte sie.

Wieder küssten sie sich.

»Du bist lange weggewesen«, sagte sie.

»Jetzt bin ich hier«, sagte er.

Justina nahm ihn an der Hand und führte ihn von dem Zelt weg, weit weg, um Zelte und in den Boden gerammte Fackeln herum.

»Wohnst du auch hier, bei den anderen?«

»Nein«, antwortete sie. »Ich bin bei meinem Vater, er kann nicht hier sein.«

»Bist du alleine gekommen?«

»Ja.«

Pietro musste an das denken, was Titus gesagt hatte. Dass in Rivus Altus nachts Diebe und Mörder herumliefen.

»Ist das nicht gefährlich?«, fragte er.

Justina zögerte. »Ja. Aber ich musste dich sehen.«

Sie gingen bis ans Ufer. Hier war eine Wiese, auf der eine kleine Pferdeherde weidete, darunter auch Pinus, die sie bemerkte und zur Begrüßung kurz wieherte.

Pietro setzte sich vor einen in den Boden gerammten Pfosten und schaute aufs Meer. Es war kalt, seine Tunika war viel zu dünn, und auch Justina trug keinen Mantel und zitterte vor Kälte.

Galla fiel ihm ein, der er versprochen hatte, mit ihr Muscheln sammeln zu gehen. Ein Schuldgefühl überfiel ihn.

Er drückte Justina an sich. »Erzähl!«

Und Justina erzählte. Nachdem Pietro davongerudert war, waren sie, Titus, Maria und Pinus losgezogen, um nach den Flüchtlingen aus Ateste zu suchen. Sie zu finden, war leicht gewesen, denn sie wohnten alle zusammen in einem Lager aus Zelten und Hütten.

Allerdings war der Senator nicht bei ihnen gewesen.

»Das Glück ist schuld«, sagte Justina. »Dir lächelt es zu, ihm hat es den Rücken zugekehrt.«

Pietro verstand nicht, was sie damit meinte, und Justina erklärte es ihm.

»Vor der letzten Schlacht, der, in der du beinahe tödlich verletzt worden bist, hatte mein Vater die Evakuierung von

Ateste organisiert. Alle sollten auf dem Fluss stromabwärts fahren und ich sollte eigentlich mit dabei sein. Erinnerst du dich?«

Pietro erinnerte sich.

»In dem Konvoi gab es auch einige mit Waren und kostbaren Dingen beladene Boote. Der Schatz unserer Familie. Natürlich kamen mehrere bewaffnete Männer mit, um die Boote zu bewachen. Doch kurz nach Verlassen der Stadt wurde der Zug von einem Trupp Hunnen aufgehalten, der die Ufer des Athesis bewachte. Sergius und seine Legionäre waren in jene Schlacht verwickelt, in der auch du gekämpft hast, und konnten uns nicht zu Hilfe kommen. Die Legionäre, die mein Vater bei sich hatte, ergaben sich. Die Hunnen haben alles mitgenommen, sie haben meinen Vater ausgeraubt.«

Pietro musste an Adler denken. Der hätte es anders ausgedrückt, hätte gesagt, dass die Hunnen Beute gemacht hatten. Und dass dies ihr Recht war: das Recht des Siegers.

»Sie hatten nichts mehr, nicht einmal die Boote, denn die Hunnen hatten sie versenkt. Der Marsch hierher war lang und anstrengend und viele Leute aus dem Gefolge meines Vaters sind gestorben oder haben sich abgesetzt.« Justina legte eine Pause ein, riss Grashalme ab und Pinus, die das als Einladung verstand, kam herbei und fraß Justina das Gras aus der Hand. »Als mein Vater Rivus Altus erreichte, traf er dort die anderen Geflüchteten aus Ateste an. Und die haben zu ihm gesagt, dass …«

»Dass…?«

»Dass sie keinen Senator mehr brauchen. Die Kurialen haben sich gegen ihn gewendet. Sie haben gesagt, dass es besser gewesen wäre, sich mit Attila zu einigen, anstatt um jeden Preis Widerstand zu leisten. Sie haben gesagt, dass es seine Schuld war, dass Ateste erobert wurde, und dass es besser wäre, er würde verschwinden und sich nie wieder blicken lassen.«

Justina zögerte, bevor sie hinzufügte: »Erinnerst du dich? Er war der Einzige, der keine Soldaten nach Aquileia schicken wollte, der Einzige, dem die Verteidigung von Ateste wirklich wichtig war. Trotzdem haben sie ihm die Schuld gegeben ... Ein paar Tage später wurde er krank. Sumpffieber. Er hat eine Weile durchgehalten, doch inzwischen geht es ihm immer schlechter.« Wieder zögerte sie. »Ich glaube, er liegt im Sterben.«

Pietro wusste nicht, was er darauf sagen sollte. Schon seit langer Zeit, seit er Ateste verlassen musste, um mit den Legionären mitzumarschieren, hatte er den Senator als seinen Feind angesehen, als einen schlimmeren Feind als Attila und die Hunnen. Dieser Mann hatte ihn zweimal mit Stockschlägen bestrafen lassen und hatte ihn mindestens zweimal in den Tod geschickt. Deswegen hatte Pietro ihn gehasst, doch noch stärker als dieser Hass war seine Verachtung: Er verachtete ihn dafür, wie er Justina behandelt hatte. Dafür, dass er sich geweigert hatte, seine Tochter zu verstehen.

Dennoch löste der Bericht vom Untergang des Senators in Pietro ein eigenartiges Gefühl aus, das er nicht beschreiben konnte. Keine Empörung, das nicht. Aber eine bittere Traurigkeit.

»Ich will deinen Vater sehen«, sagte er.

Justina fragte ihn nicht, warum. Sie stellte keine Fragen.

Sie kehrten zu der Palisade zurück. Die Lichtkreise der Fackeln mieden sie, und Pietro fand einen schmaleren Pfosten, der ihm als Stock dienen konnte, und zog ihn heraus. Sie schlugen den Pfad ein, der quer über die Insel verlief, überquerten eine Holzbrücke und gingen zwischen zwei Reihen von großen Hütten entlang. Die ganze Zeit über wirbelte Pietro seinen Stock durch die Luft, um mögliche Angreifer einzuschüchtern.

Nachdem sie eine weitere Holzbrücke überquert hatten, erreichten sie die Stelle, an der er und Justina vor seiner Abreise nach Ravenna miteinander gesprochen hatten, jene Stelle, an der ihm die halbierte Münze auf den Boden gefallen war und er eine Idee gehabt hatte, von der er noch niemandem erzählt hatte, nicht einmal ihr.

Der breite Kanal, der vor ihnen lag, glitzerte im Licht der Sterne. An seinem Ufer war ein kleines Boot festgemacht und daneben lag ein schlafender Mann. Pietro weckte ihn und der Fährmann reagierte mit einer Reihe von Flüchen.

»Du musst uns übersetzen«, sagte Pietro.

Der Mann fluchte wieder, wurde aber freundlicher, als Pietro ihm eine Münze gab. Mit ein paar Ruderschlägen brachte er sie an das gegenüberliegende Ufer. Pietro bat ihn, wach zu bleiben, weil sie bald zurückkehren würden.

Weitere Inseln, Brücken, Holzbaracken, Palisaden, Hütten mit Lehmwänden.

Schließlich sagte Justina: »Hier ist es.«

Es war nicht einmal ein richtiges Zelt, sondern nur eine Plane, die schräg zwischen dem Boden und dem Stamm einer Trauerweide aufgespannt war.

Justina trat näher heran und sagte: »Vater.«

»Er schläft«, flüsterte eine Jungenstimme und aus dem improvisierten Unterschlupf kroch Constantinus heraus.

Seit dem Tag, an dem er und seine Schwester das Gespräch zwischen ihrem Vater und dem Boten hatten belauschen wollen, hatte Pietro ihn nicht wieder gesehen. Der Tag, an dem alles angefangen hatte.

Auch Constantinus hatte sich in den vergangenen Monaten verändert. Die Ähnlichkeit mit Justina war fast nicht mehr zu erkennen. Er war blasser geworden, seine Augen sahen rot und entzündet aus und er schien Fieber zu haben. Obwohl er einen Wollmantel trug, zitterte er.

»Wer ist das?«, fragte er und zeigte auf Pietro.

»Pietro«, antwortete Justina.

»Ach, der Schweinehirte. Was will er hier? Warum hast du ihn hergebracht?«

»Er wollte kommen.«

Constantinus spuckte auf den Boden. »Ich habe gehört, was sich die Leute erzählen. Ich weiß, dass er in Ravenna war, dass er dort ein großes Boot gekauft und sein Glück gemacht hat. Sicher ist er gekommen, um unseren Vater zu verspotten oder um Rache zu nehmen.« Er wandte sich Pietro zu. »Nicht wahr, *Kaufmann?* Für einen wie dich muss es schön sein zu sehen, wie tief wir gefallen sind.«

Pietro schwieg und Constantinus trat näher an ihn heran. »Was, du sagst nichts? Du hast nichts zu sagen?«

»Lass ihn in Ruhe«, mischte Justina sich ein.

Sie stellte sich zwischen die beiden Jungen. Dann nahm sie Pietro an der Hand und zeigte auf das primitive Zelt.

»Du wolltest herkommen«, sagte sie. »Und jetzt sind wir hier. Der Senator, mein Vater, liegt hier drunter.«

347

SO ENDET DAS LEBEN DES SENATORS:
EINSAM, IN EINEM ZELT.

44

Pietro kam wieder heraus, legte den Kopf in den Nacken und atmete tief durch. Unter der Plane war es stickig gewesen und es hatte gestunken. Er fragte sich, warum er das Bedürfnis gehabt hatte herzukommen, noch dazu mitten in der Nacht.

Doch er kannte die Antwort.

Wenn er es nicht mit eigenen Augen gesehen hätte, wäre ihm stets der Zweifel geblieben und das Gefühl, sich allzu hastig von all dem getrennt zu haben, was sein früheres Leben ausgemacht hatte.

Den sterbenden Senator zu sehen und sich von ihm zu verabschieden war ein notwendiger Schritt gewesen, um von nun an seinen eigenen Weg gehen zu können.

»Na«, meinte Constantinus unfreundlich. »Was hast du jetzt zu sagen?«

Nichts. Pietro hatte nichts zu sagen.

Unter seiner Tunika verborgen war ein prall mit Münzen

gefüllter Beutel und er wollte ihn schon hervorholen und ihn Constantinus geben, doch er hielt inne. Es war nicht richtig. Es wäre ein Almosen gewesen, das den Senator beschämt, ihm die letzte ihm verbliebene Würde genommen hätte.

Stattdessen sagte er zu Justina: »Komm mit mir mit.«

»Was?«, rief ihr Bruder. »Sie kann nicht …«

»Komm«, sagte Pietro nur, drehte sich um und ging den Pfad entlang, die eine Hand fest um den Stock geschlossen.

Justina folgte ihm. Pietro war diesen Weg erst ein Mal gegangen und doch zögerte er an keiner Kreuzung, keiner Brücke. Er verließ sich ganz auf seinen Orientierungssinn, der ihn noch nie im Stich gelassen hatte.

Sie trafen an der richtigen Stelle auf den Kanal und der Fährmann war auch tatsächlich da, schlief aber wieder. So musste Pietro ihn abermals wecken, sich die Flüche anhören und ihn mit einer weiteren Münze beruhigen.

Es war viel zu leicht, Menschen auf diese Weise zu beherrschen, mit Geld. Er lief Gefahr, es sich anzugewöhnen.

»Wieder ans andere Ufer zurück?«, fragte der Fährmann.

»Ja«, antwortete Pietro. »Bitte.«

Justina und er stiegen in das Boot. Der Mann schob es ins Wasser, ein paar kräftige, präzise Ruderschläge und der Kiel stieß an das Ufer an.

»Plant ihr zwei heute Nacht noch weitere Fahrten?«, wollte er wissen.

»Nein, heute Nacht nicht mehr«, antwortete Pietro.

»Sehr gut, dann kann ich endlich in Ruhe weiterschlafen.«

Pietro ging davon, am Kanalufer entlang, und suchte die richtige Stelle.

»Was machst du da?«, fragte Justina. Sie war bei dem Boot geblieben. »Und warum hast du mich hierhergebracht? Du hast dem Fährmann gesagt, dass wir ihn nicht mehr brauchen, dabei muss ich heute Nacht noch zu meinem Vater zurück …«

Pietro schloss die Augen, so als ob er die richtige Stelle im Dunkeln mit dem Gehör und dem Herzen finden könne. Ein Schritt weiter links, nein, nach rechts. Die Geräusche, die das Wasser machte. Noch ein bisschen …

»Pietro, rede mit mir. Was machst du da?«

»Ich suche.«

»Was?«

Schweigen.

»Pietro, rede mit mir!«, wiederholte das Mädchen.

»Weißt du, was komisch ist?«, sagte er endlich. »Lange Zeit habe ich gedacht, dass du, Justina, nicht ein Mensch wie ich und meine Mutter und Valdo wärst, sondern irgendwie anders.«

Er hörte sie im Dunkeln lachen. »Wie meinst du das?«

»Das liegt daran, dass du die Tochter des Senators bist, und der Senator ist der Sohn eines anderen Senators. Meine Mutter hat ihn noch gekannt und gesagt, dass er ein guter Mensch war. Bestimmt haben sie dir auch von dem Großvater deines Großvaters erzählt …«

»Ja, natürlich.«

»Und so weiter, so geht es immer weiter zurück, durch die Jahrhunderte, bis in die Zeit von Jesus und noch weiter, bis in die Zeit, in der Rom kein Reich, sondern eine kleine Stadt war, eine junge Stadt wie diese hier, die gerade auf dieser Insel entsteht.«

»Was für eine Stadt entsteht hier?«, fragte Justina.

»Du siehst sie noch nicht, aber sie ist schon da. Bis jetzt sind es nur Zelte und Hütten, aber allmählich …«

»Pietro, wir sind mitten in der Lagune. Man kann eine Stadt nicht auf Wasser bauen.«

»Vielleicht nicht, vielleicht doch. Hörst du das nicht, dieses Murmeln?«

»Das ist der Kanal«, sagte Justina.

»Das ist der Kanal, aber auch noch etwas anderes. Es ist die Stadt, die hier eines Tages sein wird. Sie atmet. Sie lebt.«

Pietro musste Luft holen, er war es nicht gewohnt, so lange am Stück zu sprechen.

Er ging einen Schritt vorwärts, einen zurück. Die richtige Stelle. Sie musste hier ganz in der Nähe sein. Er fühlte es.

»Ich jedenfalls bin ein ganz normaler Mensch«, sagte Justina. »Und ich bin auch Teil meiner Familie, deshalb kenne ich die Namen meiner Vorfahren, bis zurück in die Zeit, in der Romulus lebte … Hast du jemals von ihm gehört?«

Pietro schüttelte den Kopf.

»Er lebte vor sehr langer Zeit. Er war nur ein Junge und wurde zusammen mit seinem Bruder von einer Wölfin aufgezogen. Und eines Tages beschloss er, eine neue Stadt zu gründen: Rom.«

»Wie hat er es angestellt?«, wollte Pietro wissen.

Justina zuckte die Schultern. »Er nahm einen Pflug und zog damit eine Furche in den Boden. Was hat das mit all dem hier zu tun?«

Pietro machte einen weiteren Schritt. Ja, er hatte die Stelle beinahe gefunden. Oder vielleicht doch nicht, noch nicht. Er war ganz nahe dran, aber *noch nicht ganz.*

»Was hat womit zu tun?«

»Meine Familie, damit, dass wir mitten in der Nacht hier herumstehen.«

»Es hat damit zu tun«, antwortete Pietro, »weil du deine Familie kennst und ich meine nicht. Ich weiß nur, wer meine Mutter ist, das ist alles. Alle anderen hat der Wind davongetragen. Sie sind vergessen. Ich kenne nicht einmal meinen Vater. Soll ich dir etwas Lustiges erzählen?«

Justina nickte.

»Attila. Als ich ihm begegnet bin … Lach jetzt bitte nicht, aber einen Augenblick lang … Ich habe mich gefragt, ob vielleicht er mein Vater ist. Schließlich ist er ja ein Barbar, nicht wahr?«

Justina lachte nun doch, aber es verletzte Pietro nicht, er merkte, dass sie sich nicht über ihn lustig machte. Jetzt musste er ebenfalls lachen.

»Als mir meine Mutter die geteilte Münze gab, sagte sie, ich solle sie für etwas Sinnvolles verwenden. Ich dachte, dass ich damit meinen Vater suchen soll, und stellte mir vor, wie ich ihm eines Tages begegnen würde. Ein reicher Kaufmann oder auch ein Soldat, der seine Münze herausholen und an meine halten würde. Wir hätten die beiden Hälften aneinandergehalten und uns erkannt. So hatte ich es mir vorgestellt, verstehst du?«

Noch ein Schritt. Jetzt spürte er es, er war ganz nahe dran.

»Doch das wird niemals geschehen«, sagte Pietro und musste wieder Luft holen, weil er in seinem ganzen Leben noch nie so viel geredet hatte. »Es wird niemals geschehen, weil das Leben nicht so funktioniert. Die Welt ist viel zu groß und ein Barbar, der vor fünfzehn Jahren verschwunden ist, taucht nicht plötzlich wieder auf. Als ich das begriffen habe, war ich sehr enttäuscht. Doch dann ist mir eingefallen, dass ich mit dieser Goldmünze auch etwas anderes anfangen kann.«

»Und was wäre das?«, fragte Justina leise.

Hier ist es, dachte Pietro. Er hatte sie gefunden, es war genau dieselbe Stelle. Sein Orientierungssinn verriet es ihm, aber auch das Geräusch, das der Wind machte, und das Mondlicht auf dem Kanal.

Er holte den kleinen Beutel hervor, nahm die halbierte Münze heraus und legte sie feierlich an die Stelle, auf die sie ein paar Wochen zuvor gefallen war, als er und Justina hier am Ufer des Kanals miteinander gesprochen hatten.

»Ich habe keine richtige Familie«, sagte er. »Und ich habe kein Haus.« Er sah Justina an und lächelte. »Aber ich kann mir eines bauen.«

Es kam ihm vor, als hätte der Wind aufgefrischt, er fuhr ihm durchs Haar und strich ihm über die Haut. Los, forderte er ihn auf, beweg dich. Tu es!

Mit Kraft rammte Pietro seinen Stock in den schlammigen Uferboden und machte sich daran, ein Viereck hineinzuritzen. Ein sehr großes Viereck, das bis zum Wasser reichte, ein Stück weit am Ufer entlanglief und dann davon abbog. In der Mitte des Vierecks lag die Münze und glitzerte im Gras.

Justina folgte ihm, sie sagte ihm nicht, dass er verrückt sei, aber sie fragte: »Glaubst du das wirklich? Glaubst du wirklich, dass auf diesen Inseln eines Tages eine richtige Stadt stehen wird? Eine Stadt auf dem Wasser?«

»Oh ja«, antwortete Pietro. »Ich kann sie schon sehen.

Sie wird wunderschön sein. Und genau hier, genau an dieser Stelle, wird ein Haus sein und für immer dort bleiben.«

Er drückte den Stock ein letztes Mal in den Boden, um das Viereck fertigzustellen. Er breitete die Arme aus.

»Das Haus da Mar.«

MIT DEM STOCK
ZEICHNET ER DEN UMRISS VOR.
HIER ENTSTEHT EIN NEUES HAUS,
EINE NEUE FAMILIE GRÜNDET SICH,
EINE NEUE GESCHICHTE
BEGINNT.

EINE GESCHICHTSLEKTION ...

... ist natürlich nicht die beste Art, ein Buch zu beenden. Aber vielleicht bist du ja die Art von Leserin oder Leser, die immer alles ganz genau wissen wollen und womöglich noch im Internet nachschauen. In diesem Fall ist ein Nachwort genau das Richtige für dich.

Dieser Roman spielt im Jahr 452 n.Chr., also vor knapp tausendsechshundert Jahren. Er geht also ganz schön weit zurück, in eine Zeit, in der in Italien noch das Römische Reich bestand. Allerdings ging es ihm zu diesem Zeitpunkt nicht mehr besonders gut und sein Untergang und das Mittelalter standen sozusagen bereits vor der Tür.

Doch die Menschen, die damals lebten, hatten noch nie etwas vom Mittelalter gehört, sie glaubten, einfach nur Römer zu sein. Sie trugen römische Kleidung, sprachen Latein und so weiter.

Ein Haus bezeichnete man als *domus*, Soldaten waren Legionäre. Vieles, das für uns heute selbstverständlich ist, gab es damals noch nicht: Mal abgesehen von Computern und Handys kannten die Bürger des Römischen Reichs auch keine Kartoffeln, keine Tomaten, keine Bohnen und keinen Mais, allesamt Nutzpflanzen, die erst nach der Entdeckung Amerikas nach Europa kommen sollten.

Die Reiter ritten ohne Steigbügel, deshalb hatten viele Sättel vorne und hinten hohe Lehnen oder Hörner, die das Herunterfallen des Reiters verhindern sollten. (Allerdings scheinen die Hunnen damals bereits eine Art von Steigbügel benutzt zu haben, einer der Gründe, warum sie unglaublich geschickte Reiter waren.)

Zu dem Zeitpunkt, zu dem unsere Geschichte spielt, waren alle Römer bereits Christen geworden, brachten den alten Göttern jedoch weiterhin einen gewissen Respekt entgegen. Die christliche Kirche war ganz anders als unsere heutige. Es gab noch keine heilige Messe, wie wir sie kennen, sondern eine allwöchentliche Versammlung. Und obwohl Priester eigentlich das Zölibat einhalten, also ledig bleiben sollten, hatten viele von ihnen trotzdem Frau und Kinder.

Auch damals schon war es – so wie heute noch – von Vorteil, als Junge zur Welt zu kommen. Von den Mädchen wurde erwartet, dass sie ihr ganzes Leben zu Hause verbrachten und dort kochten, nähten und, sobald sie verheiratet waren, Kinder bekamen. Möglichst viele Kinder. Sie erhielten keine nennenswerte Bildung und die einzige Perspektive, die sie im Leben hatten, bestand darin, einen einigermaßen anständigen Mann zu heiraten.

Das Verhalten meiner Romanfiguren Pietro und Justina mag oft eigenartig oder gar falsch erscheinen, aber man darf nicht vergessen, dass sie in einer fernen Vergangenheit lebten.

Noch etwas, das damals wie heute von Vorteil war und ist: Nach Möglichkeit sollte man in eine reiche Familie hineingeboren werden. Die Sklaverei kam gerade aus der Mode, weil Sklaven dem Staat keine Steuern zu zahlen und nicht in den Krieg zu ziehen brauchten, zwei Pflichten, denen sich freie Bauern nicht entziehen konnten. Wirklich frei aber waren die Bauern damals nicht, und bald sollten sie zu Leibeigenen werden.

Anders als bei uns heute galt man damals als volljährig, sobald man in die Pubertät gekommen war.

Hm, was ist noch wichtig? Die Hauptstadt des Römischen Reichs war nicht mehr Rom, sondern es gab zwei Hauptstädte: die des westlichen Reichteils, des Weströmischen Reichs, war Ravenna, die des Oströmischen Reichs war Konstantinopel, das heutige Istanbul. Die wichtigste Stadt Italiens aber war Mediolanum, das heutige Mailand.

Die Hunnen, die von Attila angeführten Barbaren, sind wichtige Figuren dieses Romans, doch wissen wir über sie nur sehr wenig. Nicht mal ihr Aussehen ist uns bekannt, es könnten große blonde Leute gewesen sein, sie könnten aber auch dunkles Haar und orientalische Gesichtszüge gehabt haben. Vielleicht sahen die einen Hunnen so und die anderen so aus. Insgesamt hinterließen sie in Europa keinen besonders positiven Eindruck: Attila wurde als die Geißel Gottes bezeichnet und es hieß, dort, wo er durchgekommen sei, wachse kein Gras mehr. Allerdings gibt es in Europa auch Länder, wie etwa Ungarn, in denen Attila als großer Held gilt. All die Geschichten über die Grausamkeit der Hunnen entstanden erst viele Jahrhunderte später.

Wo spielt dieser Roman eigentlich? Sozusagen bei mir zu Hause, nämlich in der Gegend, in der ich geboren und aufgewachsen bin: in der Stadt Este (damals: Ateste), in der Stadt Padua (damals: Patavium) und in der Lagune von Venedig.

Im Laufe der letzten tausendsechshundert Jahre haben sich diese Städte und Landschaften so verändert, dass Pietro und Justina sie nicht mehr wiedererkennen würden.

So gab es zu ihrer Zeit in Este noch nicht die Burg, die heute ihr Wahrzeichen ist, und auch nicht den Kanal Bisatto. Stattdessen floss ein wesentlich breiterer und wichtigerer Fluss durch die Stadt, der heute einen ganz anderen Lauf hat: die Etsch (damals: Athesis). Die Altstadt, das heißt, das *Forum*, befand sich dort, wo heute das Viertel Salute liegt, an etwa der Stelle, an der viel später der Friedhof angelegt wurde.

In Padua dagegen war das *Forum* dort, wo es auch heute noch ist, also dort, wo sich heute das *Caffè Pedrocchi* befindet. Praktisch alles Übrige ist anders, darunter auch der Lauf des Flusses Brenta, den man damals Medoacus nannte.

So könnte ich jetzt noch immer weiter erklären, aber vielleicht lasse ich das lieber. Aus der Geschichtslektion ist mittlerweile eine Erdkundestunde geworden und ich sollte es wirklich nicht übertreiben.

Zusammenfassend möchte ich noch einmal daran erinnern, dass dieser Roman in einer fernen Vergangenheit spielt, um die sich viele Legenden ranken. Ich habe mich sehr bemüht, Fehler zu vermeiden, doch hier und da musste

(oder wollte) ich mir gewisse dichterische Freiheiten er-
lauben.

Alles, was in diesem Buch passiert, ist vor langer Zeit
passiert, deshalb kommen dir Orte und Leute vielleicht
oft ziemlich komisch vor. Aber genau das ist ja auch die
Idee: dass uns Bücher dorthin bringen sollen, wo wir vorher noch nie waren.

DANK

Es gibt keine längere Reise als die, die einen nach Hause zurückführt.

Und so bin ich jetzt, nachdem ich ungefähr fünfzig Romane geschrieben habe, von denen viele in fernen Weltgegenden wie den Vereinigten Staaten oder China spielten, zu meinen Ursprüngen zurückgekehrt. Zwischen meine Hügel, in meine Lagune. An die Orte, an denen ich geboren und aufgewachsen bin, zu den Wurzeln, die mich erden.

Es gibt keine schwierigere Reise als die, die einen nach Hause zurückführt. Als ich noch in die Schule ging und davon träumte, eines Tages Schriftsteller zu werden, ärgerte ich mich darüber, nicht an einem Ort geboren zu sein, an dem es viele Geschichten gibt. Im Maine von Stephen King, dachte ich, dort ist es interessant, während ich nur die alten und langweiligen Orte abbekommen habe. Wie zum Beispiel Venedig.

Es lag genau vor mir, aber ich habe es nicht gesehen.

Ich weiß gar nicht mehr, wie die Idee zu diesem Buch geboren wurde. Es geschah nach und nach, und irgendwann wurde mir klar, dass ein einziges Buch nicht genügen würde, um dem Lauf der Jahrhunderte und dem Rhythmus der Wellen zu folgen.

Das Buch, das du gerade fertig gelesen hast, ist somit das erste der Familie da Mar gewidmete Buch. Weitere werden folgen. Vor mir liegt also noch viel Arbeit, viel Mühe. Ich freue mich schon wie verrückt darauf.

Es gibt keine ungewissere Reise als die, die einen nach Hause zurückführt.

Und weil es an Ungewissheiten nicht gemangelt hat, kommt jetzt der Moment, all jenen zu danken, die mir geholfen haben, sie zu klären und Probleme zu lösen.

Ich danke dem gesamten Team von Book on a Tree, insbesondere Domenico Baccalario und Guido Sgardoli, die mich auf meiner Erkundung der Geheimnisse von Venedig begleitet haben.

Ich danke Lorenzo Rulfo, Barbara Gozzi, Clara und Stefano Marrone, Elena Peduzzi und Manlio Castagna. Ich danke Marco Magnone, ohne den eine bestimmte Szene nicht hätte geschrieben werden können. Ich danke den Freunden, die gemeinsam mit mir am Mittelalter-Schwertkampf-Kurs von Cartino teilnahmen: Angelo Mozzillo, Giada Pavesi, Davide Panizza, Carlotta Cubeddu, Giuseppe D'Anna, Lucia Vacarino, Christian Hill, Vito Di Domenico, Andrea Pau, Andrea Tullio Canobbio, Luca Bitonte,

Lucia Perrucci, Veronica Carratello, Rosamaria Pavan und Jolanda Cassano.

Ich danke dem Fechtmeister Mario Magni, der mir beigebracht hat, mit einem Langschwert umzugehen, ohne mir dabei allzu wehzutun, und der mir geholfen hat zu verstehen, wie Pietro kämpfen musste.

Ich danke dem Team von Mondadori, das mich stets mit viel Sympathie, Sachverstand und Sorgfalt begleitet. Ich danke Maria Mazza, die mit mir an der Geschichte gearbeitet hat. Ich danke meiner Lektorin Viola Gambarini, ich danke Fernando Ambrosi, Michela Cervini, Cinzia Fenoglio, Adelio Reghezza und Valeria Sampaoli. Und natürlich Enrico Racca.

Außerdem danke ich dem Team vom Thienemann Verlag, vor allem Katharina Ebinger und Bettina Körner-Mohr, sowie meiner Übersetzerin Cornelia Panzacchi. Dank auch an Peter Bergting für das Cover der deutschen Ausgabe.

Die Beschäftigung mit der Zeit der Hunneninvasion in Italien war kompliziert, weil es aus jener fernen Zeit nur sehr wenige Augenzeugenberichte gibt und sogar die Sagen einander widersprechen.

Ich danke Professor Ulisse Morelli, der mich auf problematische Stellen und Fehler hingewiesen hat. Ich danke Cristina Temporin von der Bibliothek von Este, die sich für mich in verstaubte Archive wagte und mit wertvollen Quellen wieder herauskam. Ich danke dem Direktor Stefano Baccini, den Bibliothekaren Giancarlo Bellamio und Patrizia Vio, der Archäologin Cinzia Tagliaferro. Ich danke meinem Jugendfreund Professor Carlo Pelloso und Professor Attilio Mastrocinque.

In diesem Buch geht es um ein Haus, das zerstört wird, und um ein anderes, das entsteht. Zufällig (aber eigentlich gibt es Zufälle gar nicht) habe ich es während eines Umbaus und eines Umzugs geschrieben.

Ich danke Laura dafür, dass sie mich auch bei diesem anstrengenden Abenteuer begleitet hat. Ich danke Luca, der mir gezeigt hat, wie man Herzmuscheln sammelt, und meiner Schwester Chiara, die zurück in die Lagune gezogen ist. Ich danke meinen Eltern Girolamo und Lidia, die sich darüber sehr gefreut haben.

Mein letztes Dankeschön ergeht an dich, weil du bis hier gelesen hast. Ich hoffe, dass du mir auch in die nächste Geschichte folgen wirst.

Denn es gibt keine Reise, die schöner ist als die, die einen nach Hause zurückführt.

Und deshalb ist es immer besser, man unternimmt sie gemeinsam.

Morosinotto, Davide:
Sohn des Meeres
ISBN 978 3 522 20302 9

Aus dem Italienischen übersetzt von Cornelia Panzacchi
Copyright © 2022 by Davide Morosinotto
© 2022 Mondadori Libri S.p.A., Milano
The translation follows the edition by Mondadori, S.p.A., Milano, 2022:
»Il Figlio del Mare«
Published by arrangement with Book on a Tree, Ltd, London.
All rights reserved.

Covergestaltung: Peter Bergting
Innenillustrationen: Timo Kümmel
Einbandtypografie: formlabor
Satz: Bettina Wahl
Reproduktion: DIGIZWO Kessler + Kienzle GbR
Druck und Bindung: GGP Media GmbH, Pößneck

© 2024 Thienemann
in der Thienemann-Esslinger Verlag GmbH, Stuttgart
Printed in Germany. Alle Rechte vorbehalten.
Wir behalten uns die Nutzung unserer Inhalte für Text und Data Mining
im Sinne von § 44b UrhG ausdrücklich vor.

A story by Book on a Tree
© 2022 Book on a Tree
www.bookonatree.com
ai creative licence: totally human authorship
www.aicreativelicense.com